ハヤカワ文庫 NV

<NV1535>

# 暗殺者の矜持

〔上〕

マーク・グリーニー

伏見威蕃訳

早川書房

9120

THE CHAOS AGENT
by
Mark Greaney

Translated by
Iwan Fushimi
First published 2024 in Japan by
HAYAKAWA PUBLISHING, INC.
This book is published in Japan by
arrangement with
TRIDENT MEDIA GROUP, LLC
through THE ENGLISH AGENCY (JAPAN) LTD.

偉大なエージェントで、さらにすばらしい友人である、
スコット・ミラーに捧げる

わたしたちの科学技術が、わたしたちの人間性に優ってしまったことが、
恐ろしいまでに明らかになった。

——アルベルト・アインシュタイン

# 暗殺者の矜持

〔上〕

登場人物

コートランド・ジェントリー……グレイマンと呼ばれる暗殺者

ゾーヤ・ザハロワ……元SVR（ロシア対外情報庁）将校

サー・ドナルド・フィッツロイ……グレイマンの元調教師（ハンドラー）

ジム・ペイス……CIA作戦本部特殊任務部の作戦担当官

ウィリアム・〝トレイ〟・ワトキンズ……同作戦本部本部長

ナヴィーン・ゴパル……同作戦本部本部長補佐官

アンジェラ・レイシー……同作戦本部本部長特別補佐官代理

スティーヴ・ハーナンデス……同特殊活動センター所長

クリス・トラヴァーズ……同特殊活動センター地上班のチーム指揮官

ジョー・〝ハシュ〟・タカハシ……同特殊活動センター地上班のチーム・ナンバー・ツー

ゲンリフ・ボリスコフ……ゾーヤの亡父の親友

マクシム・アルセーネフ……ロシア人ソフトウェア・エンジニア

スコット・パトリック・キンケイド……フリーランスの殺し屋。暗号名ランサー

ジャック・チューダー……キンケイドの調教師（ハンドラー）

サイラス……正体不明

マルティナ・ゾマー……元ドイツの連邦警察の通信専門家

カルロス・コントレラス……ドローン・パイロット

アントン・ヒントン……ヒントン・ラブ・グループの経営者。起業家

ザック・ハイタワー……ヒントンのボディガード。元CIA地上班のチーム指揮官

ガレス・レン……ヒントン・ラブ・グループの最高執行責任者

キミー・リン……ヒントンのパーソナルアシスタント

リチャード（リック）・ワット……国防総省国防イノベーション・ユニットのディレクター

トメール・バッシュ……AI兵器の専門家

ラース・ハルヴァーソン……ヒントンの元共同経営者

ヴェラ・ライダー……ハルヴァーソンの元妻

# 1

雨に濡れたトタン屋根を朝陽が暖めてできた湯気の幕が、肉眼でも見えるような波となって上昇し、小さな町の上空をブーンという音をたてて飛んでいた四五〇グラムたらずのクアッドコプター型ドローンを激しく揺さぶった。グアテマラのパナハチェルは、標高が一六〇〇メートルに近いので、湿度の高い薄い空気のなかで、小さなプラスティックのプロペラ四枚がめいっぱい回転し、地上のすべてをカメラで撮影しながら、クアッドコプターは一定の速度で南東へと飛んでいた。

パナハチェルの町は、グアテマラ高地の巨大な火口湖、一三〇平方キロメートルのアティトラン湖の北岸にある。きわめて貧乏な国のまんなかにある、はっとするくらい美しい場所で、低予算で旅をする世界中の観光客に人気がある。町は踏み固められた道からすこしはずれたところにある。この季節は陽射しが強くても朝のうちは涼しいし、空気は、車で東に三時間のところにあってスモッグに包まれているグアテマラシティの何十倍も清らかに澄んでいる。

土曜日の朝の七時に石畳の通りを歩いている人間は、ほとんどいない——よそから来た人間はたいがい、金曜日のバーで飲みすぎて、宿酔(ふつかよ)いを醒(さ)ますために眠っている——だが、ドローンのカメラは、店の横の煙たい焚火(たきび)のそばで厚いトルティージャをこねている若い女三人にロックオンし、三人の顔を一瞬認識して、つぎの瞬間にはターゲットではないと判断した。

屋台を押していた年配の男の評価には、もうすこし長くかかった。生体認証データを得るのに必要な顔の眼球周辺の部分がカウボーイハットに隠れていたせいだった。だが、一・五秒以内に、男が顔をまわし、空の目が顔の特徴を認識した。ほとんど一瞬のあいだに、ドローンに内蔵された人工知能(AI)分類器(クラシファイアー)が、その男は捜索の対象ではないと判断した。

ドローンはつぎに、サンタ・エレナ横丁にある二階建ての小さな赤いアパートメントビルの上を越えた。グリーンのタンクトップにジーンズのショーツという格好のブロンドの女が、そこのバルコニーに出てきて、物干し綱に洗濯物を干しはじめた。

カメラがその動きを捉えたが、女が干していた濡れたタオル数枚が邪魔になって、顔をスキャンするのに適切なアングルが得られなかった。

ドローン偵察19――またはRC19は、そのまま進みつづけた。停止する必要がなかったのは、おなじ型のドローン五機が、共通のターゲットを捜して、パナハチェル上空を縦横に飛んでいたからだ。五機それぞれの捜索ルートは、地上でレンタカーのバンに乗っている操縦士(パイロット)が、AIの助けを借りて決定していた。まもなくそれらのドローンのうちのRC23、RC29、あるいはべつの一機が、ちがう軌道からこの通りを通過し、けさこの町でカメラに捉えた人間すべてとおなじように、ブロンドの女の顔を評価するはずだった。

ターゲットがここにいることを、ドローンのパイロットは知っていた。ターゲットの位置を突き止めるのは、時間の問題だ。

RC19は、高度三〇〇フィートから、なにも知らないひとびとの顔を順序立てて詳しく調べながら、町の中心にあるプリンシパル通りに向けてサンタ・エレナ横丁を飛びつづけた。

バルコニーのブロンドの女は、クアッドコプターを見なかったし、音にも気づかなかった。タオルを何枚か干すと、つかのまそこに立ち、町を眺めて、新鮮な空気のにおいを嗅(か)いだ。料理の火やパンを焼くにおい、ジャングルの濡れた植物群のにおいが、心地よく雑然と混じり合っていた。

女は目を閉じて、顔を太陽に向けた。ひんやりした風が湖から漂ってきて、むき出しの腕に鳥肌が立った。女はちょっと笑みを浮かべた。ここにいるのが気に入っていた。いや、ここにいるのが大好きだった。数週間、あるいはもっと長くいてもいい。だが、そういう計画ではないとわかっていた。

移動をつづけるというのが、定められた計画だった。気に入らない計画だが、それで四カ月生き延びてきたから、それをつづけるしかないと思った。

切ない溜息をついて、ロシア国籍のゾーヤ・フョードロヴナ・ザハロワは二階建てのアパートメントの部屋に戻り、素足で狭い寝室にはいって、乱れているツインベッドの脇を通った。どちらもシーツの下に毛布とバックパックを入れて、人間が寝ているように見せかけてある。

ゾーヤは、あいているクロゼットのドアの前で立ちどまった。

顎鬚(あごひげ)を生やし、茶色の髪がくしゃくしゃに乱れている、浅黒い顔の男が、かなり擦(す)り切れているがいまも色鮮やかなポンチョをかぶって、床で横になっていた。男が目をあけて、ゾーヤのほうを見あげた。昨夜いっしょに寝た狭いスペースに合わせて、両脚をすこし曲げていた。

ゾーヤはしゃがんで、男といっしょに横になり、クロゼットのなかに収まるように、ポンチョの下に潜り込んで体を丸めた。ベッドから持ってきてあった枕に頭を乗せ、横になっている男と向き合った。

「寝坊したのね？」ゾーヤはいった。アメリカ中西部のなまりで、ロシア人だとはとても思えなかった。

男が、ぼやけた目をこすってから口をひらいた。「何時？」

「七時十五分」

「おれは……夜中に二時間くらい起きていた」

「また？」ゾーヤは片肘(かたひじ)をついて頭をあげ、心配しているのを隠そうともしないで、男の顔を見た。「二時間くらいって、どれくらい？」

「午前二時から五時まで」

「よくないわ、コート」

コートランド・ジェントリーは、また目をこすった。「だいじょうぶだ」

「不眠症がひどくなっているんじゃないの？」

「不眠症じゃない。ただ眠れないだけだ」

「それがまさに不眠症の定義なのよ。この二カ月……ひどくなっている」

ジェントリーは笑みを浮かべて、なおもいい張った。「だいじょうぶだ。ほんとうに、ちょっとコーヒーがほしいだけで」

ゾーヤは目をそらさなかった。「どうなっているの？」

ジェントリーが上半身を起こしたので、ゾーヤもそうした。ふたりはなにもないクロゼットの壁に背中をつけて、足を寝室のほうに突き出した。ジェントリーはいった。「わからない。ただ……なにもかもすばらしい……」

「でも？」

「でも……こういうことはすべて、いつまでもつづかない、という気持ちにならないか？」

「こういうことって？」

「平和と静けさ。壁が迫ってくる。それが感じられる」

「ジェントリーが自信を失いかけているのとは反対に、ゾーヤは決意が固かった。「わたしには感じられない。わたしたちはずっと抜け目なくやってきた。移動しつづけた。レーダーに見つからないようにしてきた」バルコニーとその向こうの町を指さした。「ここにあと何日か隠れていてから、また移動する。前から考えていたように、陸路でこんどはホンジュラスへ行く。行方をくらましていられる」

ジェントリーは小さくうなずいたが、納得していないようだった。

「ちがう？」ゾーヤはきいた。

「ああ、それでいい。しかし……敵には敵のもくろみがある。おれたちの戦略について不安を感じているわけじゃない。敵の適応能力が心配なんだ」

「まったく」すこし笑いながら、ゾーヤがいった。「二分前に目を醒ましたばかりなのに、もう敵の適応能力を心配している。あいかわらず切れ味が鋭い男ね」

「きみのほうが話を持ち出したみたいだけどね」

ゾーヤは、ジェントリーの頬に手を当てた。「わたしたちは危なげがない。対監視（カウンターサーヴェイランス）をずっとつづけているし、なにも問題はなかった。ここでも、ボリビアでも、エクアドルでも。ペルーではちょっと怖くなったけど、用心が過ぎたのかもしれない。でも、あそこを出てからは、なにも察知していない。心配するようなことは、なにもなかった」

「心配することはごまんとある」

ゾーヤは、それを聞かなかったふりをした。「これからも警戒をつづけましょう。どんなことでも、嫌な感じのことがあったら、クスコのときみたいにうなじの毛が逆立っただけでも……逃げ出す」ゾーヤはつけくわえた。「ほかになにができるっていうの？」

ジェントリーはうなずいた。「わかった」

ゾーヤは、いましばらくジェントリーの顔を見ていた。「ほかにもなにか気になることがあるんでしょう？」ゾーヤはきいた。

ジェントリーは眉根（まゆね）を寄せた。「いや。なにもない」急に明るい顔になって、ゾーヤの目を見つめた。「愛している」

ゾーヤは笑みで応じなかった。それでもいった。「愛している」

ふたりはキスをした。やがてジェントリーがきいた。「なにか魂胆があるんだろう？」

「あるわよ！」ゾーヤは冗談めかしていったが、ジェントリーが話題を変えようとしたことに気づいていた。すこし間を置いて、それは追及しないことにした。「市場へ行かないといけない。そのあとで、きのう見た湖のそばのあの場所でランチを食べる」ジェントリーが答えなかったので、ゾーヤはいった。「だいじょうぶよ。中庭があるし、石造りよ。背中を壁につけて、入口のほうを向けば、危険がないかどうか監視しながら、ランチを食べて、一日楽しめる」

「背中を壁につける。ちゃんとした計画だな」

「一日を楽しむのが計画。背中を壁につけるのは、ただの〝戦術〟」

ジェントリーは立ちあがり、ゾーヤが立つのに手を貸して、またキスをした。ジェントリーは、右手でゾーヤの左前腕に触れた。そこのギザギザの銃創を指でなぞっているのだと、ゾーヤにはわかっていた。それから、ジェントリーは、ゾーヤの腕のもうひとつの傷痕と、背中の左側の小さな傷痕を手探りした。

「あしたで四カ月」ジェントリーはそっといった。

「まだ肘の神経がときどきうずくけど、それは予想していた。どうということはない。何年か前にＡＫの弾丸を腰にくらったときには、もっとひどかった」

「ああ」ジェントリーはゾーヤの前腕を持ちあげて、そこの傷痕を見てから、キスした。

「もう撃たれるのはやめたほうがいい」

ゾーヤは肩をすくめた。「四カ月つづけて、撃たれていない。五カ月目にはいるわ」

「だれかが撃ち返してこないかぎり」ジェントリーは、ゾーヤの髪を左耳のうしろへと梳いた。そこで髪をひと房押さえながらいった。「まだきみがブロンドなのに慣れない」

「こんどは紫に染めるわ。ぎょっとする顔が見たい」

ジェントリーは笑みを浮かべて、バスルームへ行った。シャツを着ていなかったので、無駄な肉がない筋肉質の背中と腕がゾーヤの目にはいった。傷痕が点々とある。ジェントリーはゾーヤよりもずっと多くの傷を負っていたが、この二年間の状況からして、そのうちに追いつくかもしれないとゾーヤは思った。

ジェントリーはゾーヤのほうをふりかえり、最後にもう一度小さな笑みを向けてから、バスルームへはいっていった。ドアが閉まってジェントリーの姿が見えなくなると、ゾーヤの顔の笑みがすっと消えた。

ジェントリーはなにかを隠していると、ゾーヤは確信していたし、なにを隠しているかもほとんどわかっていた。

## 2

ベイランズ・ゴルフ・リンクスの八番ホールでティーの準備をしていた四人のうち三人は、合わせて六十億ドルの純資産を保有していたので、八番ホールのティーグラウンド近くにとめたカート二台のそばで、ボディガード五人のうち三人が彼らを護っていたのは当然だった。

ボディガードのあとのふたりは国防総省の警護官で、ふたりが護っている人物は、四人組のあとの三人と比べればただの貧乏人だったが、政府の安い給料をもらっている中間管理職であるとはいえ、警護をつける必要がある重要人物だった。

この五月の土曜日の朝は、いかにもパロアルトらしいすばらしい天気で、プレイヤーたちは一時間近く、サウスベイを望むコースで、仕事が忍び込まないようにしながら、ゴルフと会話を楽しんだ。

そして、それはまさにリック・ワットが望んだとおりのことだった。あとの三人より二十歳ほど年上のワットは、仕事抜きののんびりした朝を過ごそうと、三人を招待した。ゴルフのあと、四人とボディガードたちは、ワットのオフィスへ行き、土曜の午後の会議をひらく。そのときにようやく、集まってもらった理由をワットが説明する。

　そして、仕事のあと、四人は夫人を伴って、〈タウラス・ステーキハウス〉へ行き、納税者の金で食事をしながら、そこでもビジネスの話をする。

　リチャード・ワットは、既存の民間のテクノロジーを入手して軍用に最適化するという国防総省の新政策を担当する部門、国防イノベーション・ユニットのディレクターだった。ワットは国防長官に直属し、ペンタゴン、ボストン、オースティン、そしてこのシリコンバレーにオフィスを持ち、就任以降、国防総省が打ち出した目的を達成するために、必要に応じてどこへでも行くという評判を打ち立てた。

　きょうワットは、四十代がひとりもいない若いビジネスマン三人とのゴルフを、陽気にプレイしていた。三人とも工学やコンピューター情報の学位を持っている。三人には、もうひとつの共通した特徴があった。三人はそれぞれ、オートメーション、電子地図作成（デジタルマッピング）、ビデオ会議の分野に特化してハイテクセクターで急成長した会社を経営している。

　そして、国防イノベーション・ユニット・ディレクターのワットは、国防総省が手がけている複数のプロジェクトで、三者が協力することを望んでいた。

だが、仕事は午後にやればいい。いまはプレイに集中しよう。

ワットは、ティーグラウンドへ行って、ボールを置き、数百ヤードの距離にあるサウスベイにボールが落ちないかどうかに千ドル賭けましょうかとデジタルマッピング分野の大物がいったときに笑いとばした。

カートのそばのボディガードも含めて、全員が笑った。ワットは気を取り直し、ひと呼吸置いてスタンスを決め、バックスイングを開始した。頂点で一瞬停止してから、クラブの先端が弧を描き、ボールに向けてふりおろされた。

ドライバーのフェイスが、満足のいく打音を発し、ボールが高々とまっすぐ飛んでいった。そのとき、ワットのゴルフクラブが、手から離れ、まわりながら左へ飛んでいった。宙を舞うドライバーが当たらないように、デジタルマッピング分野の大物は跳びのかなければならなかった。そして、そのときワットの体そのものも、ゴルフクラブとおなじ方向にまわった。

ワットががくんと膝(ひざ)をつき、顔から先にティーグラウンドに倒れた。

「なんてこった！」ビデオ会議に特化した会社のCEOが、びっくりして叫んだ。

低い銃声が、ゴルフコースの静寂を破った。なにが起きたのか、ティーグラウンドにいた三人にはわからなかったが、カートの通り道にいたボディガード五人にはわかったので、拳銃を抜いてグリーンへ走っていき、四方に目を配った。

ボディガード三人がそれぞれの警護対象を急いでゴルフカート二台に乗せ、猛スピードで走り去った。

ワットを警護していた国防総省のふたりはあとに残され、死んだワットを遅まきながら掩護(えんご)しつつ、発射の源(みなもと)を捜した。

西は郊外の住宅地で、その向こうにオフィスビルが建ち並んでいる。きらきら輝くサンフランシスコ湾が北、パロアルト空港が東から南にかけてひろがっている。水上に船は見えなかったので、ふたりはべつの方角に注意を向けたが、それはほんの一瞬だった。警護対象の背中に射出口とおぼしい大きな穴があいていた。ワットの体を裏返すと、小さな射入口が胸のまんなかにあった。

ティーショットを放ったとき、ワットは西を向いていたから、その方向から撃たれたのだ。

警護官ふたりは若く、頑健だったが、技倆(ぎりょう)の高い暗殺者に銃で狙われている可能性があるのに、死んでいるとおぼしい警護対象を持ちあげてグリーンからゴルフカートまで運ぶあいだ、とてつもない重圧にさらされた。

「ワット・ディレクター？　ワット・ディレクター？」ゴルフカートがとまっている道に

向けてワットを運ぶあいだ、脇を抱えていた警護官はきいたが、医務の訓練と常識から考えて、ワットが返事をするはずがないことは、はっきりわかっていた。

カートのところでふたりは、射線を避けることを願ってしゃがみ、遺体を転がしてシートに乗せた。ひとりが運転席へ這っていき、もうひとりがワットの遺体を押さえながらリアシートによじ登った。

カートでクラブハウスへ向かうときに、リアシートの警護官が携帯電話を出して、タップした。

携帯電話を耳に当てる前に、その警護官がいった。「三五〇メートルくらい離れていたにちがいない」

運転していた警護官がいった。「その倍だ。弾着から銃声が聞こえるまで、たっぷり二秒あった。つまり七〇〇メートルだ。向こうの高いビルから撃ったにちがいない」

「なんてこった」運転していた警護官はつけくわえた。「スナイパー？　ここに？　パロアルトに？」

「グレイマンだよ、相棒」

「わかるわけが――」

「グレイマンのやつに決まってる！」リアシートの警護官がわめき、クラブハウスの駐車場にとめてあった自分たちのサバーバンのそばへ行ったところで、リアシートの警護官が９１１のオペレーターに通報した。

運転していた警護官はなおも警戒をゆるめなかった。警護対象を生かしておくことに失敗したいま、自分と相棒が生き延びることに注意を集中するしかない。

リチャード・ワットを暗殺したのは、じつのところグレイマンではなかった。

七一二メートル離れたところで、四十七歳のスコット・パトリック・キンケイドが、ルガー・プレシジョン・ライフルの銃床を畳(たた)み、タオルが何枚もはいっているランドリーバッグに入れて、それをかつぎ、背を丸めて、病院の非常階段のドアに向けて走っていった。キンケイドは、環境サービス――病院用語で衛生管理のこと――のブルーの制服を着て、バッジとキーカードを首から吊るし、Ｎ95マスクをしていた。すべて病院の規則どおりだった。

この変装を手に入れるために、キンケイドはけさひとりの男を殺した。病院の用務員で、特徴が似ていることが病院内部の記録からわかっていると、統制官(コントローラー)から教えられた。

といっても、キンケイドを動かしている人間が、キンケイドの容姿を知っているわけではなかった。コントローラーはキンケイドが場所を知らない作戦センターにいるフランス人の女で、キンケイドの名前すら知らない。女はキンケイドを槍騎兵(ランサー)と呼び、キンケイドは自分のだいたいの特徴を女に告げた。身許(みもと)を盗む相手の顔や体格に似せることができるという自信があった。

環境サービスの用務員の住所がわかったあとは、その家の呼び鈴を鳴らし、出てきた男を始末すればいいだけだった。たまたまその男はシャワーを浴びていた。サプレッサー付きの一〇ミリ口径の大きな拳銃で額に一発撃ち込み、すみやかに片づけた。

キンケイドは、クロゼットにあった用務員の作業着を着て、アパートメントの部屋を捜し、キッチンのペニンシュラから鍵束を取った。出ていく直前に、やはり病院の制服を着ていた女の死体を慎重にまたいだ。

用務員には恋人がいた。キンケイドはそれについて説明を受けていなかったが、女は抵抗しなかったし、この稼業ではこういったことが副次的被害として生じるものだ。

クパチーノでの二重殺人の二時間後、パロアルトでの殺人の十分後に、キンケイドはライフルがはいっているランドリーバッグを、病院の屋根付き駐車場にとめてあった、盗んだニッサン・ムラーノの後部にほうり込み、運転席に座って、車を出した。

これから自家用機に四十五分乗り、つづいて数時間のフライト中に体を洗い、やはり時間が細かく定められている作戦の準備をする。つぎの場所は、メキシコシティだった。キンケイドは時間に遅れたことはなく、失敗を犯したこともなかった。ほんもののナルシシストの徹底した揺るぎない決意の賜物だと、キンケイドは自分にいい聞かせた。

キンケイドは軍隊経験があり、精鋭の特殊作戦部隊で技倆を学んだが、もっと重要だったのは、やっていたことに必要な規律を身につけたことだった。そして、キンケイドは、それをいまも見事にやっている。

この世界で〝ランサー〟と呼ばれているスコット・キンケイドは、地球上でもっとも悪名高い、金で雇われる殺し屋だった。ムラーノを運転しながら〈ダイエットコーク〉をすこしずつ飲んでいたキンケイドは、おおいに満足していた。馬鹿げたことや非難や陰口に対処しなければならず、軍隊を辞めたあとの数年は厳しかった。真のアメリカの愛国者が正しいことをやると、そういう仕打ちを受ける。

だが、裁判が終わり、無罪を宣告され、大衆の目を逃れて、契約で仕事をやる殺し屋として闇にまぎれる暮らしをはじめてからは、ほんとうになにもかもが思いどおりに進むようになった。

パけさゴルフコースで殺した人間が何者なのか、キンケイドはまったく知らなかった。パロアルトの特定のティーグラウンドのGPS座標、ターゲットの特徴、到着予定時刻、ターゲットではない人間の胸に三〇八口径弾をうっかり撃ち込むことがないように、ちがいを明らかにする情報——四人組のあとの三人の写真——を教えられただけだった。

すべて計画どおりうまくいった。成功したことを誇り、得意になってから、ハイウェイに合流する前に信号に近づいたときに、一瞬考えた。

すべて計画どおりだった。用務員の家のドアをあけた馬鹿な女を除けば。

その女の過ちだ。おれの過ちではないと、キンケイドは心のなかでつぶやいた。

キンケイドがにやりとしたときに、信号が赤に変わった。キンケイドはN95マスクを下にずらして、〈ダイエットコーク〉を飲んだ。そのときに交通カメラが顔のかなりはっきりした画像を撮影したことに、まったく気づいていなかった。

# 3

コート・ジェントリーとゾーヤ・ザハロワは、にぎわっているグアテマラの湖畔の通りからはずれて、十一時十五分に静かな中庭のカフェにはいり、あけ放たれたエントランスに面しているテーブルについた。うしろには赤いブーゲンビリアに覆われた壁があり、店のいたるところにある鉢や花壇からこぼれそうになっている色とりどりの植物に囲まれていた。

ふたりはそこから建物のエントランスを視界に捉えていた。その向こうに通りがあり、さらにその先には、昼間の陽光を浴びて透明に輝く静かな湖があった。

コーヒーとジュースを注文したあとで、ジェントリーは中庭の塀の上に見える建物ふた棟の屋上を眺めてから、空を見あげた。ほとんどひとりごとのように、そっといった。

「きょうは午後三時くらいまで雨は降らない」

ゾーヤが、メニューに目を通しながら、くすりと笑って口をひらいた。「わたしには中米の気象学者がついている。あなたの毎日の気象情報を待っていたのよ」

「雨季だ」ジェントリーはいった。「ほとんど毎日降るから、慣れたよ」

「五月半ばから、ずっとおなじ予報ね」

飲み物が来ると、ふたりは料理を注文した。ジェントリーはポーク・トスターダ、ゾーヤはホコン・デ・ポジョ――チキンのグリーンシチュー。ウェイターが離れると、ふたりは周囲に目を配りながら、黙って座っていた。ジェントリーは四カ月ほど前にリマのブラックマーケットで買ったSIGザウアーP365XLセミオートマティック・ピストルを携帯していた。小型だがホローポイント弾を十三発装弾でき、アイアンサイトよりも速くターゲットを捕捉できるレッドドット光学照準器をスライドの上に取り付けてある。

その拳銃と予備弾倉二本は、茶色のデニムパンツの下に押し込み、無地のライトグレイのTシャツで隠してある。

ゾーヤは、足もとに置いた小さなデイパックに、イスラエル製で九ミリ弾を使用するスチールフレームのジェリコ941を入れていた。グアダラハラで買ったのだが、州警察の制式拳銃なので、メキシコの警察の銃器庫から盗まれたものにちがいない。ゾーヤはジェリコに十七発装弾し、ホローポイント弾十六発入りの予備弾倉を二本持っていた。

テーブル数台がランチの客で埋まり、ゾーヤとジェントリーはあらたな客を品定めした。

三人組の若いヒッピー――話しかたからアメリカ人だとわかる――が、中庭のまんなかの噴水のそばで席につき、親しげにしゃべっている。ドイツ語で話をしている五十代とおぼしい中年の夫婦が、もうすこし近くにいる。

銀髪の女性が、ずっと左のほうの蔦に覆われた石造りの壁に近いテーブルで独り席につき、すぐにノートパソコンの蓋をあけてから、オランダなまりのスペイン語でコーヒーを注文した。

ジェントリーは考え事をしたい気分で、カフェの客の出入りを観察しながら黙って座っているほうがありがたかったが、すぐにゾーヤが身を乗り出した。

「あなたのことが心配なの」

またか、とジェントリーは思った。「不眠症のこと？」

ゾーヤが首をふった。「あなたが退屈しているのが心配なの」

ジェントリーは、いぶかしむようにゾーヤの顔を見た。「退屈？」

「四カ月、仕事をしていない。気持ちが内向きになり、眠れない。仕事がないのが淋しいんじゃないの」

ジェントリーはジュースをひと口飲み、ポーク・トスターダが前に置かれるあいだ、黙っていた。ゾーヤのシチューが置かれると、ジェントリーは向きを変えて、ゾーヤに顔を近づけた。「これまでの人生で最高の四カ月だった」

ゾーヤは笑みを浮かべなかった。「でも？」

むっとした顔で、ジェントリーはいった。「〝でも〟はない、キャリー」

公(おおやけ)には、ゾーヤはキャリー、ジェントリーはショーンだった。オタワでかなり金を使ってこしらえたパスポートの名義で、ふたりはオンタリオ州ハミルトンのバズビー夫妻ということになっている。

ゾーヤは首をふり、そっといった。「あなたは仕事が懐かしいのよ。衝撃をあたえられないのがつまらないのよ。悪いことじゃない。あなたは高潔だからそれをやっている」また首をふった。「ちがう。あなたは英雄よ。でも……わたしはたいがいの人間とおなじ。あなたとちがって、危険に惹(ひ)かれることはない。いまでは。ただ生き延びたいだけ」

「おれは英雄じゃないし、きみはたいがいの人間とはまったくちがう」ジェントリーはトスターダをひと口かじり、ジュースを飲んでからきいた。「どこからそんな考えが出てきたんだ？」

「あなたが日ごとに落ち着かなくなり、それをわたしに隠すこともできないという事実から」

ジェントリーは、なにをいおうかと考えながら食べた。すぐには思い浮かばなかったが、じきにゾーヤに目を戻した。「トラブルがおれたちを見つける。おれたちがトラブルを探す必要はない。仕事に戻らなければならないときが、いずれ来る。おれとおなじように、それはわかっているはずだ。興味ないというのは勝手だが、きみが前にもいろいろな理由でやる気になるのを見ている」

「壁ぎわに追いつめられたら、そうね。やるしかない」

「まあ……地球の半分の人間が、おれが死ぬのを願っている。それに、すくなくともひとつの国が、きみが死ぬのを願っている。心配するな。遅かれ早かれ、おれたちは壁ぎわに追いつめられる。仕事に戻るかどうかは、そのときに心配すればいい」

ゾーヤがなにもいわなかったので、ジェントリーはつけくわえた。「感じるんだ、キャリー。なにかがやってくる。一日ごとに近づいている」

「それが来たとき……あなたはうれしいの？　それとも悲しいの？」

ジェントリーは、その質問をかわした。「肝心なのは、おれたちがふたりとも覚悟しておくことだ。おれの頭はそのために働いている。きみが見ているのは、まさにそれなんだ」

ゾーヤは、熱いシチューをすこし食べてから、中庭のなにかに注意を集中した。「その話はあとでしましょう」

ジェントリーはそれを、世界中でふたりが人間狩りのターゲットになっていることについて詳しく話し合うにはプライバシーが必要だという意味に解釈した。ひと目があるここでの会話を切りあげたことにほっとした。

ジェントリーはゾーヤの視線を追い、女店主がリネンのスーツを着てフェドーラをかぶった年配の男に付き添っているのを見た。その男は噴水の近くに案内され、若いアメリカ人三人とはふたつ離れたテーブルで席についた。男の声は低かったし、離れていたので、ジェントリーには聞き取れなかった。やがて男がメニューを持ちあげて、老眼鏡をかけた。

ゾーヤはすでにランチに注意を戻していた。

ふたりはそのあと、ほとんど無言で食事をしてから、勘定を払い、立ちあがって、中庭を横切った。ノートパソコンを見ているオランダ人の女性、中年の夫婦、ヒッピーの若者のそばを通った。リネンのスーツにフェドーラといういでたちの男は、独りでマルガリータを飲んでいた。もっとも、グラスの縁に塩がついているマルガリータがもう一杯、向かいに置いてあった。来るのが遅れているランチの相手を、その男は待っているような感じだった。

湖との境の通りに出ると、ゾーヤはジェントリーの手を握って引き寄せ、キスをした。

「あなたがいうようになにかがやってくるようなら、知っておいてもらいたいの。わたしの人生でも最高の日々だったわ」

ジェントリーの態度が和らぎ、ゾーヤを抱いて笑みを浮かべた。「おれの思いちがいかもしれない。でも、思いちがいじゃなかったら、力を合わせれば切り抜けられる」

ゾーヤは重々しい表情でうなずき、ふたりは借りているアパートメントに向けて歩きはじめた。だが、一ブロックも行かないところでゾーヤが立ちどまり、デイパックのなかを見た。財布を取り出して、ゾーヤはいった。「サンドレスを買わないといけない。いっしょに来る？」

「銃を突きつけられたらね」

ゾーヤの表情がすこし明るくなった。「あなたに買い物の恐怖を味わわせるのはやめる。アパートメントで会いましょう」

ふたりはまたキスをして、それぞれ反対の方向へ歩いていった。

薄手の生成り（きなり）のリネンのスーツ姿でカフェの中庭のテーブルに向かい、独りでマルガリータをすこしずつ飲んでいた年配の男は、咲きこぼれるブーゲンビリアや、ひろびろとした中庭に生えているヘリコニアやストレリチアを眺めるふりをしていた。男はテーブルからナプキンを取って、フェドーラを脱ぎ、顔と頭の汗をぬぐった。

いらだっているように見せかけるために、腕時計を落ち着きなく見ながら、男はマルガリータを飲み、座ったまま腰をすこし動かしていた。

中庭の奥に目を戻しはじめたとき、男は目の隅で動きを捉えた。だれかがそっとうしろにまわり、小さなテーブルに向かって腰をおろそうとしていた。

男はふりむいて、グリーンのタンクトップを着たブロンドの美しい女のほうを見た。女が金属製の椅子を前に動かし、男は女と目を合わせた。

女が、男を睨み返した。ふたりはしばらく黙って座っていたが、やがて女が先に口をひらいた。

ロシア語で。

「わたしはどれほど大きなトラブルにはまっているの？」

年配の男が、切なそうに笑みを浮かべて、ロシア語で返事をした。「わかっているだろう、ゾユーシュカ……永遠に隠れていることはできないんだよ」

ゾーヤ・ザハロワは、愛称で呼ばれたことに反応しなかった。代わりに小さくうなずき、テーブルで彼女を待っていたマルガリータを持ちあげて眺めた。

「毒？」

「まさか」

　ゾーヤは、男のほうにグラスを差し出した。

「気分を害したよ」男がいい、アイコンタクトをはずさないでグラスを受け取り、ゆっくり飲んだ。

　ゾーヤはグラスを取り戻したが、飲まなかった。「いずれ見つかるとわかっていたけど、あなたに見つけられるとは想像もしていなかった」

　男が、こんどはほんものの笑みを浮かべた。「わたしが見つけたのではない。首都の大使館のだれかが、おまえがパナハチェル行きのバスに乗るのを見た。わたしは人伝てにそれを知って、話をするために急いでここへ来たんだ」

「それで、いまだれかが山の上で、わたしの額をライフルの照準器で狙いすましているのね？」

　男の笑みがゆっくり消えて、深刻な表情になった。「そういうことだから、わたしがいわなければならないことをいうあいだ、座っていてくれるかな？」

「そうするしかないでしょうね」

「よかった。ほんとうにおまえの頭を狙っているライフルがある」

　ゾーヤは、男とアイコンタクトをつづけたまま、マルガリータの残りをひと口で飲み干した。「わかった。ボリスおじさん、これはいったいどういうことなの？」

アティトラン湖が見えるカフェの中庭で噴水のそばのテーブル席にいたロシア人ふたりの一〇〇メートル真上で、クアッドコプターRC25がホヴァリングし、男の顔にレンズの焦点を合わせた。

一・五秒後、一万八〇〇〇キロメートルほど離れた場所で、録画されたその動画が、大講堂風のスペースの壁面大型モニターに映し出された。そこはシンガポールのクイーンズタウンにあるシンガポール・サイエンスパークのガラスと鋼鉄の高層建築、ビルディング・ファイヴの最上階だった。

そこでは午前二時三十分だったが、世界中から集められた男女十九人のチームが、そのオフィスで動画を見ていた。大多数がコンピューターのワークステーションに座り、壁面モニターとその横にあるべつの大型スクリーンに目を釘付けにしていた。

このオフィスは、戦術作戦センター・ガマとして使用されている。取得されたのは六日前で、暗い部屋のデスクに詰めているチームが集まったのは、五日前だった。全員にとって、それがこの仕事の初日だった。

中庭のテーブル席についているリネンのスーツを着た年配の男の動画がスクリーンで静止すると、赤いバウンディングボックス（興味対象の物標を最小の領域に区切る矩形）がその顔に重なり、女性のサブディレクターが目の前のモニターに表示された情報を読んだ。

興奮した声で、その中年のアメリカ人女性はいった。「身許識別。ゲンリフ・ボリスコフ」

大講堂に拍手と歓声が沸き起こった。

作戦センターのディレクターは、三十六歳のノルウェー人で、動画を見つめたまま椅子から立ちあがった。チームのあとの人間とはちがって、歓声をあげず、そのなかでも聞こえるように大声でいった。「女は何者だ？」

サブディレクターが、急いでモニターを見おろした。「スキャン中です」二秒後にディレクターの質問に答えた。「身許識別。ザハロワ、ゾーヤ・F。ロシア国籍。三十四歳。元SVR（ロシア対外情報庁）将校。スペツナズの訓練を受けている。現在、ロシア政府に追われている」

「どういう理由で？」

「捕らえるか殺すようにというロシアの国家情報指令が出ているということ以外は、わかっていません。ロシアの最高レベルの制裁措置、オデッサ指令です」間を置いてからいった。「クレムリンは、ほんとうにこの女を付け狙っているようです」

ディレクターは首をかしげた。「つまり、ボリスコフは、ロシアに追われている逃亡者の女と会うために、昨夜、グアテマラのこの小さな町へ行ったのか」

「そんなことをやる理由がわからない」オフィスの奥の高いところにあるデスクから、モロッコ人がいった。

ノルウェー人のディレクターは、肩をすくめた。「わからない。どうでもいい。サイラスからの指示を待とう」

「サイラスは、殺し屋を呼べというでしょう」正面のほうの若い南アフリカ人が口をはさんだ。

うしろのほうの列で、フランス人女性がいった。「サイラスはランサーを使うはずよ。いまランサーはカリフォルニアから飛行機に乗って、メキシコシティに向かっている。行き先を変えれば、午後遅くにパナハチェルに行ける」

ディレクターがいった。「みんな、推測はやめろ。決めるのはサイラスだ」大講堂のうしろのほうの列にいたドイツ人女性のほうを向いた。「14（フォーティーン）、パナハチェルにいる現地〝ラングラー〟に連絡して、ふたりが分かれたときに追跡できるように、べつの運搬体（プラットフォーム）を飛ばすよう指示してくれ」

ドイツ人女性がすぐさま答えた。「わかりました」

こんどは、四十歳のオランダ人の男性アナリストが、大声でいった。「ディレクター、

RC29が、AIパターンで三十二分前にカフェ上空を通過しています。ボリスコフの到着よりもだいぶ前です。巻き戻してそのデータを見ると……ザハロワはすでにいて、白人の男とランチを食べていました」

「ボット（特定のタスクを自動処理するアプリケーションやプログラム）で男の身許確認をやったか？」

「なにも出てきません。念のため、マニュアルで画像をシステムにインプットしました。やはりなにもなしです。この男を未詳1（アンサブ・ワン）に指定します」

ディレクターが、眉間（みけん）に皺（しわ）を寄せた。「画像の品質が悪いのか、それとも透明人間なのか？」

「画像はじゅうぶんに鮮明のようです」

一瞬の間を置いて、ディレクターはアナリストのほうに手をふった。「未詳（アンサブ）のことはひとまずほうっておけ。ロシア人とつながりがあるようなら注意する。そうでないなら、われわれにとって重要ではない」

「わかりました。女のほうは？」

「監視をつづけろ」

うしろのほうの列で、14（フォーティーン）がまた口をひらいた。ドイツのなまりがあるが、よどみない英語でいった。「ラングラー01（ゼロ・ワン）に指示し、RC20を女に割り当てました。フル充電済みです」

「わかった」世界中からスタッフを集めて、シンガポールの作戦センターを運営しているノルウェー人は、モニターをもう一度見た。周囲の人間には聞こえないように、低い声でノルウェー人はひとりごとをつぶやいた。「われわれはいったいなにをやっているんだ？」

年配のロシア人を殺せと命じられるだろうし、ロシア人の女も殺せといわれる可能性が高い。この八時間、世界のあちこちで何人も殺してきたので、そう確信していた。だが、シンガポールのオフィスにいる作戦ディレクターには、その理由が皆目わからなかった。

ノルウェー人のディレクターは、不安を頭からふり払おうとした。自分はここを指揮しているのだ。「よし、みんな、イスラエルに注意を集中しろ。あすの朝まで動きがないかもしれないが、われわれのターゲットが夜のあいだに逃げ出したら、そのときに始末しなければならない」

全員の視線がまだ自分に向けられているので、ディレクターはいった。「イスラエルはいま夜だから、ただちにという意味だ！」

# 4

コート・ジェントリーは、パナハチェルのアパートメントのバルコニーで、小さなテーブルに向かって独りで座り、ビールをちびちび飲みながら、湖の方角に連なっている屋根の上を眺めていた。そこからは湖を眺望できなかったが、とりたててなにを見ているわけでもなかったので、どうでもよかった。考えにふけって、意識がさまよい、晴れた午後の空で低く轟いている遠い雷のほうをぼんやりと見つめていた。

アパートメントの玄関ドアがあき、だれかがはいってくるのがわかったが、ジェントリーは立ちあがらなかったし、ウェストバンドの拳銃を抜こうともしなかった。足音のリズムと音で、ゾーヤだとわかったので、ほとんど無表情でじっと座っていた。

やがて、ゾーヤがバルコニーに出てきて、頬にキスをしてから、建物やまわりの山をちょっと眺めた。ジェントリーの向かいに座り、小さなデイパックを背中からおろした。

床にデイパックをおろしたときに、ライトグリーンのサンドレスをひっぱり出した。

「どう思う？」

ジェントリーは、サンドレスをちらりと見てから、ゾーヤの目を覗き込んだ。「たしかにサンドレスだね」

ようすが変だと察して、ゾーヤが首をかしげたが、なにもいわなかった。

ジェントリーは、〈ガジョ〉ビールをひと口飲んで、目の前のテーブルに置いた。

「一時半に飲んでいるの？　あなたらしくない。わたしがやることよ」

「水より安全だ」

「たしかに」ゾーヤは答えて、なかにはいり、キッチンへ自分の〈ガジョ〉を取りにいった。三十秒後に、テーブルに戻ってきた。

「出かけていたときに、ほかになにかあったのかな？」感情のこもらない声で、ジェントリーはきいた。

ゾーヤが、つかのまジェントリーの目を見てからいった。「ランチョ・グランデのバーで、バンドが演奏していた。通りから聞こえた。あのグループ……古いグループの曲よ」

ジェントリーは黙っていた。

ゾーヤが思い出した。「『雨を見たかい』」

「CCRだ」

「そうよ。でも、そのひとたちはものすごく速く演奏して、スペイン語で歌っていた。ほんとにすてきだった」ジェントリーがなにもいわないので、ゾーヤはつけくわえた。「あなたもきっと気に入るわ」

「それとサンドレス？　ずいぶんいろいろなことがあったんだね」

睨(にら)み合いが二十秒つづいた。

雄鶏(おんどり)が鳴き、調整が悪いバスのエンジンが、下の通りでバックファイアを起こした。遠くで行商人が、大きな声で品物を売り歩いていた。トラックに乗ったプロパン屋がマイクで「セタ・ガス！　セタ・ガス！」と叫び、ルーフの大きなスピーカーから増幅された声が鳴り響いた。

「どうなっているの？」ついにゾーヤがきいた。

「きみが話してくれ」

ゾーヤが、ゆっくりとジェントリーから顔をそむけて、通りのほうを見やった。

「きみが話してくれ……」ジェントリーはそういってから、つけくわえた。「おれの顔を見ながら」

ゾーヤの目が、ちらりとジェントリーのほうを向いた。「それ以外のことが……重要なことが起きたの」

「そうか」ジェントリーはつぶやき、ビールをひと口飲んだ。「サンドレスを買ったり、カバーバンドが名曲を台無しにするのを聞いたりすることほど、重要ではないんだろうね。そうでなかったら、まずその話をするはずだ」

ゾーヤが身をこわばらせ、ジェントリーに視線を据えた。「そういういいかたは好きじゃない」

「きょう、なにがあったんだ？」

ゾーヤは目をそらした。「なにがあったか、あなたはもう知っているような口ぶりね」

ジェントリーが答えなかったので、怒りをこめた口ぶりだったが、無理にそうしているような感じだった。怒っているのではなく、守勢にまわっているだけだった。「わたしをスパイしていたのね？」

「そういう習性なんだ……それで」

「あなたはスパイじゃない。オンタリオ州ハミルトンのショーン・バズビーよ」

「きみが嘘をついたから、理由を知りたいんだ」

ゾーヤの口もとがひきつり、無駄な肉がない首と肩の波打つ筋肉がひくひく動いた。

「強がらないで。見え透いているから。脅されているっていう感じがしない」

「脅しているつもりはないんだ。ただ、立ちあがって非常持ち出し用バッグを持って、ここからさっさと逃げ出すといいたいだけで」

ゾーヤは、テーブルの上で手をのばして、ビールを持っているジェントリーの手首をつかんだ。そっといった。「だめ。説明できるから」

ジェントリーは黙っていた。ジェントリーの顔は無表情だったが、ゾーヤの顔は赤くなり、涙ぐんでいた。「わたしを信じてくれないのが嫌なの」ゾーヤがようやくそういった。

ジェントリーは手を膝（ひざ）に戻した。「それに、おれはきみを信じないほうが賢明だとわかるのが嫌なんだ。この暮らしをいっしょにつづけるつもりなら、おたがいに隠し立てせず正直にならなければならない。嘘をつくのにもっともな理由があるのなら、聞きたい。なにが起きているのか、おれには見当もつかないからだ」

「カフェでわたしを見たでしょう」

「見た」

プロパン屋のトラックはそばの通りを離れていたが、ルーフのスピーカーから叫び声があいかわらず響いていた。「セタ・ガス！　セタ・ガス！」

ゾーヤは、ジェントリーのまわりに壁が築かれるのが見えるような気がした。ジェントリーは怒り、傷つき、混乱していた。ゾーヤは顔には出さなかったが、それに不安を感じていた。それに、恥じ入っていた。ジェントリーは他人を信用するような人間ではない。地球上でジェントリーがほんとうに信じている相手は、ゾーヤだけかもしれない。その信頼を裏切ったのだ。口をひらいたとき、ゾーヤの声はふるえていた。「あなたに話すつもりだった。ただ、どう話せばいいのか考えていたの」

「事実をいえば、どんな感じかわかる。なにがあったんだ？」

「あなたがとっくに知っていることよ。きょう、ランチのときに、わたしは知っている人間を見た」

「リネンのスーツ、帽子。六十五歳？」

「六十五歳じゃない。七十は超えているはずよ。名前はゲンリフ・ボリスコフ」

「ロシア人か。まいったな。いい一日になりそうだ」

ゾーヤは、小さく肩をすくめてから、がっくりと肩を落とした。「兄とわたしは、ジャージャ・ボリスと呼んでいた」

ジェントリーは背すじをのばした。「おじさん（ジャージャ）？　伯父さんなのか？」

ゾーヤは首をふった。「父の友人よ。子供のころ、いつもそばにいたから、ジャージャ・ボリスなの。奥さんはチョーチャ・オリガ。もう十年以上、話をしたことがなかった」

「どうしてグアテマラにいるんだ？　どうしてランチのときに、三つ離れたテーブルにいたんだ？」

「あそこであなたになにもいわなかったのは、自分で片をつけるつもりだったからよ。どういうことなのか、たしかめたかった。偶然じゃないと思ったし——」

「もちろん、偶然じゃなかった」

「だからそういっているじゃないの！　まったく。訊問する必要なんかないのよ。なにもかも話すから」

ジェントリーは、戦うか逃げるかという反射的な衝動で興奮していた。無理もないとゾーヤは思った。冷えたビールをひと口飲み、ストレートのテキーラがあればと思いながら、話をつづけた。


中庭のカフェで、ゾーヤ・ザハロワは、テキーラベースのカクテルだということに感謝しながらマルガリータの残りをひと口で飲み干し、テーブルの向かいの年配の男とのアイコンタクトをつづけていた。「わかった。ボリスおじさん。これはいったいどういうことなの？」

ゲンリフ・ボリスコフは身を乗り出して、ゆっくり話をした。ほかの客たちのざわめきやうしろの通りの物音、中庭の植物のなかでさえずったり歌ったりしている鳥の鳴き声が、ボリスコフの声を不明瞭にしていた。「おまえとわたしは、ずっといい関係だった。おまえが子供のころから。お兄さんとも」

ゾーヤはそれを否定できなかった。

「おまえに対する告発がでっちあげだというのを、わたしは知っている。おまえが国を裏切るはずがない」

それに対して、ゾーヤはいった。「わたしは国を裏切ったのよ、おじさん（ジャージャ）」

ボリスコフが、つかのまゾーヤを見つめた。「酌量すべき情状があるにちがいない」

ゾーヤは、罠にはめられて、失敗した作戦の責任を負わされ、ロシア政府の抹殺指令を付された。そのあと、ゾーヤを殺そうとしたロシアの海外情報部門の幹部を撃ち殺し、アメリカに亡命した。

「あらゆる種類の酌量すべき情状」この数年間、自分の身に起きた出来事をすべて思い返しながら、ゾーヤはそっといった。

フェドーラをかぶった年配の男がいった。「わたしがここに来た理由は、そのことではない。ここにはわたししかいない。誓ってもいい……おまえが知っているように、わたしが兄のように愛したおまえの父親の墓の上で」ゾーヤの父親は、かつてＧＲＵ（ロシア連邦軍参謀本部情報総局）長官で、ボリスコフはその親友だった。

ゾーヤはまた周囲を見た。「モスクワがわたしの居場所を知っているのなら、ロシアの工作員がここにいないのはどうして？」

「おまえはテレビを見ているはずだ。海外で活動するロシアの工作員は、スイスのある銀行の金融取引記録が公表されたせいで、動きを封じられている。モスクワでは、なにもかもが大混乱に陥っている」

ゾーヤは、テレビを見なくても、それについて重要な事情を知っていた。ロシアの諜報活動を阻害するために、その情報を護り、なおかつ公にするのを手伝ったからだ（『暗殺者の屈辱』参照）。

だが、自分がそれに関与したことを明かさずに、ゾーヤはいった。「ロシアが海外での諜報活動に支障をきたしているのに、どうしてあなたがここにいるの？」

「わたしは情報機関の人間ではないからだ。わたしは陸軍にいた。平凡な軍人だ。おまえの父親とはちがう。退役して、民間企業をはじめた。ずっと特定の……商業活動に従事していた」

「つまり？」

「つまり、民間セクターで働き、テクノロジーを手に入れるのを手伝っている」

「軍事テクノロジー？」

「そうとはかぎらない……そういうこともあるが」

「それをロシアに売っているのね？」

「そうとはかぎらない……そういうこともあるが」

ゾーヤは、ボリスコフを冷たい目で見据えた。「そういう生きかたを恥じていないのね？　あなたがやっていることを知ったら、オリガおばさんはどう思うかしら？」そばを通った店員にマルガリータのお代わりを注文してから、ボリスコフに視線を戻した。

ボリスコフが穏やかにいった。「オリガは九年前に死んだ。肝臓がんだった」

ゾーヤは小さく息を吐いた。「ごめんなさい。オリガおばさんは……いつも優しかった。あなたたちふたりとも、優しかった」

ボリスコフが肩をすくめた。「それから、わたしが……眠れないのは、アフガニスタン、チェチェン、ダゲスタンで自分がやったことのせいだ。いま起きていることのせいではない。ウクライナでは戦わなかった。このおぞましい戦争の立案はやらなかった。わたしは西側に住んでいる。世界中の民間企業が開発している新テクノロジーを見つけて、計画、設計図……ときには人材そのものを手に入れる方法を見つけて、それをべつの企業に売る。ときどきロシアの民間企業に売ることもあるが、たいがいそれ以外の第三者に売る」

ゾーヤは、あきれて目を剝いた。「あのね、あなたは情報機関にはいないかもしれないけど、やっていることはスパイとほとんど変わらないみたいね」

「産業スパイだ」ボリスコフが、手をふって訂正した。

「それで、わたしに頼みたいことは、それと関係があるのね」

「そうだ」

# 5

ゲンリフ・ボリスコフが、さらに身を乗り出し、その動きでリネンのスーツがひっぱられた。ボリスコフが、ゾーヤにもやっと聞こえるような低い声でいった。

「ロシア人のコンピューター・ソフトウェア・エンジニアが、メキシコシティのアパートメントに身を潜めている。まもなく稼働する新型人工知能(AI)兵器に関する情報を握っていると、その男が断言している」

「どういうAI兵器?」

「彼はコードしか知らない。いまもいったように、ソフトウェアの専門家だ。ソフトウェアがどういう運搬体(プラットフォーム)（車両・航空機・船舶・飛翔体・衛星などの運搬用装備の総称）に使われるかは知らない。無人機かもしれないし、飛行中のターゲットの防御を知る能力があるミサイルかもしれないし、ロボット戦車かもしれない。それがなんであるにせよ、彼はコードの一部を盗み、その兵器が数週間、ことによると数日後に実用化されると確信している」

「それで……なにが問題なの？　メキシコへ行き、そのひとを捕まえて、知っていることを聞き出せばいい」

ボリスコフは首をふった。「彼は見張られている。相手がだれなのか、彼にはわかっていない。いどころを突き止められたか、とにかく潜んでいる地域を知られてしまった。いたるところで監視が行なわれている。通りに不審な人間がいるのを、彼は何度も見ている。ドローンが上空を飛ぶ音も聞こえたと思っている。彼は怯えているが、それは当然だ。SVRかGRUにじかに救出してもらい、出国したいと彼は思っているが、わたしからSVRやGRUにそれを頼むことはできない。クレムリンの活動がスイスの銀行の情報によって暴かれたおかげで、ロシアの情報機関の人間が旅行すれば、たちまち正体を暴かれる」

「わたしがここへ来るのを、ロシアの諜報員が見たといったわね」

「オデッサ指令のことを知っているロシア人が、おまえを見た。たしかに諜報員だが、大使館付きで、ここの政府に身許を知られている。事務職にちがいない。おまえにとって脅威になるような人間ではない。それに、暗殺チームがいるメキシコシティから彼を脱出させて、安全な場所へ連れていくような能力はない」

ゾーヤは、マルガリータをひと口飲んだ。「だったら、そのエンジニアは助からないわね」

ボリスコフが首をふった。「おまえが行ってくれれば、そうはならない、ゾユーシュカ。ロシアの海外情報機関の最高の工作員が連れ出してくれると、彼にいう。彼は従うだろう。おまえならやれる。潜入し、彼とともに変装し、脱出するんだ。メキシコシティから五〇キロメートルのところに空港がある。フェリペ・アンヘレス空港だ。自家用機をおまえたちふたりのために待機させる」

「わたしはもうロシアの情報機関の工作員じゃない」

「ああ、わかっている。それは彼にはいわないでおこう」間を置いてから、ボリスコフがいった。「値段をいってくれ」

「この盗まれたコードを、ロシアに渡すつもりなのね?」

ボリスコフは答えなかったが、ゾーヤはそれを返事だと解釈した。

ゾーヤは座り直して、すこし大きな声で話した。「いくらお金をくれても、わたしはロシアには手を貸さない。この二年のあいだに起きたことを思うと」

ボリスコフは、あいかわらず小声でいった。「ロシアに手を貸すというようには考えないでほしい。画期的な兵器の開発を阻止するか、あるいは遅らせることができる」

「名前も顔も知らないロシア人エンジニアがそういっているのね」

「事実でないとしたら、どうして暗殺チームが付け狙っているんだ?」

それでも、急を要する事態だというのが、ゾーヤには理解できなかった。「人工知能（AI）……なにかの新テクノロジー。そういうものは、つねに開発されている。どうしてこれが特別――」

ボリスコフが、すばやくささやき声を発した。「そのエンジニアの説明では、機械速度で作動する自律型致死兵器（リーサル・オートノマス・ウェポン）システムだということだった」

「それはどういう意味？」

「人間はそのプロセスから完全に排除される。それがどういう兵器であるにせよ、独立して作動する。アルゴリズムはナノ秒単位で、だれを、あるいはなにを攻撃するかを決める。それを打ち負かすのはほとんど不可能だ。どういうプラットフォームに応用されるにせよ、このテクノロジーそのものが、戦争をいままでよりもずっと恐ろしいものに変えてしまい、人間は、全人類は、それと戦うことができない」

ゾーヤは信じなかった。「ロシアがこのテクノロジーを消し去るためにその男をほしがるわけがない。自分たちがこのテクノロジーを手に入れるために、その男がほしいのよ」

それに対して、ボリスコフはほとんど謝るような感じでうなずいた。「もちろん、それは事実だ。しかし、双方がおなじテクノロジーを手に入れたら、そのテクノロジーは使われないだろう。西側は優位を失う。世界はより安全な場所になる。アメリカとソ連が核兵器を保有していたために、どちらも核兵器を使うことができず、相互確証破壊が成り立ったことを憶えているはずだ。

おまえは世の中のためになることができる。わたしたちはみんなそうだ」

ゾーヤは、皮肉をこめて答えた。「そうなの。これは大がかりな人道的作戦なのね。平和任務なのね。クレムリンのための。二十年前にあなたが知っていたわたしは馬鹿じゃなかった。いまも馬鹿じゃない」

ボリスコフが、左右の掌をテーブルに置いた。「このテクノロジーの危険要因を具体的に説明する時間はない。世界をきわめて不安定にすると漠然と理解しているだけだ。エンジニアのところへ行けば、空港に向かう車のなかで、なにもかも話してもらえるだろう。そうすれば、わたしにすでにわかっていることが、おまえにもわかる。彼の知識を手に入れて、競技場を平らにする——平等に競争できるようにする——ことが、地球上のすべての人間の利益になる」

「エンジニアがメキシコにいるのは……」

「近くの国から脱け出して、身を隠すためにそこへ行った。どういうわけか見つかってしまった」

「近くの国？　明らかにアメリカ合衆国のことよね」

「いいかね、詳細の一部……おまえの作戦に緊急に必要ではない事柄について、わたしは話をしてはいけないことになっている。それに、エンジニアがわたしにも明かしていない事柄もある。自分が握っている情報が貴重で、それを売れば安全なところへ行けると、彼は知っている」

ゾーヤは意外には思わなかったし、腹も立たなかった。作戦とはすべてそういうものだ。

「彼を追っているやつらについて、知っていることは？」

「地元の殺し屋が数人と、隠れ家の近くに監視がいるのが探知された。暗号名がランサーというよく知られているアメリカ人資産(アセット)が関わっているという情報も得たが、彼はまだ付近では目撃されていない」

「聞いたことがない」

「そういう仕事のことは知っているだろう。ランサーは金で雇われる殺し屋で、世界でもっとも捜索の対象になっている。あるいは、グレイマンにつぐ二番目かもしれない」

ゾーヤはすかさずいった。「グレイマンという作り話を信じているの？　ごめんなさい、ジャージャ・ボリス。でも、わたしは幽霊なんかいないと思う」

ボリスコフが、笑みを浮かべた。「わたしにはいろいろな知り合いがいる。モスクワ、ムルマンスク、キーウに。グレイマンがそこにいて、その猛烈な怒りを見たから、彼らは信じているんだ。ランサーはグレイマンほどではないが、有能な工作員だ。去年のユトレヒトでの事件は、ランサーの仕業だ。数年前のブカレストでの殺戮もだ」

ゾーヤは片方の眉をあげた。ボリスコフがいった事件のことは知っていた。「それを教えて、この任務にわたしを誘い込めると思っているんじゃないでしょうね」

ボリスコフが、疲れた笑みを浮かべた。「だいぶ悩んでいるんだ。愛しているよ、ゾユーシュカ。ずっと愛しているし、これにおまえを送り込むのは心配だ」それまで十分間、目もくれなかったマルガリータの残りを飲み干した。「しかし、これはきわめて重要なんだ。ロシアのことは考えるな。おまえが必要なんだ。世界がおまえを必要としている」

ゾーヤはつかのま目をそらし、考えにふけった。

ボリスコフはその機会に乗じて質問した。「顎鬚の男は何者だ？」

ゾーヤはマルガリータをまたひと口飲んで、ボリスコフのほうを向いた。「ホンジュラスで出会っただの男。いっしょに旅をしているの」肩をすくめた。「短いあいだだけ。じきにおたがいに飽きるわ」

「あさってには彼のところへ戻れる。脅威評価と脱出計画を練るのに一日、そのあと、作戦に数時間」ボリスコフはつけくわえた。「おまえは世界一美しい女だ。あの男は待っていてくれるだろう」

ゾーヤは、しばらく無言で飲んでからきいた。「あなたに連絡する方法は？」

「連絡？　いっしょにメキシコへ行ってもらわないといけない。いますぐに。考えている時間は――」

「今夜。今夜電話する。行くとしたら、夜明け前に着いて、脅威評価と作戦立案をやる」

ボリスコフが、しぶしぶポケットに手を入れた。「わたしはいまからメキシコシティへ行く。民間航空で。自家用機は、おまえが使えるように、ここに残す」テーブルの上で名刺を差し出しながらいった。「今夜、おまえに断わられたら、わたしが自分でやるしかない」

「ボリス、正気の沙汰じゃないわ。七十を超えているのに」

「この限られた時間で、彼が信用するような人間を雇うのは無理だ。わたしがチームを集める前に、ランサーとその仲間が彼を殺すだろう。ここからなら、メキシコシティへ二時間で行ける……おまえだけが頼みの綱だ」

ゾーヤは名刺をポケットに入れて立ちあがり、身をかがめてボリスコフの頬にキスをした。「今夜、電話する。約束するわ」

ゾーヤはカフェを出た。ボリスコフは、テーブル席に残って、ポケットに手を入れて、携帯電話を出した。

ゾーヤが話をはじめてから十分たつと、濃く低い雲がアパートメントのバルコニーの上で湧き起こった。ゾーヤが話を終えたとき、ジェントリーははじめてそれを見あげた。

「雨だ」ジェントリーはいった。「いまにも降る」

それが合図だったかのように、湖の上で低い雷鳴が不意に轟き、小さな町の通りの喧騒をかき消した。

ゾーヤがいった。「カフェでは、わたしの正体がばれたことをいえなかった。それをいったら、あなたはわたしの腕をつかんで調理場から脱け出し、十五分後にはわたしたちは町を出ていたはずよ」

「それがよくないことだというような口ぶりだな」

「あそこで、あのときに、あなたが安心するようなことはいえなかった。ボリスがあんなふうにパナハチェルに現われてわたしを辛抱強く待っていても、脅威ではないといっても、信用されなかったでしょうね。わたしは彼を知っていて、信頼している。なにが望みなのか、自分でたしかめなければならなかった」

ジェントリーは、それには答えなかった。ゴロゴロという雷鳴が大気をふるわせたときに、こういった。「おれはメキシコシティには行かない」

「でも……彼のいうことがほんとうだったら？」

「盗まれたアメリカのテクノロジーをロシアがほしがっているということか？　きみはいったいどっちの味方なんだ？」

会話が悪い方向に向かっているのを、ジェントリーは知っていたし、自分がそう仕向けていると察していた。それでも、いくらゾーヤが納得のいく弁明をしても、ジェントリーはゾーヤの欺瞞に怒り、傷つき、気持ちが不安定になっていた。

ゾーヤはいったことをくりかえした。「わたしはボリスを信頼している。彼は優しいひとよ。彼を危害から護れるのなら、そうすべきだとわたしは思う」

「そいつがいう兵器がどんなものかということすら、きみは知らない。きみはおれより頭がいいはずだから、おれにはどうしても納得できないんだ。おれたちにも理解できないようなものをロシア政府が所有するのを手伝うためにメキシコへ行くわけにはいかない」

ゾーヤは答えず、そっぽを向いた。

「二時間前にきみは、おれが退屈していて、現場に戻るんじゃないかと恐れているといった。それでおれたちの仲がだめになるんじゃないかと。いまきみは一八〇度方向転換して、仕事に戻ろうとしている」

「わたし……ほかのひとに頼まれたのなら……」

「おれの答はノーだ、ゾーヤ。それに、きみもおれがそういうことを、心から願っている。おれはランサーを知っている。いっしょに仕事をやったこともある。ぜったいに敵にはまわしたくない。気づいていないかもしれないが、いまのおれたちは作戦に最適の状態じゃない。ふたりとも」

ゾーヤは、首をかしげた。「その殺し屋といっしょに仕事をやったことがあるの？」

「何年も前に。信じてくれ……ランサーは最悪だ」ジェントリーはなおもいった。「やつにとって副次的被害は不手際じゃなくて、仕事の特徴なんだ」

「だったら、ランサーがボリスおじさんを見つけて殺すのをほうっておくの？」

ジェントリーは、椅子に背中をあずけた。「彼はきみの伯父さんじゃない！　おれの伯父さんでもない」不意に立ちあがった。「二時間前に逃げ出すべきだった。闇にまぎれられるようになったら、すぐに町を出る。きみはどうしたいか、自分で考えてくれ」

ジェントリーがバルコニーから部屋に戻ると、ゾーヤがうしろから呼んだ。

「愛している」

「だったら、おれのいうことをよく聞け。今回だけでもいいから。いっしょに逃げつづけよう」

空がメリメリと張り裂け、ジェントリーが部屋にはいり、ゾーヤがじっと座って黒い雲

を見あげていると、雨が降り出した。まばたきしない目が上空から見つめ返していること
に、ゾーヤは気づいていなかった。

# 6

シンガポールの戦術作戦センター・ガマで、ノルウェー人のディレクターが、上空からアパートメントのバルコニーを撮影している動画の大型モニターから向き直り、南アフリカ人技術者のほうを向いた。「男のほうは、まだなにもわからないのか？」

「こいつは幽霊です、ディレクター」

ここで〝14（フォーティーン）〟と呼ばれている四十三歳のドイツ人通信専門家、マルティナ・ゾマーが、大声でいった。「ディレクター、悪天候になりました。予報では激しく変化する風と降雨が、四、五時間つづきます。現地ラングラーに連絡して、空中監視を引き揚げることを提案します」

ゾマーの要求に応える前に、ノートパソコンから着信音が聞こえたので、ディレクターはそっちを見おろした。「ボスからだ。待て」

すぐにインスタントメッセージ・ウィンドウに文が現われた。

「こちらはサイラス。報せる(しら)。メキシコシティの行動は保留。サイラスはいま、ボリスコフ、ゲンリフ・Iをターゲット・ガマ17(セヴンティーン)に、ザハロワ、ゾーヤ・Fをターゲット・ガマ18(エイティーン)に指定している。資産(アセット)〝ランサー〟を作戦地域(AOに送る。現地支援も向かっている」

ディレクターは、すぐにインスタントメッセージ・ウィンドウに応答を打ち込んだ。

「了解。報せる。天候が回復するまで、パナハチェルのISR任務は中断」

ISRは情報収集・監視および偵察(インテリジェンス・サーヴェイランス・アンド・リカナザンス)の略で、現地の動画を送ってくるドローンの活動がそれに該当する。午後の雨と風で、ドローンが地面に墜落するおそれがあるので、ただちに呼び戻すのが賢明だった。

サイラスが応答した。

「残念だが、現時点ではISRを実行できない状況だと理解する。できるだけ早い機会に監視を再開しろ」

ディレクターは、インスタントメッセージの交信を切りあげて、立ちあがり、チームに向かっていった。「物理的資産が出動する」マルティナに指示した。「14(フォーティーン)、パナハチェルのラングラーに連絡し、ドローンをすべて呼び戻すよう命じてくれ。ランサーとチームが到着したときに使えるように、充電する必要がある。急襲チームの目が必要だ」

「イエッサー」マルティナが答えた。

グアテマラのドローン・パイロットに命令を伝えたあとで、マルティナ・ゾマーはヘッドセットをはずし、前のデスクに置いてから、つややかな赤い豊かな髪を手で梳（す）いた。目の下の隈（くま）をさすり、一瞬目を閉じてから、自分の人生はどうしてこんなふうになってしまったのだろうと思った。

ここでいったいなにをやっているの？

指名手配されているロシア人スパイがターゲット、ロシア人ビジネスマンがターゲット、ロシア人エンジニアがターゲット。それならいい。ロシア人をだれかが殺している。でも、カリフォルニアでアメリカ国防総省の官吏を殺し、大阪で日本人のＡＩ専門家を殺すというのは、どういうことなのか？　シドニーやバンコクでの暗殺、他の計画的暗殺はどうなのか？　いずれもターゲットはロシア人ではなかったし、このあとのターゲットもロシア人ではない。

マルティナ・ゾマーは、軍の防諜部門に十年勤務したあと、ドイツの連邦警察で通信士として働いていた。一年前に失職したのは、齢をとるにつれて深刻になった飲酒癖のせいだった。そのあと、ベルリンの銀行に勤めていた夫が、融資の失敗が重なったために上級職からはずされた。

ゾマー夫妻の暮らしは半年前からみじめなものになり、幼い子供ふたりとともに、マルティナの生まれ故郷であるボン郊外の小さな町に一家で引っ越して、彼女の年老いた両親が住んでいる狭いコテージで同居することになった。マルティナも夫も、実入りの多い仕事を見つけることができなかった。夫は地元のホームセンターのアシスタントマネジャーとして雇われたが、夜になると鬱に見舞われた。マルティナは、素面のときには食料品を配達した。

やがて、ある朝、気分を直すのに役に立たないウォトカとシュナップスを前の晩に飲みすぎたせいで、猛烈な頭痛に襲われながら、マルティナが散らかった部屋で車のキーを探していると、受信箱にメールが届いていた。

ライトハウス・リスク・コントロールという会社を経営しているジャック・チューダーが、仕事のことで連絡してきた。二十年前の知り合いで、マルティナが若いころにしばらく付き合ったことがあった。セキュリティ産業で仕事がないかと頼んでいたのだが、それについて返事があった。

メッセージは、いろいろな意味で謎めいていた。通信と情報関連の技倆を使う一時的な仕事で、アジアのある民間企業の下請けで働くのだという。

マルティナはすぐにチューダーとメールのやりとりを開始した。公にできないある国と人類そのものの利益のために、世界中で〝テロリスト〟を何人か殺す諜報活動を支援することになるのだとチューダーはマルティナに告げた。

マルティナ・ゾマーは、これが善行のためだと本気で信じてはいなかった。ロシア、中国、イスラエル、そのほかのどこかの国が糸を引いている、秘密の代理任務だろうと判断していた。だが、どん底に向けて急降下している家族を救わなければならない。そこで、自分の役割についていくつか確認し、危険から遠く離れた場所でデスクに向かえばいいだけで、作戦の監視の役割を担うだけだとチューダーが確約したので、その職務を引き受けた。

そういうことをやるのは嫌な気分だったが、マルティナはチューダーに対しては、徹底して乗り気だというように見せかけた。

そしていま、シンガポールのオフィス複合施設に泊まり込みで働いている。五日前に到着してから、ビルを一歩も出ていないし、何日か前には遠いところの出来事のように思えた暗殺が、いまでは本格的に開始されている。

ビル内には警備員がうようよいて――マルティナが見たところでは、地元の人間のようだった――チームの十九人をどこにも出さず、だれも入れさせないことだけを考えているようだった。

たとえ出ていこうとしても、立ちあがってここを去ることはできないとわかっていたので、マルティナはデスクに向かい、割り当てられた仕事に集中していたが、後悔と良心の呵責(かしゃく)のせいで胃が痛く、胃液で腹が張り裂けそうな気がした。なんらかの悪質な当事者のために、世界中で一般市民を殺すのを手伝っている。逃げ出す方法はない。

マルティナは、湧き起こるパニックをしぶしぶ振り払い、まだやる仕事があるので、ヘッドセットに手をのばした。グアテマラで任務が進行中で、現場の監視を調整するのが、マルティナの仕事だった。

仕事のことは考えないで、お金のことを考えようと、マルティナは自分にいい聞かせた。ベルリンに戻り、夫を鬱から救い、祖父母の家で子供たちが一台のベッドにふたりで寝なくてもいいようにする。そういったことを思い描くのが、仕事に戻るのに役立った。

とにかくいまのところは。

ジェットエンジンのブーンといううなりが、静かに音量を増していた。南西から聞こえてくるその音が、活気に満ちたグアテマラの街ケツァルテナンゴの間断ない物音よりもひときわ大きくなった。とてつもなく低い灰色の雲が音の源を隠していたが、やがてビジネスジェット機のエンブラエル・レガシー500の美麗な白い機体が、空港の四〇〇メートル手前で空から姿を現わし、薄い雲を抜けて、地表のわずか四〇〇フィート上から短い最終進入を開始した。着陸装置はすでにおりていて、美麗な光り輝くジェット機は、空を覆う濡れた毛布のような雲を通り抜けると、滑走路05に機首を向け、接地直前に機首をあげた姿勢になった。接地すると、着陸装置のタイヤが盛大に水飛沫をあげた。

レガシーは、ロス・アルトス国際空港のターミナルに向けて地上走行し、数十メートル手前の駐機場で停止した。ジェットステア（タラップを兼ねた乗降口）があくと、黒いSUV――シボレー・タホー――が、そばに乗りつけ、ドアがあいた。

リアシートから男がひとり出てきて、濃い霧雨も意に介さず、レガシーのほうへ歩いていった。そのとき、乗降口から乗客がひとり現われた。

シボレーからおりてきた男は、地元の人間のようだったが、新来の男は典型的なアメリカ人に見えた。デニムのシャツにチノパンという格好の白人の男で、禿頭と茶色の豊かな顎鬚が対照的だった。男は飛行場を眺めてから、空を見あげた。

そのアメリカ人は四十代らしく、荷物は大きな黒いバックパックひとつだけだった。〈トム・フォード〉のサングラスは、中米の薄暗い午後には必要ないので、あいた襟元からぶらさがっていた。

アメリカ人がジェットステアからおりてきて、地元の男とおざなりな握手を交わし、ふたりとも無言でシボレーのほうへ歩いていった。

SUVのリアシートに座ると、レガシーでやってきた男が、英語でいった。「おれがランサーだ」アメリカ英語だと、地元の男はすぐさま聞き分けた。

「おれはベルナディノ」地元の男がそういってから、運転手と助手席のほうを示した。

「チコとアルフレド」

地元の三人は二十代か三十代で、小柄だが鋭敏な感じだった。カジュアルな服装で、雨具のポンチョがそれぞれの横のドアポケットに突っ込んであった。

ランサーと名乗った男は、知らない男たちを使ったことが何度もあるので、地元の男たちを注意深く眺めて、いくつか推理をした。ヒスパニックの男三人の名前は、それぞれA、B、Cではじまっている。ランサーとおなじように暗号名にちがいない。それは賢明な諜報技術（トレードクラフト）なので、プラス要因だと見なすことができる。

三人とも軍隊経験があると、ランサーは判断した。いずれもひとを殺したことがある。

それも見抜くことができた。

「どんな訓練を受けている？」ランサーは、ベルナディノにきいた。

「カイビレス」と答えたあとで、その単語が理解されたかをたしかめるために、ベルナディノがランサーの顔にえぐるような視線を据えた。

ランサーは、カイビレスがグアテマラ軍の旅団規模の特殊作戦部隊だということを知っていたので、確認するために質問した。「現役を離れてから、どれくらいたつ?」

ベルナディノが、フロントシートのふたりにスペイン語で話しかけ、返事があったあとでいった。「おれは一年。運転手のチコは四年。アルフレドは二年くらい」

「それからずっと働いてるのか?」

ベルナディノが、それを聞いてにやりと笑った。「毎日、セニョール」

ランサーは、なにをやっているのかとはきかなかった。憶測できる。犯罪組織、おそらくグアテマラシティの組織のために働いているにちがいない。

「武器は?」ランサーはつぎにそうきいた。

ベルナディノがスペイン語でなにかをいい、助手席の男が脚のあいだのダッフルバッグに手をのばして、九ミリ弾を使用する、伸縮式銃床付きで角張った形のヘッケラー&コッホMP5サブマシンガンを出した。男がそれをリアシートによこし、ランサーがじっくり調べた。新式のレッドドット光学サイトではなく、単純なアイアンサイトだったが、満足できる状態のようだった。

ベルナディノがいった。「おれたちはこれを一挺ずつ持つ。あんたは自分の銃を持ってるといわれた」

「持ってる」ランサーは片手で持っていたHKを点検しながらいった。弾倉を出して、弾薬を調べた。比較的安いブランドのフルメタルジャケット弾だったが、サブマシンガンは発射できる状態だし、その弾丸には殺傷力がある。ランサーは助手席のアルフレドにサブマシンガンを返し、ふたたびベルナディノのほうを向いた。

「おまえたち三人は、おれの地上支援班だ。おれたちにはISR支援もある」厳しい目つきでいった。「ザハロワとボリスコフの暗殺は、おれがやる」

グアテマラ人のベルナディノが、それをフロントシートのふたりに伝え、シボレー・タホは雨のなかでターゲットにずんずん接近した。

# 7

シュヴェツァ通りは、イスラエルの北部の都市ハイファの高級住宅街デニアを曲がりくねりながら通っている。坂が多く地価が高い地域で、地中海から約五キロメートル内陸部にある。家々は凝った装飾で、芝生と庭はよく手入れされ、並木に囲まれたカーブの多い道を走っているのは、メルセデス、ＢＭＷ、マセラティ、レンジローバーのような高級車ばかりだった。

シュヴェツァの丘に、一軒の現代的な乱平面の住宅（スプリットレベル・ハウス）があった。正面の庭は塀に囲まれ、装飾用の石のあいだの地面から、ユーカリ、ネズ、ヤシが点々と生えていた。しかし、その庭の落ち着いた景色とは裏腹に、邸内では四人家族が土曜日の夜の食事の後片づけを騒々しくやっていた。

デニアの住民のなかでもこの一家はことに裕福だったが、それを除けばごくふつうの家族だった。トメール・バッシュは四十六歳で、元イスラエル国防軍情報隊の大尉だったが、アメリカに移住してマサチューセッツ工科大学（MIT）で知的情報システムの修士号を得た。

　大学を卒業すると、すぐさまボストン・ダイナミクスのロボット工学部門に雇用され、その後、テルアヴィヴのパートナーたちとともに自分の研究所を立ちあげた。軍用ロボット工学のソフトウェアを専門とするバッシュと、チームのプログラマーやエンジニアは、軍の戦闘運搬体（プラットフォーム）用の人工知能（AI）を創出する分野の先駆者だと見なされていた。

　十年以上たってから、バッシュは会社を売却し、いまはハイファのイスラエル・テクノロジー研究所でＡＩシステムのディレクターを務め、武装ドローンから自律セントリーガン（感知装置が発見したターゲットに向けて自動的に射撃を行なう兵器）に至るまで、あらゆる種類の軍の装備に用いられるＡＩ関連のプログラムをひきつづき開発している。

　バッシュは、イスラエルで人気があるワイナリー・ネトファの辛口の白ワイン、テル・カッサーをグラスからひと口飲み、妻のグラスにも注いでから、ふたりいっしょにキッチンを出て、子供たちと映画を見るために奥まったリビングへ行った。

　ソファへ行く途中で、バッシュのポケットで携帯電話が振動した。

　バッシュは、白ワインの瓶をコーヒーテーブルに置き、携帯電話を見た。知っている相手だったが、土曜日の夜に電話してくることは一度もなかったので、バッシュは断わりをいってキッチンに戻った。

「こんばんは、アミー。万事ＯＫか？」

アミー・マダールは、イスラエル・テクノロジー研究所のセキュリティ・ディレクターだった。元モサド工作員で、バッシュとは仲のいい友だちだった。研究所でバッシュとチームがやっている仕事が政府の機密に属するので、マダールは研究所のセキュリティに密接に深く関与している。

マダールはつねに真剣だが、今夜はいつもよりさらに切迫した口調だった。「そっちは万事ＯＫか、トメール？　問題はないか？」

「すべていつもどおりだ。なにが起きているんだ？」

「リチャード・ワットが、けさアメリカで死んだ。殺された」

バッシュは、ワイングラスをキッチンのアイランドに置いた。「リックが？　なんということだ。だれに殺されたんだ？」

「不明だ。ゴルフコースでスナイパーに殺られた。犯人は逃げた」

トメール・バッシュは首をかしげた。ワットのことは知っているが、親しかったわけではないので、自分にどう関係があるのか、わからなかった。「それで、きみは……なにを考えているんだ？」

「コトネ・イシカワ博士が、六時間前に大阪で殺された。母親がいる介護施設を出たあと、駐車場で車に轢かれた。目撃者は事故ではなかったといっている」

「恐ろしいことだな」

「イーサン・エドガーの車が、けさシドニーで道路から跳び出し、モントリー・チュラトがバンコクの自宅で撃ち殺された。この十二時間に四人が死んだことになる」

　バッシュは事情を悟った。コトネ・イシカワは、トメール・バッシュとおなじように、兵器化されたＡＩの専門家の世界トップ二十数人のひとりだった。そして、リック・ワットは、開発者ではないが、バッシュやイシカワが創りあげたテクノロジーの取得（研究開発や直接調達などの手段によって装備を入手すること）の最前線に立っていた。ワットは、すくなくとも軍事利用に関しては、どこの国のどの研究所がどういうＡＩの新機軸を開発しているかについて、研究者たちほどではないにせよ、かなり詳しいことをつかんでいた。

　イーサン・エドガーとモントリー・チュラトも、世界最高のＡＩ研究の先駆者で、トメール・バッシュの知人だった。

「わたしの身も危険かもしれないというんだな？」バッシュはきいたが、つねに真剣なセキュリティ・ディレクターのマダールがいうことなので、そうだとわかっていた。

「警護員は位置についているか？」

　バッシュは、キッチンの流しの上から窓の外を見た。民間警護会社の車が、私設車道にとまっている。ライフルを持った警護員ふたりが、車体にもたれ、前方の道路に目を配っていた。

「ああ。いま警護員を見ている。問題はない」

そのコミュニティ全体が定期的にパトロールされ、カメラで監視されていて、イスラエル北部でもっとも安全な界隈（かいわい）だったが、バッシュは家族の安全のために夜間はずっと敷地に警護員を配置していた。

マダールがいった。「よし、研究所のわたしのところから、予備のチームを送る。きみの身辺を監視するために」

バッシュはすこし考えた。「わかった。家族のためにここによこしてくれ。しかし、わたしは出勤する」

「土曜日の夜に？」

「何者かがわたしを狙っているとしたら、何者なのか突き止める。家にいたらそれができない。オフィスへ行かなければならない」

マダールが反対した。「トメール、何者がやっているのか、突き止める必要はない。わかっているからだ。明らかに中国だ。中国はＡＩ兵器競争に勝つための活動を強化してきた。これはその第二段階かもしれない。競争相手を殺すのが」

バッシュはいった。「きみのいうとおりかもしれないが、べつのなにかが起きているのかもしれない。オフィスへ行って、電話を何本かかける」

アミー・マダールが、電話に向かって溜息をついた。「わかった。オフィスで会おう。車で来るときに、銃を持ってきたほうがいい」

バッシュの心臓が高鳴った。イスラエル国防軍で死の脅威と毎日直面していた若いころに戻ったような気がした。

バッシュはキッチンに背を向けて、家族がいるリビングのほうを見た。「アミー、このことはリオーラにはいわないつもりだ。いえば彼女が動揺するだけだ。だが、できるだけ早くチームをここによこしてくれ」

十分後、バッシュはブルーのメルセデスAMG・E63に乗り、低い響きを発するエンジンをかけて、シュヴェツァ通りに出た。

美しい住宅街の曲がりくねった道をAMGで数ブロック走ってから、バッシュは気を静めるために衛星ラジオのクラシックチャンネルに合わせ、アッバ・フーシー大通りに左折した。

バッシュはドローンも含めた多種の自律プラットフォームのハードウェアとソフトウェアの両方の設計を手がけてきたので、たとえ小型の無人機(UAV)であっても、特徴のあるブーンという音を聞き分けることができる。だが、目の前にある謎のことを考えながら、オフィスへ行くことだけを考えていたうえに、ラフマニノフの交響曲第二番アレグロ・モルトの弦楽器と管楽器の音が、〈バウワース&ウィルキンス〉のスピーカーから鳴り響いていたので、上空からバッシュの動きをずっと追っていた小さなクアッドコプターを検知することができなかった。

しかし、アッバ・フーシー大通りに曲がるとすぐに、黒いカーゴバンが前方を走っていることに気づいた。地元の暖房・エアコン業者のロゴが描かれていたので、不審な感じではなかったが、おなじ車線でそのバンが速度を落としたので、バッシュはウィンカーを点滅させ、右側から追い抜こうとしたが、そのとき、ふたりが乗っているスクーターがうしろからどんどん近づいてきたので、追い抜くのをやめた。

バッシュはスクーターに追い抜かれるのを待ったが、右横に来たスクーターは、AMGとおなじ速度に減速した。バッシュはスクーターに乗っていたヘルメットをつけた男ふたりを見た。ふたりがこちらを見ているようすはなかった。だが、スクーターが先へ行かないと、バッシュはそこから脱け出すことができない。

バッシュは時速四〇キロメートルでAMGを走らせながら、バンが曲がるか車線を変えるか、あるいは右側の小さなスクーターがどくのを待った。だが、ラフマニノフを聴いているあいだに、スクーターの後部に乗っていた男の動きが目に留まった。

バッシュは前方のバンに目を戻した。バンはさらに速度を落としていたが、ふたたび右を見ると、スクーターはAMGのリアドアの真横から動いていなかった。

「くそ野郎」バッシュはつぶやいた。バックミラーではよく見えなかったので、ふりむいてサイドウィンドウごしに見たとき、スクーターの後部の男が、大きな包みに結びつけたロープを頭の上でふり、AMGに向けて投げるのが見えた。バッシュが反応する前に、ルーフの運転席のすぐうしろになにかがぶつかるドサッという音がして、突然、スクーターが右に離れていった。

スクーターの後部の男は、もう包みを持っていなかった。

バッシュは驚きのあまり叫び、急ブレーキを踏んだ。なにが起きようとしているかわかったので、必死で車外に逃れようとした。

スクーターの男は、AMGのルーフに爆発物を取り付けたのだ。

バンが猛スピードで離れていった。バッシュは、停止したAMG・E63のドアをあけ、精いっぱい早くシートベルトをはずそうとした。

だが、間に合わなかった。ルーフの爆弾が起爆し、車内へ弾子と炎を送り込んだ。ガソリンタンクが破裂し、トメール・バッシュの体は炎の球に包まれて弾子に引き裂かれた。

シンガポールの作戦センター・ガマでは、ハイファの道路の上空を飛んでいた偵察ドローンが送ってくる動画を、壁の大型モニターでずっと見ていた。

サブディレクターのアメリカ人の女が、周囲に聞こえるような大声でいった。「確実に殺害」

センターにいた男女が、ハイファイヴをやり、拳（こぶし）を打ち合わせ、握手をした。

だが、奥のほうの席では、マルティナ・ゾマーが、両手の指でこめかみをさすっていた。ストレスを表わすそのしぐさが仲間に見えないように、モニターの陰にかがんでいた。

遠く離れたハイファの車の残骸（ざんがい）を、一同が魅入られたようにしばらく眺めたあとで、ノルウェー人のディレクターが、マルティナからふたつ離れた席のオランダ人技術者のほうを向いた。「9番（ナンバー・ナイン）、テルアヴィヴの資産（アセット）に攻撃一時休止を命じろ。サイラスに残金を送ってもらう」

「イエッサー」

ディレクターは、マルティナの右のインド人女性のほうを向いた。「13（サーティーン）。現地ラングラーに連絡しろ。ドローンを回収し、安全を確認したら報告するよう指示しろ」

「イエッサー」インド人女性が、ヘッドセットのボタンを叩き、ハイファで空中監視任務を行なっていた地上の人間とじかに話をした。
　吐きそうだとマルティナは思った。

　ディレクターは、大講堂の奥にあるガラスのパーティションに囲まれた自分のワークステーションへ行って、［サイラス］というタイトルのチャットウィンドウをあけた。キーボードに打ち込みはじめた。［こちらガマ・リーダー。ターゲット・ガマ5(ファイヴ)の抹殺を確認した］
　一秒とたたないうちに応答のウィンドウがひらき、その数秒後に応答が表示された。
［メッセージをサイラスは受信した。すばらしい報(しら)せだ。残りのターゲット十三件を遂行するのに、四十五時間ある］
　ノルウェー人は笑みを浮かべて打ち込んだ。［命令を完遂する。ご心配なく］
［心配していない。きょうはいい仕事だった。サイラス、通信終わり］
　ディレクターは椅子に背中をあずけて、両手で茶色い髪を梳(す)いた。イスラエルでの仕事は終わったが、つぎの仕事の準備をする時間になったというだけのことだった。全員に向かって、ディレクターはいった。「一時間後にイギリスでの捜索(カヴァレージ)を開始する」
　今度はイギリス人の女が口をひらいた。「ラングラー03(ゼロ・スリー)がターゲット近くの位置について、発進命令を待ってます」

「了解」ディレクターは、壁の時計を見た。抹殺する人間が十三人残っている。たしかに、プロフェッショナルにとって難題だが、自分にできないことはなにもないと、自分にいい聞かせた。

世界中に資産がいるし、いつでも連絡でき、どんな問題にも莫大な資金を提供する雇い主がいる。それに、暗殺はきわめて迅速に行なわれるので、不意打ちの要素を維持できる。もっとも、その要素はひとりが死ぬたびに、一時間ごとに弱まる。

ディレクターはターゲットになんの恨みもなかったが、やっていることは薬物中毒やギャンブル中毒に似ていた。それに、自分が監督しているのは、外国の知らない人間に対する作戦で、その作戦が殺人に関わっているとはいえ、殺人を犯すのは他人なので、自分の生活を再起動し、自分が抱えている問題を解決する代償としては、ささやかなものだった。

そのために他人が死ななければならないのなら、それもやむをえないと、ディレクターは理屈をつけていた。

他人のことを思いやることができないというその独特な性情は、作戦センターにいる全員に共通していると、ディレクターは思い込んでいた。その判断はおおむね正しかった。

だが、ディレクターは知らなかったが、ドイツ国籍のマルティナ・ゾマーは、いまバスルームでひざまずいて、便器のなかに吐いていた。

# 8

アメリカ人の暗殺者とグアテマラ人の支援資産(サポート・アセット)三人が乗っているシボレー・タホは、土砂降(どしゃぶ)りの雨と、ずっとつづいている雷と稲光のなかで、午後六時過ぎにパナハチェルにはいった。荒天のせいで、通りにはほとんどひと気がなかった。地元住民と経験豊富な観光客は、中米の嵐が終わるのを待てば、夜の戸外での活動が再開されることを知っていた。だが、四人には予定があったので、ロス・アルボレス通りの錆(さ)びたトタン板の塀に囲まれた砂利の駐車場に車をとめて、南西に向けて歩きはじめた。四人とも、雨をしのぐためにポンチョを着ていた。

四人はターゲットまで三ブロック以内に達し、そこでランサーが右耳にイヤホンをはめて、指先で二度叩いた。「コントロール、ランサーだ。現場にいる」

「ランサー、こちらコントロール。報(しら)せる。ボリスコフは首都に戻った。空港へ行って、メキシコに戻るものと思われる。パナハチェルでのあなたのターゲットは、ザハロワだ」

「了解した。天気とISRの最新情報を教えてくれ」

フランスなまりの女がいった。「上空ISRは、できるだけ早く再開する。捜索再開（カヴァレージ）まで位置を維持するよう勧める」

ランサーは、すばやく決断した。「却下（ネガティヴ）する。いま位置に向けて移動し、最初のチャンスに行動する。おれは現場にいて、天候は悪化してる。頭上の目を用意する方法を見つけろ」

ランサーはまたイヤホンを叩いた。こんどは通信を終えるためで、地元の三人といっしょに嵐のなかを出発した。

五分後、四人はアパートメントが見える場所に立っていた。ランサーはベルナディノの肩に片手を置き、小さなホテルに通じている石畳の私設車道のほうを向かせた。あとのふたりが、すばやくつづいた。

二階建てのアパートメントの正面から三〇メートルも離れていないそこで、四人はターゲットの位置から見えないように、石塀や茂った植物に隠れた。

私設車道の一部の上に、トタン波板の屋根があった。ゲートの警備員が雨をしのぐためのものだろうが、ゲートはあいていたし、警備員はいなかった。ランサーは、三人の先に立って、そこへ行った。シボレーをおりた直後に風が強まっていて、屋根の下にいても小雨が顔を叩いた。ランサーがいった。「SUVに乗って一ブロック南へ行くよう、チコに指示しろ。ターゲットとは逆向きに、郵便局の前にとめろといってくれ」

ベルナディノがそれを伝え、チコが了解した。

ランサーはなおもいった。「アルフレドは裏にまわり、脱出ルートがあれば遮断しろ。隠れ場所を見つけて待機しろ」これも通訳されたあとで了解された。ランサーは、ベルナディノに向かっていった。「おまえはロビーにはいっていって、階段を昇れ。やつらの部屋の外の廊下で掩護しろ。おれはバルコニーからはいる」ポンチョの下に手を入れて、拳銃を抜き、顔の前に持ちあげた。

「サプレッサーを付けるし、亜音速弾だが、それでも車のドアを思い切り閉めたような音がする」

グアテマラ人たちが口をぽかんとあけたことからして、アメリカ人が握っている銃に似たものを見たことがないのは明らかだった。かなり巨大なコルト1911のように見えるが、じつは一〇ミリ弾というわりあい珍しい弾薬を使用する、リパブリック・フォージ・ロングスライドという拳銃だった。大きく、角張っていて、スライドの上のマウントに〈エイムポイント〉光学照準器が取り付けてあった。長さ一五センチの銃身に太いサプレッサーが取り付けてあるので、全長がいっそう長くなっていた。弾倉は数センチ下まではみ出し、グリップには深いチェッカリング（滑りどめのための菱形の刻み目）が刻まれていた。

その拳銃は、ランサーの指定による一〇〇パーセント特別誂えだった。でかく、かさばり、隠し持つのが難しいが、達人が握れば強力な戦闘兵器になる。

達人のランサーは、ポンチョの下のホルスターに拳銃を戻し、背中のうしろの鞘からナイフを抜いた。「なにも聞こえないようなら、これを使ったからだ」飛び出しナイフの刃を出した。

四人は午後六時三十分に分かれたが、ランサーは遠くへは行かなかった。弱まっていた雨のなかで通りを渡り、語学学校の玄関のくぼみにしばらく立って、チコがSUVのところへ行き、アルフレドが裏の隠れ場所を見つけるまで、数分の間を置いた。

ターゲットの位置から八ブロック離れたところで、二十五歳のカルロス・コントレラスが、白いフォード・エコノラインのバンの後部で、そばの回転椅子に足を乗せ、両手を頭のうしろで組んで座っていた。その椅子もコントレラスが座っている椅子も、バンが走っているときに動かないように、うしろの壁にバンジーコードでつないであった。

コントレラスの前には、壁に取り付けられた折り畳みテーブルがあり、蓋を閉めたノートパソコン二台が、車が走っているときに滑り落ちないように浅いくぼみに置いてあった。

さらに、バンの車内には、運転席と助手席に近いところにハードケースが積まれ、バンジーコードでまとめてあった。

ケースはそれぞれ小さなクアッドコプター一機を収納している。いまの天候ではパナハチェル上空でドローンを飛ばすのは危険が大きいので、ドローンはすべてケースに入れたままだった。

小雨と強い風がなおもバンに叩きつけ、雨はかなり弱まっているようだったが、風はまったく弱まっていなかった。

この作戦でのコントレラスの暗号名はラングラー01(ゼロ・ワン)で、ドローンは彼の生き甲斐(がい)だった。メキシコのモンテレイで少年だったころからその趣味に熱中していて、十五歳のときにはヒューストンの写真地図製作会社でドローンを飛ばす仕事に就き、そのあと、ハリスコの麻薬カルテルに引き抜かれた。いまでも正式にはカルテルに雇われていて、その組織で最高のドローン・オペレーターとして知られ、無人機の分野そのものでも、最高のパイロットだった。しかし、残虐なカルテル間の戦争のために、ハリスコのカルテルとの仕事は前よりも妙味が薄れていたので、メキシコシティでロシア人エンジニアを捜索する作戦を手伝わないかという問い合わせのメールが受信箱に届いたとき、コントレラスはすぐさまその仕事を引き受けた。

メキシコシティに二日いたあと、べつのラングラーが引き継ぐので、グアテマラの湖畔の小さな町へ行ってロシア人ビジネスマンを見つける緊急任務に必要だといわれた。

ヒスパニックで身長が一六八センチのコントレラスは、現地住民に見えるので、話をしなければこの土地に溶け込むのは簡単だった。コントレラスはメキシコ人なので、しゃべるとなまりで地元の人間にそれがわかってしまう。

疲れた目をこすり、腕時計をちらりと見たとき、右耳に声が聞こえた。戦術作戦センター(TOC)のドイツ人女性で、昨夜晩(おそ)くに到着してからずっと、交信していた相手だった。「ラングラー01(ゼロ・ワン)、こちらコントロール。ターゲット地域の悪天候が通過したのを見ている。ISRが再稼働するまで、どれくらいかかる？」

コントレラスは、バンのウィンドウから外を見た。小さな貸別荘の庭のヤシの木が、四方に大きくしなっていた。「風が強すぎる」

「ちょっと待って」女が応答した。

コントレラスは、小さなクーラーボックスからさきほど出した缶入りマンゴージュースのプルタブをあけてから、腕時計を見た。雨が降っているかどうかにかかわらず、今夜はクアッドコプターを飛ばせないと思った。

ドイツ人女性がまた口をひらいたが、従順で自信がなさそうな声だった。「わたしたちは目を必要としているのよ、ラングラー。まもなく作戦がはじまる。五分以内にターゲットの位置の上空にプラットフォームを一機配置できない？」

コントレラスは、溜息をついた。できないと、すでにいってあるのだ。「装備を失う危険を冒さないで、やることはできない」

突然、べつの声が耳に届いた。北欧のなまりで、高飛車でなおかつ怒っているようだった。「それなら、危険を冒せ！　逃げようとするやつがいたら見張れるように、上空にドローンを飛ばせ。このターゲットは、今夜始末する必要があるんだ！」

男は教育程度が高く、指揮をとっていて、怒っている。コントレラスは、それをたちどころに察した。

しかし、コントレラスは現場のラングラーだった。くそったれのスカンジナヴィア人はそうではない。「あんたはだれだ？」

「こちらはガマ・ディレクター。おまえに命令する」

「でも、風が――」

「おまえはアメリカ大陸で最高のドローン・オペレーターだということになっているから派遣された。それを証明する絶好の機会だ」

カルロス・コントレラスは、フロントウィンドウから外を見た。雨まじりの強風が湖から通りに押し寄せ、自動車エンジン修理訓練所の塀の上に聳(そび)えている樹木が激しく揺れている。コントレラスはいった。「プロフェッショナルとしての意見では、この標高と天候でいま飛ばしたら、プラットフォームは墜落する」

「おまえのプラットフォームではない、01(ゼロ・ワン)。わたしのプラットフォームでもない。墜落したら、それはそれでしかたがない。しかし、目を用意するよう努力したと、資産(アセット)にいう必要がある。資産が要求しているんだ」

コントレラスは、怒りに口もとをひきつらせた。「おれはその資産に仕事のやりかたを指図しない。資産もおれに指図すべきじゃ――」

スカンジナヴィア人が、またさえぎった。「五分以内にターゲット上空に捜索(カヴァレージ)の目があるはずだと見なす。ガマ、通信終わり」通信が切れた。

コントレラスは、うめき声に近いような大きな溜息をつき、ジュースを置いて、ケースのほうへ急いで行った。飛行作戦が四時間半中断していたあいだに、ドローンはすべて充電してあるので、いちばん上のケースをつかんで蓋(ふた)をあけ、一〇センチ×二〇センチの長方形でダークグレイに塗装されたドローンを出した。アーム四本をのばし、その上のプロペラをまわして、ケース内で損傷していないことをたしかめてから、下面の球根型カメラレンズ覆(おお)いのすぐうしろにあるボタンを右手で押し下げて電源を入れた。

左手で前のノートパソコンの蓋をあけ、キーをいくつか押すと、ドローンの上面で淡いブルーのライトがまたたいた。

さらにいくつかキーを押すと、プロペラがまわりはじめた。

コントレラスはしゃがんで、ケースの横を通り、バンの後部ドアへ行って、スモークを貼ったウィンドウごしに外を見た。狭い駐車場にだれもいないのをたしかめると、ドアをあけて、外に出た。

そのときだけは風が弱まっていたが、コントレラスはそれがつづくとは期待していなかった。

コントレラスは、短い祈りをすばやく口にした。ドローンを任務に送り込むときはいつもそうするのだ。そして、ドローンをそっと空中に投げた。

クアッドコプター型ドローンが、たちまち上昇して、バンの上を越え、夜の闇に見えなくなった。三秒か四秒後には、プロペラの低い音も聞こえなくなった。

コントレラスは、身をかがめてバンの車内に戻り、ドアを閉めた。突風があまり強くならないことを祈りながら、もう一台のノートパソコンの蓋をあけ、その手前のジョイスティック二本を握った。

クアッドコプターは自動操縦でターゲットの位置へ高速で飛ぶが、風にあおられてきりもみを起こし、制御を失ったときには、自動操縦が自動的に解除されることがわかっていた。そのときには、コントレラスが操縦して、墜落する前に回収しなければならない。

四〇〇メートル北西のまもなく戦いが開始される場所へドローンが到達することを願いながら、コントレラスは送られてくる動画に注意を集中した。

# 9

　コート・ジェントリーは、バルコニーの横の窓から外を眺め、暗い通りに目を配った。雨はほとんどやんでいたが、雨まじりの強風が断続的に窓ガラスをガタガタ揺らし、眼下の排水溝に雨水が深く溜まっていた。トゥクトゥクや小型の車がときどき通った。湖に通じている二車線の道路は、両端が細い川のようになっていたので、そこにはまらないように、道路のまんなかを走っていた。

　だが、徒歩の人間は、ひとりも見なかった。

　ジェントリーは、フード付きの黒いレインコートを着て、バックパックを背負い、SIGを腰のうしろのベルトにたばさんでいた。すばやく弾倉を交換できるように、予備弾倉はポケットに入れてある。

　表の光景をなおも眺めていると、ゾーヤがうしろから近づくのが音でわかった。

「電話に出ないの」

「ボリスコフが？」

「ええ。もう空にあがったのかもしれない。メキシコシティへ行くために。民間航空を使わないといけなくなったし」

ジェントリーは、ゾーヤのほうを向いた。「ああ、やつについては、いろいろなことが考えられる」ゾーヤのいでたちをじろじろ見た。ゾーヤがレインコートを着て、大きなグレイのバックパックを片方の肩にかけているのが目にはいった。小さなデイパックは胸に吊るしている。「どこかへ行くのか？」

ゾーヤは悲しげな表情で、きょうはじめて、ジェントリーは同情する気持ちになった。ボリスコフの登場をゾーヤが隠していたことで、ジェントリーは怒り、傷ついていたが、ゾーヤにとってだいじな人間なのだということが、いまはっきりとわかった。

ゾーヤがちょっと洟(はな)をすすり、涙をこらえた。「あなたといっしょに行く」

ジェントリーの気分は明るくなったが、無表情をつづけた。「ほんとうに？」

「問題は、わたしにいっしょに来てほしいと、あなたが思っているかどうかよ」

「来てほしい。しかし、それが正しいとわかっているから、そうするんだろうね」

ゾーヤは目を伏せた。自分の顔に葛藤が浮かんでいるのがわかった。「ボリスおじさんが正当な理由があってやっているのなら、手を貸すつもりよ。だけど、ロシアを支援することはできない。いまは」ジェントリーのほうを見あげた。「これに答えて。わたしがカフェに戻ったと、どうしてわかったの？」

「微妙な表情（マイクロエクスプレッションズ）」

「わたしが彼を見たときの？」

「彼を知っていることを、きみの顔が伝えていた。すぐさまそれを隠したから、重要なのだとおれは確信した。きみからなにかの合図があるのを待ったけど、なにもなかった」

そのあとのことを、ゾーヤがジェントリーの代わりに説明した。「それで、通りで別れたあと、わたしがどこへ行くかわかっていたから、あなたはカフェへ戻ったのね」

「調理場からはいった。窓からきみを見張った。光の反射で、きみからは見えなかった」

ゾーヤはうなずいた。「これからどうするの？」

「バスでグアテマラシティへ行く。今夜はそこで泊まり、あす車でベリーズへ行く」

ゾーヤはうなずいた。「監視されているかもしれないと思っているのはわかっているけど、断言する。ボリスおじさんはわたしに嘘をつかない」

ジェントリーは、黙って窓の外を見た。ジェントリーの沈黙がものをいった。

ややあって、ゾーヤはいった。「だれもいない」

ドアのほうに向かいながら、ジェントリーはゾーヤのそばを通った。ゾーヤのほうを見ないでいった。「とにかく、監視探知ルート（SDR）をとるときには、調子を合わせてくれ」

監視探知ルート（サーヴェイランス・ディテクション・ルート）は、諜報技術用語（トレードクラフト）で、尾行者かもしれない人間を突き止めるために、ひとつの地域で不規則に移動することを指す。闇の仕事に何年も携わってきたゾーヤとジェントリーは、それを何千回も行なってきたし、今夜もまったくおなじで……それをやるべきだった。

ゾーヤは、ジェントリーのそっけない言葉には答えず、黙ってつづいてドアを通った。

ふたりは廊下に出てから、裏の狭い駐車場を見おろす窓の手前で足をとめた。

ジェントリーは、窓の横でひざまずいた。用心深く横のほうを見ると、ひんやりする高地の大気に乳白色の霧が漂っているのが見えた。

ジェントリーは駐車場を左から右に眺めて、物の形を見てとり、動きを探した。駐車している車のアイドリングの音、フラッシュライトの光の閃き（ひらめ）き、腕時計の夜光文字盤、なんであろうと目につくものを探した。

最初はなにも見当たらなかったが、起きあがって、窓にもっと体をさらけ出したとき、闇に急な変化が現われるのを探知した。風のせいかもしれないが、そうではないかもしれない。

ジェントリーは小声でいった。「動くな」

ゾーヤは胸のディパックに手を入れて、そこにしまってある九ミリ弾を使用するジェリコのグリップに右手をかけた。ジェントリーは片手を差しあげてゾーヤを落ち着かせ、裏の駐車場に注意を集中しつづけた。トタン板のフェンスの上から色鮮やかな灌木が垂れて、上の街灯の光をさえぎっていた。ようやくジェントリーはいった。「黒いポンチョを着ている人影をひとつ見つけた。木の陰にほとんど隠れている。フェンスのそばの灌木の下だ。武器を持っているかどうかはわからない」

ゾーヤは、ためらってからきいた。「グアテマラ人？」

「わからない」

「ボリスおじさんがわたしを裏切るはずはない」

ジェントリーは答えなかった。すこし間を置いてからいった。「こいつが裏をふさいでいるとしたら、あとのやつらは階段を昇ってくるか、部屋のバルコニーからはいってくるだろう」

ゾーヤは首をふった。「それとも、ただの警備員かもしれないし、奥さんに聞かれないように外に出て彼女と携帯電話で話しているのかもしれない」

「かもしれない」ジェントリーはそっといった。

ジェントリーは、身を低くして、バックパックをおろし、窓の下をすばやく通った。ゾーヤがおなじようにすると、ジェントリーはピッキングの道具を出して、そこのアパートメントのドアの鍵穴に差し込んだ。ここに来た日に、空き家だというのをたしかめてあったし、その後、なんの物音も聞いていないし、だれかが出入りするのも見ていない。数秒でドアの錠前を破っていた。

部屋は暗く、がらんとしていた――好都合だ――ジェントリーはすばやくそこのバルコニーへ行った。サンタ・エレナ横丁の向かいの小さな建物をじっくり見てから、通りを見おろした。

ゾーヤがすぐうしろに来た。「階段に動きがある。ひとり。昇ってくる。住人かもしれない」

住人ではないと、ジェントリーは確信していた。ゾーヤはほんとうに住人だと思っているのか、それとも異変はないと証明するためにそういったのだろうかと、ジェントリーは思った。異変があるとしたら、ボリスコフが裏切ったことを意味するからだ。

ジェントリーは無言で身を起こし、バルコニーの北の端へ行った。そこには明かりがなく、下の通りの建物にも明かりはなかった。ジェントリーは片方の脚を高くあげて、鉄の低い欄干(らんかん)をまたぎ、ぶらさがった。最後に一メートル下の歩道に跳びおりたところで、着地と同時に体を縮め、衝撃を和らげるために、バックパックの上に転がった。

ジェントリーは拳銃を抜き、脚のうしろで低く隠し持ったまま、まわりを見ながら立ちあがった。

通りの二ブロック先で郵便局の前に黒いSUVがとまっていることに、すぐさま気づいた。エンジンを切り、ライトを消して、フロントグリルは反対方向を向いていた。

だが、ボンネットから湯気があがっていた。エンジンがまだ温かい。

そのSUVは、到着したばかりなのだ。

アパートメントからそう遠くはないが、すぐそばでもない。暗殺部隊が乗り物を駐車するとしたら、まさにそこにとめるよう運転手に指図するはずだと、ジェントリーは思った。

ジェントリーは低く口笛を鳴らした。まだバルコニーにいるゾーヤに、周囲を見ろという合図だった。通りで風が渦巻き、激しく吹いた。ちぎれたヤシの葉がそばを飛び、排水溝の水が吹き飛ばされた。

二十秒後、ゾーヤがほとんど真っ暗の闇のなかで、ジェントリーのそばにおりてきて、身を起こし、ジェントリーの耳に顔を近づけた。「あのタホ？」

「ああ。強襲の仲間だと思われないくらい離れているが、すぐに脱出できるくらい近い」

ゾーヤはいった。「先走りしすぎている。まだわからない——」

ジェントリーは、ゾーヤのほうを向いた。腹立たしげにいった。「まだわからないのは、なにが問題かということだ」

ゾーヤは、大きな溜息をついた。「わかった。やっぱりバス停へ行くの？」

ジェントリーは首をふった。「桟橋（さんばし）へ行き、船を手に入れて、湖の対岸のサンファン・ラ・ラグナへ行く。小さな村で、ホテルが一軒しかない。だれかが追ってきたら、すぐにわかるし、あした、チキンバス（中南米の乗り合いバスにはニワトリを積む乗客がいるので、こう呼ばれる）に乗って首都へ行く」

「湖はあっちよ」ゾーヤは、シボレー・タホのほうを顎で示した。「あの車は避けたいでしょう？」

ジェントリーはいった。「いや。おれたちはSDRをやる。タホがおれたちを狙っているやつらの車なのか、たしかめよう。頭にフードをかぶってそばを通る。悪党どもの車だとしても、おれたちを見分けることはできない。でも、その可能性を除外できない。そいつらは追ってくるしかない。やつらが追ってきたら、ふり切る」

ふたりが闇のなかを歩きはじめたとき、強風がまた顔を激しく叩き、ふたりはフードを押さえなければならなかった。

カルロス・コントレラスは、エコノラインの後部で座り、ターゲットの建物の上空に到着したばかりの無人機（UAV）からの動画が映っている手前のモニターに目を釘付けにしていた。

画像が鮮明ではないのに気づいたコントレラスは、すぐに赤外線に切り換えた。

不満足な画像だった。カメラのレンズのまわりに水気がつき、高度三〇〇フィートの気流が乱れ、ドローンの画像はひどくぼやけていた。

それでも、ドローンは飛んでいたし、数秒ごとにつかのま焦点が合うので、地上をある程度はっきり見ることができた。

数秒後、コントレラスはスクリーンをじっと覗(のぞ)き込んだ。キーボードのキーをいくつか叩くと、ドローンが赤外線画像を送信しはじめた。コントレラスはいった。「コントロール、こちら０１(ゼロ・ワン)。対象がふたつ、南西に移動してる。赤外線で見てるので、顔認識はできない。それに、このふたりはフード付きレインコートを着てる」

「サンタ・エレナ横丁か？」

「そのとおり」

「ああ、こちらでも見える。われわれの資産(アセット)ひとりが、ふたりがこれからそばを通るＳＵＶに乗ってる。スタンバイ（こちらから呼びかけるまで送信を控えろという意味）」

コントレラスは、歩行者ふたりを見ながら、数秒待った。ふたりともバックパックを背負い、ＳＵＶのそばを通って、通りを進んでいった。つぎの瞬間、ドイツ人女性の声がイヤホンから響いた。

「01（ゼロ・ワン）、こちらコントロール。男ふたりだと、資産が伝えてきた。ザハロワだとは識別できなかった。ターゲットの位置の監視を続行して」

「わかった。付近にほかに動きはない」

「監視をつづけて」

コントレラスは通信を切り、スペイン語でつぶやいた。「おれの仕事に指図は無用だぜ」

そのとき、近くの湖の方角から強い突風が押し寄せ、バンがシャシーの上でぐらりと揺れた。コントレラスが急いでモニターを見ると、ドローンが捉えていたリアルタイム赤外線画像が動いた。一瞬、画像が明瞭ではなくなってから、また明瞭になった。もう一台のノートパソコンでデータをすばやく確認すると、ドローンの機器類はすべて正しく機能しているとわかったが、数秒後にまた画像がぼやけ、二台目のノートパソコンのグリーンのデータポイントが、赤くなって明滅し、画像がふたたびはっきり見えたときには、ドローンが文字どおり空からまっさかさまに落下しているとわかった。

コントレラスは、操縦装置をつかんだ。自動操縦が停止していたので、四〇〇メートル北東の一〇〇メートル上から空を落ちてくるドローンの姿勢を、必死で立て直そうとした。

制御を取り戻すための闘いがつづいているあいだに、ドイツ人女性の声が耳から聞こえた。「ラングラー、こちらコントロール。画像を失い――」

怒り狂ってジョイスティックの一本を操作しながら、コントレラスはどなり返した。

「ああ、それにプラットフォームそのものも失いそうだ！　邪魔するな！」

また激しい風が吹き、ＲＣ19がふたたびきりもみを起こした。コントレラスがデータスクリーンをすばやく見ると、ちっぽけなドローンは地面のわずか二〇メートル上で、なおも高度を落としているとわかった。

ドローンを救うには、バンに呼び戻してちゃんと着陸させるのをあきらめるしかないと、コントレラスは悟った。降下をつづけながら、それと同時に、どこか平らな地面はないかと探した。

地面の一二メートル上でなおも降下していたときに、コントレラスは、ターゲットの位置からバンまで戻るコースの三分の二ほどのところにある長く低い建物の平らな屋根にドローンを不時着させることにした。ジョイスティックを巧みに操り、トタン波板の表面に狙いをつけてから、その数メートル上でパワーを絞った。

ＲＣ19が屋根に激突して跳ねた。着地のときに、大きな音をたてたにちがいなかったが、二階建ての屋根の縁のすぐ手前で、裏返しのままようやくとまった。

コントレラスは、長い安堵の溜息をついて、イヤホンを叩いた。「コントロール、こちらラングラー01。RC19は、ここから四ブロック離れた屋根に不時着した」つけくわえた。「この天気じゃ、もっとましなことは、だれにもできなかったはずだ。これから回収しにいく」

コントレラスは、バンから出て、風に向かって前のめりになり、北東を目指した。失敗は自分のせいではないので、声を殺して悪態をついた。

# 10

ジェントリーとゾーヤは、男ひとりが乗っているSUVのそばを三十秒前に通ったが、これまでのところ、その男が車か徒歩であとを跟けてくるようすはなかった。

ゾーヤがいった。「わたしたち、だいじょうぶだと思う」

ジェントリーは首をふった。「なんらかの理由で、おれたちを識別できなかったのかもしれないが、それでも悪党だということはありうる」

「ちょっと、あなたの計画でしょう」

ジェントリーは、両手をポケットに入れて、夜の闇をとぼとぼ歩いていった。ゾーヤは、フードがうしろにめくれないように、ときどき押さえ、下にひっぱりながら、並んで歩いていた。

ゾーヤはいった。「こんな状態で、湖の向こうまで運んでくれるモーターボートか小舟を見つけられると思っているの？」

「見つからなかったら盗む」

雨が完全にあがっていたので、通りに出てくるひとびとがしだいに増えていた。土曜日の夜なので、この観光地の町のレストランやバーを、男女の客が出入りし、地元住民が店やバス停に向かっていた。

ゾーヤとジェントリーは、当然ながらこっそり、目にはいる人間をすべて観察していた。ジェントリーは物が映る表面に目を配り、尾行されている気配を探した。

だが、これまでのところ、ゾーヤがいったように、偽装が維持されている状況がつづいているようだった。

コントレラスは、強い追い風を受けながら、さきほどドローンを不時着させた建物に到着した。単純な造りの細長い二階建てで、屋根はトタン波板で、看板があった。一階の小さな食料品店と手工芸品店は、時間が晩(おそ)いので閉まっていた。二階は眼鏡(めがね)店と歯科医だったが、やはり真っ暗でだれもいないようだった。

いつもならTシャツを売っている屋台が、建物の前で板戸を閉めてあった。屋台の小さな屋根が、建物の二階を囲んでいるバルコニーの半分まで届く高さだった。コントレラスは体操の選手ではなかったが、気まぐれに飛ぶドローンを回収するために、木や建物や岩山などに登ったことが何度もあったので、屋根の上のドローンまでなんなく登っていけるだろうと思った。

バスが通過し、タイヤの水飛沫（みずしぶき）がコントレラスに跳ねかかった。コントレラスは悪態をつき、歩道から五ガロンのバケツを取って、屋台へ持っていった。バケツを踏み台にして、屋台の金属製の屋根をつかみ、ちょっと苦労したが、体を引きあげた。

そこからバルコニーに向けて跳び、濡れた欄干（らんかん）にしがみついて、屋根に登った。すぐに闇のなかで膝（ひざ）をつき、白いクアッドコプターを畳（たた）んで、バックパックに入れた。プロペラ二枚が折れていたが、バンにスペアパーツが数十個あるので、取りはずし、屋根に残した。

突風がまた南西から襲いかかったので、顔をそむけたとたんに、東に通じている通りからふたつの人影が現われて近づいてくるのが目に留まった。

さきほどドローンの動画で見たふたりかもしれないと、コントレラスは即座に思った。地上の資産（アセット）にターゲットではないと否定されたふたり連れだ。

二階下の地上で二〇メートル以内にふたりが近づいたとき、コントレラスのうしろからまた突風が吹き、ひとりのフードがうしろにめくれた。

コントレラスはブロンドの髪を見て、ガマ18（エイティーン）に指定されたターゲットの顔を識別した。真っ暗闇のなかで屋根に登っているから、彼女にもいっしょにいる男にも姿を見られていないと、コントレラスは確信していた。

それでも、コントレラスは凍りつき、ふたりが通りを進むあいだ、三十秒間、筋肉ひとつ動かさなかった。

そして、イヤホンを叩いた。

「ガマ・コントロール、こちら０１（ゼロ・ワン）」

ガマのドイツ人女性の応答はすばやかった。「コントロールに送れ（どうぞ［over］とおなじ意味の通信用語）」

「ターゲットふたりが南西へ移動しているのを捉えている」

間があり、ドイツ人女性がいった。「画像を受信していない。どうやって——」

「見たんだ。この目でふたりを見た。おれはいまサンタンデル通り５９５にいる。三十秒前にふたりがおれの位置を通過した。湖に向かってるみたいだ」

「了解、コントロール通信終わり」

コントレラスは、すこし待ってから、バルコニーにおりた。ガマや資産がいくら要求しても、もうドローンを飛ばすつもりはなかったが、怪しまれるような装備を積んだバンに戻り、けたたましい騒動が起きる前にここを離れなければならない。交信していたドイツ人女性のあわてふためいた声から判断して、まもなくそういうことが起きそうだった。

ランサーという暗号名で知られている殺し屋は、がらんとした暗いアパートメントのまんなかで、巨大な拳銃をホルスターに収めた。すべての部屋とクロゼットを調べたあとだった。廊下との境のドアをあけると、ベルナディィノが、ベルナディィノがそこに立っていた。ベルナディィノが、黙って首をふった。

もぬけの殻だったとコントローラーに伝えようとしたとき、フランス人女性の送信がイヤホンから聞こえた。

「ランサー、こちらコントロール」

「送れ」

「ザハロワと男の仲間が、そちらの南西六ブロックにいて、徒歩で湖の方角を目指している」

ランサーはすかさず行動した。ベルナディィノに向かっていった。「チコにおれたち全員を乗せるためにここへ来いといえ。ターゲットが捕捉された」

ジェントリーとゾーヤは、水ぎわに近づき、悪天候にもかかわらず——窓ごしに見たかぎりでは——満席の赤い屋根のレストランのそばを通った。湖に面していたふたりの左にポルタ・ホテル・デル・ラゴがあり、正面にアティトラン湖に突き出している素朴な木の栈橋(さんばし)が何本もあり、さまざまな大きさの船が十数隻、ひしめいて上下に揺れていた。

　ゾーヤのいうとおりだと、ジェントリーは気づいた。湖は白波が立って荒れているので、いま表に出ている船長はいないだろう。

「小型のモーターボートを使おう」道路や斜面の上の建物と栈橋を隔てている低い石塀の横を歩きながら、ジェントリーはいった。「湖を渡るのは楽じゃないが、大型の船のエンジンをかけるよりも、船外機を始動するほうがずっと簡単だ」

　波立っている湖面を見て、ゾーヤがそれを疑っている口調で答えた。「あなたはこの湖を渡れるくらい腕のいい船長なの？」

　ふたりは栈橋のうちの一本を、木造のモーターボート二艘(そう)に向けて歩きはじめた。「これはただの湖だ。もっとひどい嵐の海を乗り切ったこともある」

　ゾーヤはなにもいわなかった。

　ふたりは木の栈橋の突端に着き、そこでジェントリーは全長七・五メートルのボート二艘を観察した。二艘とも屋根のある低い操舵室と、艇尾にベンチがあった。

「どっちにする？」ゾーヤがきいたが、ジェントリーは答える前に町のほうをふりかえった。

自転車に乗ったグアテマラ人の若者が、道路から曲がってきて、船を引き揚げるための斜路を下り、桟橋に自転車を乗りあげた。脅威のようには見えなかったが、ジェントリーとゾーヤは拳銃に手を近づけた。ジェントリーは腰に、ゾーヤは胸のデイパックの外側のポケットに手を差し込んだ。

若者が桟橋のはずれの小さな明かりの下にやってきて、モーターボートのそばに立っていたふたりから五、六メートルしか離れていないところで、自転車をとめた。レインコートを着て、野球帽をかぶり、二十歳にもなっていないように見えた。

その若者が、英語でいった。「おれのボート」ジェントリーとゾーヤの右のボートを顎(あご)で示した。

ジェントリーはスペイン語で答えた。「サンフアンまで行かないといけないんだ」

若者がいった。「本気(エン・セリオ)?」

「本気だ(エン・セリオ)」ジェントリーは答えた。スペイン語でつづけた。「千ケツァル」百二十アメリカドルに相当する。この若者がもっと近いべつの村まで乗客を運ぶ通常の料金の四、五倍になるはずだった。

グアテマラ人の若者が、両眉をあげた。「見せてくれ(ムエストラ・メ)」

ジェントリーは、ズボンの前ポケットから財布をひっぱり出して、札束を抜いた。「いま出発する」

若者が空を見あげて、肩をすくめた。「風がある(アイ・ビエント)」といったが、自転車からおりて、肩にかつぎ、小さな船に乗り込んだ。狭い甲板に自転車を置いた。

ゾーヤが、ジェントリーのほうにかがんで低い声でいった。「十六歳くらいに見える」

「あいつはこの湖で、おれよりもずっと長く、ボートを操縦してきた」

「この湖でボートを五分操縦すれば、あなたより経験豊富になる」

「だからそういっているんだ」

ゾーヤがボートに乗り、ジェントリーも乗り込もうとしたが、道路に車のライトが現われ、五〇メートルほど離れたところにとまったときに消えた。

その車は数分前にゾーヤとともにそばを通った黒いタホだと、ジェントリーはすぐさま見分けた。

タホのドア四つが同時にあき、男四人が出てきた。運転していた男が持っている銃身の短い黒い銃が見えた。

まだジェントリーたちには気づいていないようだったが、四人がすべて付近に視線を配っていた。

「くそ」

ゾーヤは甲板に立ち、バックパックをおろして、船縁のベンチに置こうとしていた。ジェントリーは跳びあがってゾーヤと自転車のそばに着地し、ゾーヤを伏せさせた。つぎの瞬間、身を起こして、きょとんとしているグアテマラ人船長の腕をつかんで、船縁の上から水にほうり投げた。船長が自分のボートと、一五〇センチ離れたところで上下に揺れていたボートのあいだの水面に落ちた。これで非戦闘員を射線から逃がすことができたが、ジェントリーたちが乗っているボートとその桟橋がいっそう注意を惹いてしまった。

ジェントリーが拳銃を抜いてふりむくと、ゾーヤが目を丸くして見つめているのがわかった。そのとき、最初の銃撃の鋭い音が闇夜に響いた。ふたりが立っていた木造モーターボートの舳先が砕けた。

さらに銃声が湧き起こり、ふたりのそばで甲板の板が割れた。敵に位置を把握されていることは明らかだった。

ジェントリーは身を起こし、舵輪の上から見て、ふたたびしゃがんだ。ゾーヤに向かっていった。「敵は四人。サブマシンガン。散開して、石塀の陰に隠れている」

ゾーヤは甲板に膝をつき、動こうともしなかった。信じられないというように目を瞠っていた。まだ拳銃も抜いていない。

「おい！」ジェントリーはどなった。「しっかりしろ！」

「だれだろうと……おじさんとは関係——」

「だれだろうと、知ったことか！　移動しないといけない」

ゾーヤ・ザハロワは、茫然自失から醒めて、いつもの調子を取り戻した。胸のデイパックに手を入れて拳銃を出し、甲板に置いたバックパックの陰で身を低くした。

モーターボートのエンジンはすでに始動していたが、舫い綱で栈橋に係留されたままだった。ジェントリーは、石塀の向こうにいる男たちの直接の照準線にはいりたくなかった。舫い綱を撃とうとしても、舵輪の横をまわらなければならず、熾烈な射撃に身をさらすことになる。ジェントリーはすばやく拳銃をホルスターにしまい、バックパックを取って、肩の上に持ちあげた。

ゾーヤに向かっていった。「隣の船」

「わかった」

全長九メートルで、覆いのある操舵室と船外機二基を備えているモーターボートが、一五〇センチしか離れていない隣の栈橋に係留されていた。ジェントリーがバックパックをそのボートの上に持ちあげて甲板に投げ落としたとき、飛来する敵弾の音よりひときわ高く、ゾーヤが叫んだ
「サプレッサーを使ってる！　つぎのボートへ行って、掩蔽を見つけて！」

石塀のところにいる男たちに向けてゾーヤが射撃を開始し、ジェントリーはそのあいだに起きあがって、狭い甲板を二歩進み、船縁を踏んで跳躍した。黒い水の上を跳び、隣のボートの甲板に着地した。ゾーヤは石塀の向こうでさらに広く散開していた四人に向けて、切れ目なく発砲していた。

隣のボートでしゃがむとすぐに、ジェントリーは拳銃を抜いて、もっとも近くにいた男に狙いをつけた。六発を速射し、最初の一発は石塀に当たったが、一発以上が上半身か頭に命中したらしく、男が石塀の向こうで仰向けに倒れ、二度と現われなかった。

ジェントリーは撃ちつづけ、ゾーヤのバックパックがそばに落ちてから、ゾーヤが跳躍し、濡れた甲板に着地して、滑り、仰向けになった。

ジェントリーが十二発入り弾倉の全弾を撃ち尽くし、弾倉を交換するために身をかがめたとき、ゾーヤがそのうしろに来て、ジェントリーの頭の上から撃ちはじめた。

この暗殺は大混乱に陥りつつあるし、だれに責任があるか、ランサーにはわかっていた。ランサーは最初にタホからおりて、すぐさま栈橋でボートのそばに立っている男に目をつけた。時速五〇キロメートルに近い強風のなかでそういう挙動そのものが不審だったが、ザハロワを捜すためにはもっと近づかなければならないとわかっていた。だが、タホから数歩離れたときに、チコが銃を隠しもしないで運転席から出てきた。

栈橋にいた男が、ボートの舵輪の陰に跳び込み、つづいて大きな水飛沫(みずしぶき)があがった。その音に向けて、チコとベルナディノが射撃を開始した。

物陰に隠れるのが賢明な行動だと、ランサーにはわかっていた。ザハロワとその相棒が武器を持っていたら、すぐさま応射するはずだから、銃弾のやりとりが激しくなったときに明るい通りにいたくはない。

石垛まで行き、そこで重い拳銃を抜いたとき、応射の銃弾が頭上で鋭い音をたてはじめた。

グアテマラ人三人が石垛に来てうしろを通るあいだ、ランサーは射撃を控えた。敵が取り組む難題を複雑にするために、三人が石垛の陰で散開した。

ランサーはまだザハロワを目視していなかったが、やがて何者かが、隣の栈橋に係留されているすぐそばのボートに跳び込むのが見えた。

相手は横方向に移動するつもりなのだと、ランサーは気づいた。たぶん、猛スピードでここを離れるボートを見つけるためだろう。

ランサーは身をかがめてチコのほうへ駆け出したが、まだ五メートルほど離れていたとき、石垛の上からMP5で撃っていたチコが仰向けに倒れ、MP5を取り落とした。

ランサーは撃たれたチコを一瞥(いちべつ)しただけで——馬鹿なやつだから撃たれるのが当然だと思い——その体をよけながら低い姿勢で走りつづけ、ベルナディノのところへ行った。HKの弾倉を交換しはじめたベルナディノのそばで、ランサーはしゃがんだ。

アルフレドが叫んでいても聞こえるように、ランサーはベルナディノの耳に口を近づけた。「おまえらふたりはここにいて、やつらの頭を下げさせろ。おれは東から横にまわる。おれがボートに乗るのが見えたら、撃つのをやめて、車に戻り、警察が来る前にここを離れろ。おれを撃ったりしたら、おまえの家族を殺す」

ベルナディノが、HKのボルトを閉鎖し、ランサーのほうを見た。「ボートに乗る？」

ランサーは答えず、身を起こして、低い姿勢で石塀に沿って走りつづけた。走りながらポンチョとシャツを脱ぎ捨て、細いナイフを抜いた。うしろでベルナディノが、射撃を開始していた。

# 11

ジェントリーは、幅一五〇センチの水の上を跳び、べつの船の揺れている甲板に着地した。こんどの船は小型のトロール船で、それまで跳び越えてきた船よりも三〇センチくらい高かった。ゾーヤと彼女のバックパック、ジェントリーのバックパックがすでに載っていた。ジェントリーは狭い操舵室の陰へ行き、その左側から、四〇メートルほど離れた銃口炎に向けて撃った。

戦術的な観点からは、まずいやりかただった。甲板から甲板へ跳び移るのを、いつまでもつづけることはできない。道路にいる男たちのほうが人数と火力で優っているし、位置も高い。戦術をすばやく変えないと、ゾーヤも自分もいずれ敵に撃たれるだろうとわかっていた。

湖に跳び込むという手もあるが、そうすると持ち物すべてがはいっている重いバックパックを失うだろうし、四十五秒前にジェントリーが突き落とした若い船長とおなじように、湖の潮流でまっすぐ岸に押し流されるにちがいない。

だめだ。ここの船の一隻の舫い綱を解き、点火装置をショートさせてエンジンをかけ、さっさと逃げ出すしかない。

右側のつぎの船を見て、まさに必要とする船だと気づいた。全長一二メートルの遊覧船で、甲板の一部に屋根があり、フロントウィンドウがある。船尾の覆いのない甲板にはベンチが並び、もっとも重要なのは、キーがなくても始動できるとわかっている、強力だが旧式のヤマハ船外機二基を備えていることだった。

ジェントリーは、発砲しているゾーヤに向かって叫んだ。「あれに乗ろう。おれがエンジンをかける。一分かかるから、そのあいだ掩護してもらわないといけない」

ふたりはもう一度跳躍した。ジェントリーが先に跳び、ゾーヤが漁船に残って、弾丸が貫通しない石塀の上からときどき頭や腕を出すターゲットふたりを狙って、拳銃で撃った。ターゲットに当たりはしなかったが、精確に狙い撃たれるのを防いでいた。

ジェントリーはゾーヤを呼び、撃ちはじめた。ゾーヤが弾倉を交換し、バックパックを一五〇センチ離れた遊覧船の甲板に投げてから、跳び、屋根のある甲板のすぐうしろの木のベンチに着地した。より小さい的になるために、ゾーヤはすばやくかがんでから、拳銃を町の方角に向けた。そうしながら叫んだ。「最後の弾倉！」

ジェントリーは、自分の拳銃をゾーヤのほうに滑らせ、それが膝のそばでとまった。ゾーヤは拳銃を取って、銃口を下にして、ジーンズの尻ポケットに突っ込んだ。「弾倉はフル」ジェントリーはいい、つぎの弾倉一本をポケットから出して、ゾーヤのほうへ滑らせた。「おれの最後の弾倉だ」

ゾーヤは弾倉をすばやくつかんで、反対の尻ポケットに押し込み、甲板の屋根の下を船首のほうへ前進し、フロントウィンドウのあいている部分からゆっくり撃ちはじめた。

ジェントリーは、バックパックに手を入れてマルチツールと小さなフラッシュライトを出し、両方ともジーンズのポケットに突っ込んだ。それから、ゾーヤのほうへ這っていったが、手前でとまり、操舵コンソールに注意を集中した。そこへ行き、マルチツールのねじまわしを使って、防水スイッチパネルの横のプレートを数秒ではずし、コード類を手探りした。コードを二本抜いてより合わせると、制御盤の電源がはいった。

バッテリー計が点灯して、フルに充電されているとわかった。

操舵コンソールに電気が通じたので、ジェントリーはトリムスイッチを押し下げ、船尾の船外機二基を水中におろした。

しかし、キーがないのですばやく船外機を始動することができない。ジェントリーは、制御盤の下にあった短いコードを見つけた。キャビンの照明用のそのコードを、ハンダ付けされた部分ごと、片手でひっこぬいた。

ジェントリーは、その長さ二〇センチの被覆(ひふく)された銅線を口にくわえ、四つん這いになって船尾の船外機二基のほうへ急いだ。左舷のヤマハ船外機には目もくれず、右舷の一基に注意を向けた。

船外機覆い(カウリング)をはずして、エンジン本体の大きなプラスティックのカバーを引きはがして、内部の機構が露出すると、ジェントリーはカウリングをそばの甲板に置いた。

そのとき、弾丸一発が右側を通過し、六〇センチ離れたところで水面が泡立った。

「やつらの頭を下げさせろ、キャリー！」

ゾーヤが、ジェントリーのうしろで応射してから叫んだ。「警察が来たと思う。坂の上のほうで回転灯が光っている」

「殺し屋がおれたちよりも厄介(やっかい)な問題を抱え込むまで、弾薬をもたせろ」

ジェントリーはフラッシュライトをつけて、口にくわえ、船尾から船外機のほうへ身を乗り出した。結束バンドでコードに取り付けた黒いリレーボックスがスターターのそばにあるのをすぐに見つけて、それをはずした。顔の前にかざし、そこから出ているコードをすべて一瞬で確認し、赤と紫のコードを見分けた。すべてのコードとおなじように、その二本には反対側にプラグがあった。制御盤から引き抜いた照明用コードを口から取り、銅線の端を慎重にリレーボックスに差し込んで、赤いコードの端に触れさせた。それから、照明用コードを曲げて反対の端もリレーボックスに入れ、紫のコードに当てた。

　大型のヤマハ船外機が、咳き込んで始動した。

　船外機の轟音のなかで聞こえるように、ジェントリーはゾーヤに向かって叫んだ。

「船首索を撃て！」

「残りは弾倉の半分！」ゾーヤがいってから、きき返した。「えっ？」

「そこから船首索を撃たないといけない。さもないと、ここから逃げられない！」

「やってみる！」

　索を解くためにゾーヤが船首に登るのは避けたかった。殺し屋に丸見えになり、たちまち撃ち殺されるだろう。だから、暗いなかで九ミリ弾をきわめて正確に発射して索を切るのが、残された唯一の解決策だった。

　ジェントリーが船尾の索をほどいていると、船首の近くから撃つ音がつづけて聞こえた。ゾーヤは、索を切るのに四、五発使ったが、すぐにジェントリーに向かって叫んだ。

「船首索は離れた！　残弾なし！」弾薬を撃ち尽くしていた。

　遊覧船の上下の揺れと動きが大きくなり、波に揺られて、一八メートルしか離れていない岸に近づいた。海水で配線がショートしないように、カウリングをもとに戻さなければならない。ゾーヤのほうが操舵コンソールに近かったので、ジェントリーは叫んだ。「スロットルを後進に入れて、全速にしろ！」

エンジン本体の上にカウリングをかぶせて固定したとき、コードをショートさせて始動した船外機の音が甲高くなり、遊覧船がバックで湖のほうへ進んでいくのが感じられた。

それと同時に、長い間合いで執拗につづいていた岸からの銃撃が、不意に熄んだ。

警察が来たので敵は逃げ出したのだろうと、ジェントリーは思った。マルチツールとフラッシュライトをポケットに戻し、操舵コンソールに向けて進んで、甲板のなかごろの屋根の下まで行った。ゾーヤがコンソールの前でしゃがみ、射線にはいらないようにしながら、片手でハンドルを握っていた。それに、エンジン一基を後進全速でふかしていた。

船尾寄りがオープンな遊覧船の客席を操舵コンソールに向けて歩いているときに、ジェントリーは風による動きとはちがうかすかな揺れを感じた。右に目を向けたとき、全身ずぶ濡れで、顎鬚を生やし、刺青のある胸をむき出した禿頭の男が、一五〇センチくらいしか離れていないところで船縁を機敏に乗り越えていた。

男は長い刃のナイフを歯でくわえていた。まるで海賊のように見えた。

ジェントリーはいちばん手近な武器のマルチツールに手をのばしたが、それを抜く前に、突進してくる襲撃者から離れる必要があった。

ジェントリーはゾーヤに向かって叫んだが、そのときゾーヤが後進でもっと出力をあげた。それに、当然ながら、海岸線を両目で注視していた。

ジェントリーは、海賊めいた男がナイフを右手に握り、切りかかるのを見た。ジェントリーはナイフをよけてから突進し、男の胸を肩で突いたが、あまり威力がなく、男は甲板に倒れなかった。遊覧船の動きでふたりともよろけたが、ジェントリーはバランスを崩しても、男のナイフを持つ腕を両手で押さえつけていた。そのまま向きを変えて、男のうしろにまわり、両脚に力をこめて押した。

ジェントリーは身を離してから、襲撃者を船体側面に叩きつけた。苦痛のうめきが聞こえ、ナイフが男の手から落ちて、甲板でカタンという音をたてた。ジェントリーは、そのときはうまくいったと思った。

だが、男が離れて立ちあがり、背中に手をまわして、ありえない大きさの拳銃を抜いたとき、ナイフとの戦いのほうが、ずっと勝算が大きかったと、ジェントリーは気づいた。距離を詰めようとするほかに、手立てはなかった。ジェントリーは左によけて身をかがめ、また突進した。拳銃が発射され、弾丸は顔から数センチそれたが、馬鹿でかい拳銃の銃身に取り付けたサプレッサーからほとばしった閃光で、ジェントリーは目がくらんだ。ジェントリーはすばやく体をまわして、さらに距離を詰め、まわり終えたときには相手の銃を持った手が目の前にあった。ジェントリーは相手の腕を両手でつかんだ。

拳銃をもぎ取ることはできなかった。敵の力はジェントリーと拮抗していた。

不意に、男の手の力がほんのすこしゆるんだ。ジェントリーは拳銃を引き抜こうとしたが、男は抗って銃を奪い返して銃口の向きを変え、ジェントリーのうしろにいるべつのターゲットに狙いをつけようとした。

つまり、ジェントリーのうしろに立っているゾーヤを撃とうとしていた。いまにもゾーヤが撃ち殺される。

ジェントリーが拳銃の前に身を躍らせようとする前に、湖岸から銃声が二度咆哮した。ジェントリーのそばに立っていた男が、うしろによろめき、その動きを利用して向きを変え、船縁を跳び越えて。黒い湖面で水飛沫をあげ、荒い波の下に見えなくなった。

ジェントリーがふりむくと、ゾーヤが甲板の屋根のすぐ手前に立ち、両手に持った拳銃を、顎鬚の男がさっきまで立っていた場所に向けていた。

遊覧船はかなり速力をあげて後進し、もう五〇メートル以上、岸から離れていたが、ジェントリーは操船しようとはしなかった。

その代わり、ゾーヤをじっと見ていた。

唖然として、ジェントリーはいった。「きみは……残弾はなかった」

「その男の注意をそらそうとしたのよ」

また銃声が響き、ふたりはしゃがんで物陰に隠れた。

ジェントリーが見ると、いまや六〇メートル離れている水ぎわにグアテマラ警察の警官がふたりいるのが見えた。ふたりともウージ・サブマシンガンを持って、遊覧船に狙いをつけようとしていた。

ジェントリーとゾーヤがさらに身を低くしたとき、警官たちがまた発砲した。

ゾーヤがいった。「どうしてわたしたちを撃つの？」

「それをきくためにここにいるのはやめよう」

ジェントリーは、操舵コンソールへ這っていって、ハンドルをまわし、スロットルを後進から前進に切り換えた。ふたたび全速に入れると、ヤマハの船外機一基が遊覧船をどんどん岸から遠ざけた。

ふたりは身を低くしていた。警官が射撃をやめ、遊覧船は三十秒後には射程を出ていた。

ジェントリーは木造の遊覧船で岸を離れないように航走していたが、それでも湖はうねりがある海のようだったので、すべての注意を集中しなければならなかった。

二分後に、後方の町の明かりが見えなくなった。

活気のないパナハチェルの町の近くにヘリコプターが待機していたとしても、この天候では飛ばせないだろうと、ジェントリーにはわかっていた。だが、警察は、船外機一基で航走しているちっぽけな遊覧船よりもずっと速く移動できる船に乗るにちがいない。だから、できるだけ早く上陸するつもりだった。

ジェントリーが左の海岸線を見て、上陸できそうなところを探していると、ゾーヤがうしろに来た。

ゾーヤは無言でジェントリーの背中に片手を置いた。

「だいじょうぶか?」ややあって、ジェントリーはきいた。

「元気よ。あなたは?」

「ああ。あれはランサーだった」ジェントリーはようやくいった。

ゾーヤはびっくりしたようだった。「まちがいないの? かなり暗かった」

「前に見たときには顎鬚を生やしていなかったし、顔は見分けられなかった。だが、やつはきわめて独特な銃を好んで使う。一〇ミリ弾を使い、サプレッサーを付ける、手持ちの大砲みたいな拳銃だ。特別誂(あつら)えで、亜音速弾を発射する。やつがその拳銃を抜いたとたんに、ランサーだとわかった」ジェントリーは肩をすくめた。「それに胸にナチの刺青がある。それもやつの商標(ブランド)なんだ。でかい銃と、ろくでもない連中のクラブの会員証」

ゾーヤがいった。「あなたを見分けたかしら?」

「わからない。たぶんわからなかっただろう。そう親しい仲じゃないし」

「死んだと思う？」

ジェントリーは首をふった。「それはありえない。落ちたんじゃなくて、舷側から跳び込んだ。かすり傷を負っていたかもしれない。その程度だ」

ゾーヤが、一瞬の間を置いてから、感情のこもった声でいった。「よく聞いて、コート。どうしても信じてほしいの。ボリスおじさんじゃなかった。わかるでしょう。ちがう？」

ジェントリーは、すでにだれの差し金だろうと考えていたので、ゾーヤに賛成した。

「ボリスコフは、エンジニアをランサーが狙っているといったんだね？」

「そのとおりよ」

「ランサーを使っている連中は、ボリスコフがエンジニアを救う資産（アセット）を雇うためにここに来たのを知っていた。そいつらがきみを見た。おれのことも見たかもしれない。そして、おれたちが厄介な問題にならないように、チームをよこした」

ゾーヤはうなずいた。「つまり、相棒のジェントリーを説得する必要がなくなったので、明らかにほっとしていた。「つまり、こんな僻地（へきち）でもわたしたちは見張られているし、エンジニアを黙らせるために、だれかがとてつもない手間をかけている」

ジェントリーは、空とまわりの荒れている湖面を見た。「徒歩の尾行だったら、おれたちが気づかないはずがない。そいつらはISRを使っているにちがいない。この天候ではISRを使うのは無理だ。おれたちは安全だ……いまのところは」

ジェントリーは、湖岸の小さな山荘を見つけた。海岸線に明かりが並び、ジャングルの斜面の上のほうまでまたたいている。

ゾーヤがいった。「サンタ・カタリナ・パロポ。なにもない小さな町だけど、交通手段はあるでしょう」

ジェントリーはハンドルをまわし、スロットルをすこし絞った。「上陸して、行き先はどうでもいいからチキンバスを見つけ、それからグアテマラシティへ行こう」

岸に近づくと、ゾーヤがジェントリーの肩をぎゅっと握った。「危険に巻き込んでごめんなさい」

だが、ジェントリーは、船首の向こう側を見つめたまま首をふった。「前にもこの話はした。おれたちの相手……おれたちがやったこと。いっしょにいれば、おたがいを危険にさらす。そのリスクを受け入れることに、おれたちは同意した」

ジェントリーはさらにいった。「なにが起きているのかつぎは教えると、約束してくれ。どういう影響があるかということでも」

ゾーヤが、きっぱりとうなずいた。「約束する。あらためて……ごめんなさい」

「おれもそんなふうな嫌なやつにはならないと約束する」アドレナリンがジェントリーの体内から消えつつあり、ゾーヤとの緊張した半日も消えかけていた。

ジェントリーは、ゾーヤのほうに向き直った。信じられないという表情でいった。「おれから銃の狙いをそらすために、弾薬切れの拳銃を構えたのか」

ゾーヤはジェントリーの目を覗き込んだが、黙っていた。

「知っておいてもらいたいんだ……心の底から。あんな馬鹿な行為はない」

ゾーヤが笑い、緊張がようやくほぐれた。

ジェントリーも笑みを浮かべた。「そろそろ謝るのをやめて、凄腕だというのを自慢すればいい」

ゾーヤの笑みがひろがったが、ストレスが残っているのが、その表情からわかった。

ゾーヤがジェントリーにキスをして、ジェントリーがキスを返し、そのあとは船を陸地に着けるのに注意を集中した。ゾーヤはバックパックを背負うために、後部デッキへ行った。

## 12

イングランドのオックスフォードにあるランドルフ・ホテルのヴィクトリア・ゴシック様式の正面(ファサード)は、ボーモント通りの上に大きく聳(そび)えている。ドアの前の屋根付き玄関(ポルティコ)に近づいたメルセデス・スプリンターのバンのつややかな黒い車体に、そのファサードが映り込んだ。メルセデスがとまり、グレイのフランネルのスーツを着た運転手がおりて、すでに低いシューッという音とともにあきはじめていたスライド式ドアのほうへまわった。ボディの下からサイドステップが出てきて歩道に達し、運転手は車内をちらりと見て、VIPとその取り巻きのためにすべての準備が整っていることを確認した。

メルセデス・スプリンターが道路のジェット機と呼ばれているのは、不思議ではない。前寄りには革のシートが四つ、後部には三人掛けの革のソファ、薄型テレビ、トレイ式テーブルがある。小さなウェットバー・エリアには、シャンパンのフルートグラスまで吊るしてある。

運転手と助手席は、窓のあるパーティションでキャビンと仕切られ、プラスティックのカーテンが閉まっていた。スプリンターの天井全体が格子状の液晶パネルで、いまは柔らかなブルーのライトを発し、アルファ波BGMがそよ風のようにそっとキャビンに漂っていた。

すべて整然としているようだったので、運転手はポルティコのほうを向き、カフスのマイクに向かっていった。

「異状なし」

数秒後に、小集団がポルティコの下の赤い絨毯(じゅうたん)を敷いた階段に出てきて、一〇メートルも離れていないバンに向けて、きびきび進んでいった。

ホテルから出てきたのは九人だった――女がひとり、男が八人――ひとりの男がまんなかを歩き、ブリーフケースのような物を持った黒スーツの男ふたりが、その左右を固めていた。

黒スーツのもうひとりが男の前方を歩き、さらにふたりがうしろを固めていた。この五人が中心人物を護衛していることは明らかだった。

密集したこの六人の前方に男ふたりがいて、ひとりはしゃれたグレイのスーツ、もうひとりは皺(しわ)になった茶色のスーツといういでたちだった。

一団のなかの女性ひとりは、三十代のアジア系で、キャスター付きダッフルバッグをひきずり、ハンドバッグと革の書類ホルダーを肩にかけ、やや遅れてつづいていた。男たちに完全に無視されているらしく、あせって急いでいるように見えた。

一行の中心人物らしい男は、小集団の大多数とは異なり、ビジネスの服装ではなかった。コットンのゆったりしたグレイのヨガパンツをはき、赤いトラックスーツのトップを喉もとまでジッパーを閉めて着て、十万ドルの値段がついている〈ルイ・ヴィトン・ナイキ・エア・フォース1〉をはいていた。

男がせわしなく大股で歩くあいだ、片方の肩にかけている赤いバックパックが揺れた。耳を覆う大型ヘッドホンを、男は首から吊っていた。

運転手は運転席に戻り、贅沢な車内に一行が乗り込むと、ドアがシューッという音とともに閉まり、サイドステップが収納されて、スプリンターは走りはじめた。日除けが自動的に閉まると、キャビンは自家用ジェット機の機内と見分けがつかなくなった。

ボディガード五人のうち四人は、キャビンのシートに座り、もうひとりは助手席の武装護衛を務めた。中心人物——〈ナイキ〉とトラックスーツのトップを身につけた男——は、後部のソファに、アジア人女性とグレイのスーツの男に挟まれて座った。

茶色のスーツの男は、壁のそばの小さな折り畳み椅子に窮屈そうに座っていた。極度にくだけた服装のＶＩＰは、アントン・ヒントンという男だった。やけに少年じみて見えるが、四十六歳で、短い茶色の髪は、左右を耳の上まで剃りあげ、てっぺんを長くして、整髪料で持ちあげ、ボリュームを出す、フェイドという髪型にカットされていた。

ヒントンは、ビリオネアの数十倍の金持ちだった。ニュージーランドのウェリントンの生まれで、シリコンバレー、ボストン、イギリスのここや、そのほかの場所で暮らし、記憶にあるかぎりずっと、コンピューター・ソフトウェアで遊び、学び、開発してきた。最初はゲーマー、つぎは学生、そしてプログラマーになり、やがて起業家になった。ヒントンは先駆者で、独力で成功した男だった。

そして、富と成功と注目を浴びるライフスタイルのせいで、ヒントンは国際的なセレブになっていった。

インテリジェント・デザインの領域を拡大するのがヒントンの専門で、十年前にアダマスという電気自動車メーカーを共同創業し、最盛期には年商が百億ドルを超えると豪語していた。

二年前にヒントンは、中国の寧波市に本社がある国際コンソーシアムにアダマスを売却し、その後は製造業や家庭へのＡＩ応用の開発に取り組んでいる自分の会社数十社に注力していた。また、未来のインテリジェント・デザインのすばらしさと危険要因について、世界中で講演を行なうことでも有名だった。

ヒントンがおもに、世界の国防産業がＡＩを応用する場合の危険性に関心を抱いていて、そのためにＡＩ分野の多くの人間の不評を買っていた。国防産業が発注する研究開発(R&D)には、莫大な金がからんでいるからだ。

だが、アントン・ヒントンの会社、ヒントン・ラブ・グループには、使命を明記した社是がある。〝すべてのひとびとのための果敢で安全な未来〟。

人類の利益のために、地球上の画期的な生活を実現することのみを、ヒントンはみずからの使命と見なしていた。

ヒントンはいま、バンの車内にいっしょにいるひとびとを見まわした。落ち着かず、貧乏ゆすりをしていた。すぐに、右側の女に目を向けた。

「キミー」ヒントンはニュージーランドなまりの強い英語でいった。「今夜のチャリティ・ディナーがはじまる時刻は？」

バンが走りはじめるとすぐに出したiPadで確認するまでもなかった。美しい顔からキミーは中国系だとわかるが、発音はロンドンの私立学校(プライヴェート・スクール)で教育を受けたことを物語っていた。「イベントは午後七時ですが、あなたは出席しないと、ガレスがいいました。

残念ながら欠席すると知らせようかと――」

「直前に判断するつもりだ」ヒントンは答えた。「子供たちが支援を必要としている」

ヒントンの左隣の男は、一行のなかで最年長で、五十七歳だったが、風雪を経た顔と短く刈った白髪まじりの髪のせいで首から上は六十代に見える。

だが、首から下はまったく異なっていた。引き締まった体つきで、身長はぴったり一八三センチ、肩幅が広く、すさまじい威圧感を発揮していた。スーツの下の体は石を鑿(のみ)で彫ったようで、余分な体重はまったくなく、二十五歳のプロスポーツ選手のような物腰だった。

まだ午前八時だったが、その男――ガレス・レンは、ランドルフ・ホテルのジムで、早朝に一時間十五分、過酷なトレーニングをやっていた。

ボスのヒントンが、今夜のチャリティ・ディナーに出席するかもしれないといい放ったとき、レンは口をひらいた。レンはイースト・ミッドランズのノッティンガム出身のイギリス人で、ヒントンとおなじくらい強い独特のなまりがあった。

「その話はすんだはずですよ、アントン。これがすべて片づくまで、とにかく数日のあいだは、予定がはっきりしている目につくイベントは避けなければならないと。そうでしたね？」

ヒントンはソファに頭をあずけて、考えに集中し、気を静めるために、アルファ波BGMに耳を傾けた。やがて、つかのま考えると、ヒントンはいった。「わかった」女のほうを向いた。「キミー、〝出席できず残念です〟だったかな？　その言葉に添えて、小児病院への寄付を……三倍に増やすと伝えてくれ」

「ずいぶん気前がいいんですね、アントン。そういたします」そういったときに、彼女の携帯電話が鳴った。右耳のエアポッドを叩いて、キミーが小声で電話に出た。

ヒントンは、ガレス・レンのほうを向いた。「どのみち、わたしの顔見せよりも金のほうが必要なんだ。それでいいだろう。午前中のアポイントメントの計画は？」

「憶えているでしょうが、午前中のアポイントメントをキャンセルするという計画でしたよね」

ヒントンがむっとして顔をしかめたが、黙っていた。それから、まっすぐ前方を向いた。そこではボディガードのひとりが座席をまわし、一行のほうに向いていた。

ヒントンはいった。「エミリオ、きみと部下は、これに準備ができているか？」

エミリオはチリ人だが、見事な英語でしゃべった。「はい、アントン。大学ではなにもかもコントロールされています。大学の警備陣ともう連絡をとりました」

ガレス・レンが、すかさず抗議した。「なにが起きていようと、あなたを群衆や見通しのきく場所から遠ざけておく必要がありますよ。さもないと——」

キミーが電話を終えた。「アントン」重苦しい口調だったので、声が聞こえる範囲にいるものはすべて動きをとめて、彼女のほうを見た。「ブカレストから連絡がありました。ボグダン・カントルが、早朝に黒海のヨットで死んでいるのが発見されたそうです。死因はまだわかっていません」

ヒントン、レン、キミーは、そのルーマニアのビジネスマンのことを知っていた。十年以上にわたり、ヒントン・ラブ・グループで働き、いまのガレス・レンとおなじ最高執行責任者に昇進した。二年前に自分のAI研究会社を創業するために彼が辞めて、ヒントンのボディガードだったレンが、後任の最高執行責任者に就任した。

ヒントンは、両手で顔をこすり、低い声でいった。「これはいつ終わるんだ?」

だが、レンはこれを絶好のチャンスだと見なし、背すじをのばして気を引き締めた。「いいですか、アントン。これははじまったばかりですよ。ボグダンの変死で、きょうのイベントをキャンセルしなければならない理由がひとつ増えました」

ヒントンは、膝のあいだからフロアを見おろしたまま、首をふった。「ボグダンにはボディガードがついていなかった」

レンが冷静に答えた。「あとの連中にはついていました。ボディガードは脅威の一部を阻止できますが、すべてを阻止できるわけではありません」

　ヒントンが、レンに視線を戻し、低い声でいった。「それで、あの《エコノミスト》のやつは？　名前はなんだったかな？」ヒントンとレンは、前方の座り心地の悪い折り畳み椅子に腰かけて、携帯電話を見ている茶色のスーツの男のほうを見た。

　レンがいった。「デイヴィッド、なんとか。忘れました」

「わたしが怯(おび)えているのを、《エコノミスト》なんかに見られたくない。姿を隠すわけにもいかない」

《エコノミスト》の小柄なレポーターが、エミリオの座席につかまってバランスをとりながら、不意にバンの後部へ進んできた。「カントルのこと、聞きましたか？」

　ヒントンが、目に涙を浮かべてうなずいた。

「たいへんお気の毒ですが、コメントをオンライン版向けに――」

　レンが怒って片手をふった。「やめろ、デイヴィッド。しばらく遠慮しろ」

　叱られたレポーターが、折り畳み座席に戻った。

　エミリオが、仲間のボディガード四人を示しながら、力強い体つきのレンに向かっていった。「おれと仲間がちゃんと仕事をやると信じてくれ。アントンは無事に会合へ行ける。おれと部下が、命懸けでアントンを護(まも)る」

レンがなおも反対した。「きょうの会合にそれだけの価値があるとは──」

ふたたびヒントンが口をはさんだが、その前に、落ち着かせようとして、親しげにレンの太腿(ふともも)を叩いた。「なあ、相棒、わたしも怖い。わかっている。何者かがわたしの友人たちや、以前のビジネスパートナーたちを殺している。得体の知れない脅威があるのはたしかだ。それは否定しない。しかし、きょうの実証実験のために、どうしてもここに来なければならなかった。きみは最高執行責任者だし、エミリオがわたしの警護班の指揮官だ」

レンが黙っていたので、ヒントンは溜息をついた。「チャリティ・ディナーのことでは、きみのいうとおりにする。このオックスフォードでの実証実験では、わたしのいうとおりにしてくれ」

議論に負けたのを認めているような感じで、ガレス・レンが小さな溜息をつき、ジャケットの下に手を入れて、左側のショルダーホルスターに収めている拳銃のグリップに手を置いた。

ヒントンは、その動きに目を留めた。「きみも武装しているんだな？」

「殺し屋たちが見つかって、始末され、後片づけがすむまで、武器を持っていようと思ったんです」かすかな笑みを浮かべた。「おれも怖いんですよ、相棒」

ヒントンがいった。「正直いって、安心した。それを見て……エミリオと練度の高い元警官四人が護ってくれるだけではなく、元特殊空挺部隊(SAS)戦闘員も掩護してくれる。腕の立つ野郎どもの適切なチームに囲まれている。わたしが無事に学舎にはいれないとしたら、だれもはいれないだろう」

運転手がインターコムで知らせた。「あと一分で到着します」

まもなくバンの速度が落ちて、ドアがあきはじめた。黒いブリーフケースを持ったボディガードふたりが、サイドステップが出てくる前に跳びおりた。そこはオックスフォード大学サイード・ビジネス・スクールの正面ドアの左側の歩道だった。まっすぐ前方に広いエントランスがあり、右側の広い駐輪場に何十台もの自転車がとまっていた。左のほうには、ハイス・ブリッジ通りがある。

ボディガードふたりが全方位に視線を配っているあいだに、ガレス・レンが車外に出て、バンから数メートル離れ、自分も付近の監視を開始した。

オックスフォード大学界隈(かいわい)の、典型的な曇った朝だった。歩道に数人がたむろしていた。これから授業へ行く学生たちのようだった。二十代くらいの女三人が建物の角で一台の携帯電話を見ていて、ひとりの男が自転車をこいで大きな自転車スタンドから遠ざかり、べつのふたりの若者がルーリー通りでレーシングバイクからのんびりとおりて、スタンドのほうへ自転車を押していった。

すぐにエミリオがおりてきて、ヒントンがつづき、たちまちブリーフケースを持ったふたりが横を固めた。

レンがドアに向けて歩いていると、制服を着た大学の警備員四人が建物から出てきて、正面の通り全体を効果的に見張れる位置についた。そのとき、レンのうしろから、すたすたと走る足音が聞こえた。異状がないことを確認しようとして、レンはふりむいたが、ヒントンの右にいたボディガードが、自転車スタンドのほうにさっと体をまわし、片手で黒いブリーフケースを持ち、反対の手をジャケットの下に入れるのが見えた。

そのボディガードが、拳銃を抜こうとしていた。

「銃だ！」ボディガードが叫び、ブリーフケースを正面にかざした。

その動きでブリーフケースが長くなったように見えた。それが瞬時に、長さ一五〇センチの大きな黒いマットに変わった。それはケヴラーの抗弾楯(バリスティック・シールド)で、ボディガードがそれを掲げたときに、エミリオが拳銃を抜き、自転車スタンドのほうを向こうとした。

エミリオの三メートル前に立っていたレンは、ショルダーホルスターから慣れた手つきでベレッタを抜き、自転車スタンドのほうへ顔を向けた。

レンがターゲットを見つける前に、銃声が歩道の上で轟(とどろ)いた。レンは小さな的になるためにしゃがんだが、任務をつづけた。ベレッタを構えて左右に目を配ると、やってきたばかりの自転車乗りふたりが、ステンレススチールのセミオートマティック・ピストルで狙いをつけ、ふたりいっしょに一行に向けて銃弾をばらまいていた。

右側の襲撃者が被弾したらしく、身をよじったが、それでも狙いをつけようとしたとき、レンがベレッタを構えて撃ち合いにくわわった。レンがターゲットの胸を狙いすまして、引き金を引き、ベレッタが手のなかで激しく動いた。二発目と三発目を放ったとき、その若い襲撃者が自転車の上にひっくりかえって、地面に倒れるのが見えた。

レンがもうひとりに銃口を向けようとしたとき、その男が二発目を放った。レンのほうには目もくれず、ターゲットに注意を集中して、三発目を放った。レンはその男の胸の横に一発撃ち込み、男は仲間から三メートル離れた地面に倒れた。

銃撃はたちまち熄(や)んだが、レンの耳にこんどは叫び声が聞こえた。ヒントンのほうを向くと、抗弾楯(たて)を持ったふたりのうちのひとりに護(まも)られ、バンに向けて駆け戻るところだった。危険地帯から離れるために、運転手がすでにドアをあけていた。

ヒントンに怪我(けが)はないようだった。

あとのボディガードふたりが、拳銃を抜いて周囲に警戒しながら、ヒントンたちといっしょに走っていた。キミーがすでに車内にいるのが見えた。

レンがバンに向けて一歩進んだとき、前の歩道にエミリオがうつぶせに倒れているのが目にはいった。頭のうしろの射出口から、血が流れ出していた。

レンは拳銃を前に構えたまま、エミリオのほうへ走っていったが、立ちどまらず、エミリオを跳び越して走りつづけた。

大学の警備員ひとりが、右のほうで痛みのあまり悲鳴をあげていたが、レンはそちらを見るために立ちどまらなかった。雇い主がこれ以上狙い撃たれないようにすることだけを考えていた。

バンのドアが大きくあき、ハイス・ブリッジ通りで速度をあげはじめた。ボディガードのひとりが、重い抗弾楯をソファのヒントンの上にかざし、キミーは場所をあけるためにフロアで体をまるめていた。

レンがバンのなかにはいり、ドアが閉まると、インターコムのボタンを叩いて、運転手に指示した。「ランドルフに戻れ！　エミリオや、現場のほかの負傷者のために救急車を呼べ。すくなくともひとり負傷している。それから、パテル先生に電話して、ホテルについたらアントンを診察するよう頼んでくれ」

「かしこまりました」

元SAS准尉で五十七歳のレンは、ヒントンのほうを見た。楯に隠れてほとんど見えなかったので、撃たれたのかもしれないととっさに心配した。ヒントンの顔には血の気がなく、見ひらいた目の焦点が合わず、ソファに横たわっていた。ボディガードが楯をヒントにかぶせて、その上に座っていた。

レンはヒントンのそばへ行って、楯とボディガードを押しのけ、ヒントンの体を手探りした。すぐに、ヒントンはショックを受けているだけだとわかった。

キミーが四つん這いで前寄りに這っていって、ヒントンとおなじように真っ蒼になっていたレポーターの横のシートに座った。レンはキミーとレポーターを見て、心痛を味わっているのを察した。「どこか撃たれたか？」ショックに陥っていた場合に気を取り直すことを願って、レンはふたりに大声できいた。

《エコノミスト》のレポーターがいった。「わたしは……だいじょうぶだ」

キミーが、長い黒髪を目から払いのけた。「エミ……彼、怪我したと思う」

怪我どころじゃないと、レンは思った。「救急車を呼んだ」

「くそ！」ヒントンが不意に叫んだ。銃撃戦の場から連れてこられたあと、はじめての生きているあかしだった。どうしたのかと思い、レンはヒントンのほうを見た。ヒントンは、ボディガードふたりの隣で、ソファに起きあがっていた。頭を両手で抱え、ひどく取り乱しているように見えた。

レンは、ソファの前のフロアにひざまずいた。「だいじょうぶですよ、アントン」

「エミリオは……」

「わかりません」

「なんてことだ、わたしがみんなを行かせた。わたしが行かせたんだ!」

「よく聞いて、アントン。エミリオは自分の仕事をやっていたんです。あなたも自分の仕事をやっていた。これはあなたの責任じゃない。撃ったやつら……」ためらってからいった。「これを命じた連中……そいつらの責任です。悪いのはそいつらだけです。しっかりしてください。こういうことが、また起きるかもしれない」

ヒントンが、首をかしげた。「また?」

「あなたはまだ生きている! これがどういうことにせよ、だれかがあなたに死んでもらいたいと思っているのは明らかです。そいつらがいるかぎり、あんたの身は危険なんです!」

スプリンターが、朝のオックスフォードの車の往来を縫って突っ走るあいだ、ヒントンは宙に視線を据えていた。

# 13

スコット・キンケイド、別名ランサーは、バックパッカー向けホステルの共同洗面所で汚れた鏡を覗き込み、痣と擦過傷ができている右脇腹を調べてから、体をねじり、鏡に映っている背中を肩ごしに見た。頭上の裸電球のどんよりした暗い光でも、そこの傷が見えた。〝火を吐け〟という言葉の上で口から色鮮やかな炎を吐き出している骸骨の刺青が、背中いっぱいに彫られているが、その右側に、右広背筋をかすめた弾丸の醜い切り傷があった。傷は深くなく、致命傷ではないが、傷の痛みが弱まることはなく、悪くなるいっぽうだというのがわかっていた。

もっとも、そういう苦痛など、気にしていなかった。ランサーと呼ばれる暗殺者は、傷によって注意を集中することができた。生まれてから四十七年のあいだに、負傷したことは数限りなくある。最初はシアトルの家で、死にそうになるくらい父親に殴られた。その後、アメリカ海軍のBUD／S――水中爆破／SEAL基礎錬成訓練――で、すさまじく苦しい訓練を味わった。

アフガニスタンで即製爆発装置(IED)の爆発によって、さらに苦痛を味わい、シリアではAKの跳弾を背中に一発くらった。

痛みはキンケイドの相棒だった。キンケイドを消毒し、生きていることを実感させる軟膏(なんこう)だった。

他人に痛みをあたえることも、生きていることを実感させてくれる。キンケイドは嫌疑をかけられて海軍を辞(や)めた。脅迫されたSEAL隊員たちが妬(ねた)んででたらめの告発をしたからだと、わかっていた。そのあと、他人に苦しみを味わわせることで自分の苦しみを和らげるために、金で殺しを引き受ける稼業に転じた。

ナイジェリアと、そのあとマリで短期の仕事を何事もなく片づけたあと、定職は見つからなかったが、ある男に、本格的な仕事に興味はないかと持ちかけられた。シリアでSEAL隊員と揉(も)めたことか、あるいは告発されたせいでヘッドハンティングされたのだと、キンケイドはすぐさま気づいた。

ほどなくキンケイドは、モロッコのフェズの街路で暗殺を立案していた。

その仕事を見事にやってのけると、雇い主が、望めばほかにも仕事があるといった。

仕事は喉(のど)から手が出るほどほしかったが、ボスはほしくなかった。フリーの工作員(エージェント)でいたかった。

短期間、サー・ドナルド・フィッツロイという黒幕（フィクサー）のために、契約でしばらく仕事をした。ヨーロッパでの仕事がおもで、そのあと、ドバイの男や、ダラスの男の仕事もやった。いまは新しい調教師（ハンドラー）、ジャック・チューダーという名前のウェールズ人の仕事をやっている。チューダーが経営する警備会社、ライトハウス・リスク・コントロール社は実質的に、秘密作戦要員や金で雇われる殺し屋を使うための隠れ蓑（みの）だった。ランサーは、この手の仕事でこれまで三十件を超える請負仕事（コントラクト）を実行してきた。すべてが殺しの仕事ではないが、大半は殺人で、すべて好結果だった。

ランサーは自分のことを、無敗のプロボクサーのように見なしていた。

こと殺人に関しては、ヘビー級の世界チャンピオンだと思っていた。

それなのに……昨夜はグアテマラのちっぽけな無名の町で、あやうく死にそうになった。

ランサーは信じられない思いで首をふり、鏡でなおも見ながら、右側の傷に触れた。

顔が歪（ゆが）んだが、痛みは注意を集中するのに役立った。自分が殺人者、狩人であることを思い出し、その不快感によって、戦いに戻りたい気持ちが強まった。

警察の射撃を避けるために湖に跳び込んでから五時間たっていたので、そのあとで起きたことをすべて考えた。タホには戻れなかった。湖からあがったときには、警官がうようよいたので、体が乾くのを待って、タクシーに乗り、ケサルテナンゴまで戻った。空港へじかに行くのは避けた。官憲がそのうち運転手を見つけ出し、顎鬚(あごひげ)のアメリカ人乗客について質問するにちがいない。そこで、ランサーはアラモのバス停でタクシーをおりた。

ランサーは、バックパッカー向けホステルにぶらりとはいり、ほとんど客がいない二十四時間営業のバーに座って、〈ジョニーウォーカー〉のストレートを二杯飲んでから、ラリッているか酔っ払っているアメリカやヨーロッパの若者で満員にちがいないドミトリー形式の客室の隣にあるこの洗面所に戻った。

傷を調べてから、シャツを着て、洗面所を出た。バーを通り、ホステルを出て、通りを北へ向かった。

空港に着くまで、風があるひんやりした夜の闇を三十分歩くあいだ、一歩ごとに肋骨(ろっこつ)が文句をいった。そこでトタン波板のフェンスを乗り越えるときに、上半身がさらに抗議した。

エンブラエル・フェノム小型ジェット機一機が、駐機場で待っていた。ジェットステアがおろしてあったので、ランサーは昇っていった。

機長と副操縦士は、キャビンの座席で仰向(あおむ)けになって眠っていた。目を醒(さ)まさせるために、ランサーはひとりの足を蹴り、もうひとりの足も蹴った。

ふたりともそれを予想していなかったが、ランサーは責めるつもりはなかった。電話してもよかったのだが、危地に送り込んだ雇い主たちへの罰として、しばらく気を揉ませるために、間を置いたのだ。

「すみません」アメリカ人の機長がいって、すばやく起きあがった。

「飛行前チェックリストをやれ」

ふたりともあわてて立ちあがり、コクピットへ行った。歩きながら、機長がいった。

「連絡してくれれば、とっくにやっておいたのに」

「どこへも行かないかもしれない」ランサーはいった。「ここでの仕事は、まだ終わっていない。だが、首都へ移動しなければならなくなった場合のために、準備してくれ」

一分後、ランサーはシャツを脱ぎ、機内の救急用品を膝に置いて、空いたばかりの座席に座った。

傷口に抗生剤をスプレーし、冷却パックふたつの封を破ってから、肋骨の上に当て、圧迫包帯でしっかり固定した。

つぎに、ホルスターから拳銃を出し、弾薬を抜いて、分解した。予備のリュックサックから出したクリーニングキットでパーツを洗い、携帯電話の電源を入れて、イヤホンをはめ、電話をかけた。

これまでの五、六時間、コントローラーが連絡しようとしていたはずだとわかっていたが、どこで狂いが生じたのか、考える必要があった。

意識が落ち着くと、ランサーは相手が出るのを待った。

「もしもし？」

前とおなじフランス女だった。疲れ切った声だった。この任務の作戦センターがどこにあるのか、ランサーは知らなかったので、電話を受けている場所の時刻は見当もつかない。

「現況を伝えて」

「おれのくそ現況を教えてやる。地元の三人は、死んだか、警察に逮捕された。おれは負傷し、ターゲットは逃げた」

フランス女の声には、感情がこもっていなかった。「資産（アセット）三人はすべて死んだ」

ランサーは、怒りをこめて鼻を鳴らした。「あいつらは資産（アセット）じゃなかった。足手まといだった。それで、おまえらはザハロワを見失ったんだな？」

「わたしたちの目は無人機（UAV）だけだった。あなたが行動する前に、それが墜落した」

ランサーは溜息をついた。「やつらはだいぶ前に、パナハチェルから船で逃げた。どこへでも行けた」

「了解した。この六時間、あなたはどこにいたの？」

「仕事人生の計画を練ってた」

「それはどういう意味？」

「この仕事は……おれが承諾したときには、ターゲットは四人で、警護はたいしたことがないという話だった。ところが、複数の一線級工作員を相手にまわしてる。再交渉の潮時だ」

「わたしはそういう立場では――」

「もちろんちがうだろう。そういう立場の人間につないでくれ」

間があり、女がいった。「そうする。でも、その前に、なにが狂ったの？」

「おれたちが罠を仕掛ける前に、おまえらが雇った馬鹿なやつらのひとりが、敵に正体を暴かれた。おれたちは最初から劣勢だった。そのあともひどくなるいっぽうだった。ザハロワには、きわめて技倆（ぎりょう）の高い工作員がついてた」

「わたしたちは、その男を識別できなかった」

「おまえらの組織のために個人を識別するのは、おれの仕事じゃないが、手助けしてやろう。やつの名前はジェントリー。アメリカ人。元CIA。何年か前に、フィッツロイという名前の調教師（ハンドラー）に雇われて、民間セクターで仕事をしてた」

「どうしてそれを知っているの？」

「おい、これはおれの情報だ。信じるかほうっておくか、勝手にしろ」ランサーは、大きな拳銃の銃身のクリーニングを終え、つぎに潤滑剤兼保護剤の瓶を出して、内部機構に塗りはじめた。それからいった。「ボスにつながないと、電話を切る」

たちまち、男の声が聞こえた。北欧のなまりを、ランサーは聞き分けた。

「ランサーか？」

「あんたをどう呼べばいい？」

「ディレクターと呼んでくれ」

「わかった。殺し（ヒット）一件に二百五十万ドル。きのうから開始し、これが終わるまでつづける」

「あんたに金を払っているのは、わたしではない」

ランサーはびっくりした。「調教師（ハンドラー）を通しておれを雇ったのは、おまえじゃないのか？」

「まったくちがう。わたしはあんたのことを知らないし、あんたの調教師（ハンドラー）も知らない。もっと金がほしければ、サイラスとじかに話をしなければならない。わたしたちはみんな、サイラスに雇われている」

「サイラスとはいったい何者だ？」

長い間があった。「あんたを雇った人間の暗号名だ。彼がわたしを雇った。ここにいる全員を雇った」ディレクターが、早口でいった。「あんたの請負仕事（コントラクト）を処理している調教師（ハンドラー）がいるのなら、そっちに連絡しろ。サイラスに接触する方法をそいつが知っているはずだ」

ランサーは考え込んだ。作戦センターのディレクターは、だれのために働いているかを知らないのだ。おもしろくなってきた。

「そうする」いくぶんまごついて、ランサーはいった。

「それまでのあいだに」ディレクターがいった。「ゲンリフ・ボリスコフは、メキシコシティに戻っている。あすの朝、そこでボリスコフを始末してもらいたい」

「おれはなにもやらない。金の話が――」

「調教師（ハンドラー）と話をして、金を手に入れればいい。それまで、働きつづけてもらわないといけない」

「どうしておれが――」

「動きが速い作戦だからだ。メキシコシティで、その時間内に作戦ができないようなら、ほかの人間を雇う。そいつがいい仕事をしたら、ボストンに送り込み、そこからトロントにも行かせる。あんたじゃなくて。メキシコシティへ行かなかったら、あんたの二百万ドルはゼロになる」

ランサーは、冷却パックと包帯のあいだから、痛む肋骨(ろっこつ)をさすった。夜中に何時間もかけてメキシコシティまで飛行機で行き、そこで男ひとりを殺すために位置につくのは、気が向かないが、痛みがエネルギーになるとわかっていた。

ディレクターがいった。「ターゲット・ガマ17(セヴンティーン)とガマ8(エイト)がメキシコシティにとどまっているし、われわれは監視をつづける。到着したらできるだけ早く行動してくれ」

ランサーが拳銃を組み立てて、テイクダウンレバーを上にはじき、スライドをはめ込んで、がらんとしたキャビンで大きな音が響いた。「了解、ランサー通信終わり」イヤホンを叩き、弾薬をこめて、拳銃をホルスターに収めた。

五分後、ランサーはこの作戦の調教師(ハンドラー)、ジャック・チューダーというウェールズ人と、メールでやりとりし、その十分後にチューダーが、パロアルトの殺しも含めて一件あたり二百五十万ドルに値上げすることにサイラスが同意したと伝えた。

ランサーは立ちあがって、メキシコシティへ行くと指示するために、コクピットへ行こうとしたが、考え直した。作戦センター・ガマがパイロットたちに連絡するはずだから、なにもする必要はない。

ランサーは窓の外を見た。つぎの瞬間には、ジェット機が動き出していた。

あすメキシコシティで、仕事を二件やる。その翌日にはボストンで一件。それからカナダへ行って一件。それで仕事は終わりだ。

待てよ。そうなのか？

ザハロワを追うために、だれかが派遣されるだろうかと、ランサーは思った。それとも、この仕事が終わる前に、ザハロワやジェントリーとふたたび対決することになるのか。

ふたりを相手に、もう一度戦いたかった。自分で条件を決める任務で。

だが、ランサーはひとまず調理室へ行き、小さなバーから〈ジョニーウォーカー黒〉のフルボトルを出し、プラスティックカップに氷をいっぱい入れた。

痛みはランサーの友だった。だが、いまは集中しなければならないことがあるから、友と付き合っている時間はない。

シンガポールのサイエンス・パークにある戦術作戦センター・ガマで、ランサーの乗った飛行機が離陸してメキシコシティへ向かっているという技術者の報告を聞いたディレクターは、飾り気のないオフィススイートの自分のワークステーションへ行き、腰をおろして、自分のコンピューターにメッセージを打ち込んだ。

「サイラス、こちらガマ指揮官(アクチュアル)。資産(アセット)ランサーが、ガマ19(ナインティーン)を、元ＣＩＡ、現在フリーランスの契約工作員、〝ジェントリー〟と識別している」

意味深長な間があり、そのあいだにノルウェー人のディレクターは目をこすり、黒っぽい髪を手で梳いて、ぬるくなった紅茶をひと口飲んだ。

やがて、応答があった。

「グレイマン。興味深い」

ディレクターは、目の前の言葉を見つめて、首をかしげた。もちろん、並ぶもののない伝説的な刺客グレイマンのことは知っていたが、ノルウェーの情報機関に勤務していたときですら、グレイマンが実在するのかどうか突き止められなかった。

噂や憶測は数多くある。ヨーロッパ、アフリカ、北米、アジアでの名高い作戦は彼がやったという。ノルウェー人ディレクターの考えでは、グレイマンは子供を脅すのに使われる子取り鬼のようなものだった。容易に説明がつかない出来事は、すべてグレイマンのせいにされる。

ディレクターは疑問を投げた。「ジェントリーがグレイマンだということですか？」

ほとんど瞬時に応答があった。「適度に信頼できる情報として受けとめている」

情報の分野では、適度に信頼できるという表現は、分析が正確である可能性が高いことを意味する。サイラスのいうとおりなら、グレイマンは作り事ではないし、ランサーは昨夜、グレイマンと対決したことになる。

「まさかそんなことがあるとは」ディレクターはつぶやき、冷たいさむけが背骨を昇ってきて、思わず肩ごしにうしろを見た。

だが、どうしてグレイマンがグアテマラの活気のない町に、元ロシアのスパイの女といっしょにいたのか？

サイラスがそれ以上なにも書かないので、ディレクターは応答した。「われわれはジェントリーを避けることができます。ザハロワを避けることも。ボリスコフがグアテマラへ行ったのは、ターゲット・ガマ8（エイト）をメキシコシティから脱出させるために、ふたりを雇って力を借りるためだったと、われわれは想定しています。ふたりはボリスコフといっしょにメキシコシティへ行かなかったし、ランサーはあす仕事をやるためにそこへ向かっています。パナハチェルでわれわれが狙ったターゲットふたりは、もうわれわれの任務の優先事項ではないと思います」

すぐに返答があった。「任務の優先事項を決めるのはわたしだ。きみではない」

ディレクターは、溜息をついてからタイプした。「もちろんそうですが、今後三日間の作業負荷は集中して――」

スクリーンに吹き出しがひとつ現われ、それがテキストで満杯になった。サイラスがすさまじい速度で書いているような感じだった。［ザハロワとジェントリーのいどころを突き止めろ。彼らは依然として任務の最優先事項だ］

ディレクターはすばやく返信した。［了解しました。中米でわれわれがアクセスできるカメラすべての顔認識を使います。ターゲットがどこかに現われたら、すぐにわかります］

# 14

ザック・ハイタワーは、フォードF－150の荷台にバッグをほうり込み、射場にいた古株ふたりに手をふって別れの挨拶（あいさつ）をすると、ボルトアクションのハンティング・ライフルを肩からおろし、運転席に乗った。片手で持っていたそのノスラー21用のソフトケースを助手席から取り、ラムウールの裏張りのケースに入れた。

ライフルのケースをフロアに置いてシートに立てかけると、ザックは生ぬるいボトルドウォーターのキャップをあけて、ピックアップ・トラックの埃（ほこり）まみれのフロントウィンドウから、平坦な不毛の土地を眺めた。

その射場は、テキサス州ホンドーのすぐ南の五〇〇エーカーの牧場にある。ホンドーそのものも、サンアントニオのすぐ西にある。ザックはそこで距離をさまざまに変えて、三時間、射撃を行なった。さまざまな銃を使ったが、ほとんどは護身用の拳銃と、ボルトアクションのハンティング・ライフルで撃った。

きょうは気晴らしだった。ザックはこのサンアントニオ郊外の牧場でハンティング・ガイドとして働いているが、このあと三週間、クライアントの予約がはいっていないので、空いた時間を使い、少年のころにこのテキサスで父親とハンティングをやって身につけた技倆(ぎりよう)を磨(みが)いていたのだ。

その技倆は、海軍SEALの隊員になったときに、高度に磨かれ、精鋭のSEALチーム6に移ると、さらに磨きがかかった。海軍を辞(や)めて、軍補助工作員(パラミリタリー・オペレーション・オフィサー)としてCIAにくわわると、その射撃の技倆は格段に高まった。

その後、ザックはCIAを辞めて、ハンティング・ガイドになったが、何年ものあいだに臨時の任務のために呼び出されることもあった。

だが、いまのザックはもう五十代で、金持ちの男や女がオジロジカ、ブラックバック、イノシシなどの獲物を狩って撃ち殺すのを手伝って一生を終えることになるだろうと確信していた。

ザックがピックアップのエンジンをかけ、顔に冷たい風が当たるようにエアコンの送風口を動かしたとき、ポケットのなかで携帯電話が鳴りはじめた。

ザックは、水をひと口飲みながら、携帯電話を出した。「もしもし?」

「ザック・ハイタワーか?」低いしわがれ声で、イギリス人のようだった。ハンティング

・ガイドを探しているのだろうと、ザックは思った。
「そうだ。あんたは？」

「ガレス・レンだ。憶えているか？」

ザックは背すじをのばし、たちまち明るい顔になった。「レン？　たまげたな。その名前は、過去からの銃撃だ」

「憶えていることを願っていた」

「砂場（中東のこと）でさんざん共同作戦をやった。忘れるはずがない」

「ジンを飲めばいい（〝忘れな草〟という商標のジンがある）。効くぞ。ひとによっては。おれには効かない」

そのブラックユーモアに、ザックは鼻を鳴らした。「おれの電話番号をどうやって知った？」

「昔の共通の友だちから。名前をいおうか？」

「いや、いい」

レンはSASにいたので、ザックは海軍SEALだったころと、その後、CIA軍補助工作員だったときに、アフガニスタン、イラク、リビアで何度も共同作業を行なったことがあった。もう何年も、ガレス・レンや当時ともに活動したイギリス人について考えたことはなかった。

「連絡をくれてうれしい。だが、敬意を表するためではないと思えるのは、どうしてだろう？」

「たぶん、おれが〝敬意を表する〟なんていうことのために電話をかけたことが一度もないからだろう」

ザックはにやりとした。この気晴らしがうれしかった。「なにが起きたんだ？」フォードの汚れたフロントウィンドウからまた外を見ながら、水をごくごく飲んだ。

「単刀直入にいうぞ、相棒。おれは超有名人に雇われているが、その人物がきのう命を狙われた。ちょっとしたしくじりだ。ああ、おれはイギリス人だから、控え目にいってる。とにかく、あらたな警備ディレクターが必要になった。それで、あんたの昔の会社――SEAL(ザ・チーム)じゃなくてCIA(ザ・カンパニー)のほう――の知り合いに連絡して、あんたがなんていうか……ちょうどいま、あまり活用されていないと聞いた」

「その知り合いはずいぶん親切だな。おれはもう何年も活用されてない」

レンが笑った。「それもイギリス式の控え目な表現だ。正直にいうと、あんたの典型的な日々は、あんたが耐えられないような金持ちのハンティングの付き添いで、無駄に使われているといわれた」

「仕事があるときはな。いまは干上がってる」

レンが、どならんばかりにいった。「それじゃ、話は決まったな？　おれたちのところへ来て仕事をしろ。報酬はかなりいい。それに、きのうの未遂のあと、ものすごく危険になっている」

「有名人のクライアントとはだれだ？」

レンが口ごもった。「それが重要なのか？」

ザックは首をかしげた。「くそ。そんなにひどいやつなのか？」

「いや、そういう意味じゃない。ただ、よかれ悪しかれ、彼については大衆の意見がかなり分かれている。アントン・ヒントンだ」

「くそ」ザックはもう一度つぶやいた。「ちくしょう」ヒントンの名前は、世間によく知られている。溜息をついた。「何者かが、彼に襲いかかったのか？」

「イギリスで。いまいったようにきのうのことだ。ニュースになっているぞ。あんた、岩の下に住んでいるのか？」

「そうしたいところだがね」

「わかった。まあ、ヒントンに怪我(けが)はなかったが、警護班の指揮官が銃弾を一発くらった。助からなかった」

「気の毒に」

「チリ人だった。九ミリ弾を顎に受けた。正気の沙汰じゃない」

「撃ったのは?」

「金で雇われたブルガリア人の若者だ。だれが雇ったのか、まったくわかっていないが、アントンとほぼおなじ分野のハイテクの権威が、これまでに六人、殺されている。世界各地で一日半のあいだに。すべて関係があるにちがいない。仕事を引き受けてくれれば、きちんと脅威査定を行なう……いまあんたがいるところにもっとも近い空港で、一機チャーターし、ロンドンまでじかに送り届ける。それでどうだ? おれがあんたにじかに説明する。あんたはアントンに会い、どう思うか判断すればいい」

レンがさらにいった。「いいか、相棒。これはあんたに向いている仕事だ」間を置いた。「おれの知らないことを、あんたが知っているのならべつだが」

「というと?」

「遠い昔におれがいっしょに働いたハイタワーには、こういう仕事ができた。いまもあんたがそれに向いているかどうか、おれにはわからない」

レンは、ザックに心理的な問いを投げていた——やりがいがあるが、たいへんな仕事だといっていた。ザックはその問いを受け入れた。

「サンアントニオでチャーターしてくれ」

電話の相手がほっとしたことが、声からわかった。「時刻と位置をあとで知らせる」

「自分の銃を持っていく。イギリスに持ち込めるようにできるか？」

「自分の装備を持ってくる必要はない。すぐに準備する」

ザックは虫垂（アペンディックス）の上あたりに手をのばし、そこのホルスターに収まっている大きなスタカートXCセミオートマティック・ピストルのグリップに手を置いた。午後に撃ったばかりなので、まだ温かかった。ザックはいった。「交渉の余地なしだ、レン」

「アメリカ人ってやつは」レンがつぶやき、ひと呼吸置いてからいった。「わかった。なんとかしよう。あんたの持ち物を運ぶ人間を飛行機に行かせる。銃器所持許可を得ている人間だ。彼らがあんたの銃を通関させ、あんたが空港を出てから返す」

「結構」

レンがいった。「引き受けてくれてありがとう、ザック。容易じゃないが、おもしろいだろうし、早くいっしょにやりたくてうずうずしている。ほんとうに久しぶりだからな」

「懐かしの楽しいイングランドで会おう」

「そんなに楽しかったら、あんたに用はないんだがね」

ザックは笑みを浮かべて、電話を切った。

長い歳月のあいだではじめて、自分が使命を帯びている人間だという気持ちになった。

## 15

ヴァージニア州マクリーンにあるCIA本部五階の狭いガラス張りの会議室の照明が午後三時につき、その直後に長い楕円形のテーブルのまわりの席が埋まりはじめた。スーツ姿の男四人が着席し、つづいて女ふたりがはいってきて、男ひとり、女ひとりがつづいた。

その一分後に、さらに三人が到着した。

合計十一人がテーブルを囲み、ひとつだけ席が空いていた。ほどなく、ジム・ペイスが、よろけながらはいってきた。二分半遅刻しただけだが、出席しているCIAの管理職たちを待たせたのはたしかなので、その圧力をひしひしと感じていた。ペイスは、大きなアコーディオン・ファイルふたつを脇に抱え、書類を詰め込んだ革のポートフォリオを片方の肩から吊り、片手にiPadを持っていた。セキュリティ上の理由から、iPadのワイヤレス機能は使用不能になっている。

　五十二歳のペイスは、焦茶色の髪で、口髭を生やし、毎日デスクに向かって座っているにもかかわらず、引き締まった体つきだった。ペイスは小ぶりな自宅近くのアリグザンドリア旧市街にある桟橋（さんばし）にカヤックを係留していて、ほとんど毎朝、ポトマック川をレーガン・ナショナル空港よりも上流まで漕いでひきかえすことで、フィットネスを維持していた。背筋、両脚、両腕、体幹を使ってダブルブレード・パドルで漕ぐあいだ、着陸する飛行機がすぐ上を通過する。

　フィットネスは、ペイスにとってつねに重要だった。いまはそれで健康を維持しているが、それによって生き延びてきたという過去もある。

　一年前にCIA本部（ラングレー）でこの地位に就くまで、ペイスは作戦本部の工作担当官（ケース・オフィサー）として、おもに中東で諜報活動に従事していた。

　それに、三十代後半からは、現在は特殊活動センターと改称された特殊活動部の一部隊、地上班の軍補助工作員（パラミリタリー・オフィサー）だった。

　地上班では、さまざまな任務にくわえて、作戦本部で特務愚連隊（グーン・スクワッド）と呼ばれていたタスク・フォースG　S（ゴルフ・シエラ）に属し、暗殺／捕縛／犯罪者の外国への引き渡しに携わっていた。

　さらに遡（さかのぼ）って二十代には、ペイスはノースカロライナ州フォート・ブラッグのアメリカ陸軍第3特殊部隊群に勤務していた。テロとの戦争の初期で、特殊部隊員（グリーンベレー）になってからほとんど毎年、海外へ派遣された。

しかし、砂漠や泥濘(でいねい)での日々はいまや遠い過去となり、近ごろのペイスのおもな不安の種は、デスクの書類の山が引き起こす地滑りで窒息しそうになることだった。

会議室にはいるとすぐに、ペイスは楕円形のテーブルの上座、作戦本部長(DDO)の席を見た。ボスが先に来ていると知って、ペイスは暗い気持ちになった。CIAの新任の作戦本部本部長、ウィリアム・″トレイ″・ワトキンズは、ナンバー2(ツー)のナヴィーン・ゴパルと相談していた。ゴパルは、インド系アメリカ人で二十年ほど前にCIAに引き抜かれる前には、ハーヴァード大学で国際問題とセキュリティの分野の教授だった。

ペイスは、ひとこと謝って座りながら、なおも周囲を見つづけた。アナリストがかなり出席している。作戦と管理部門の人間も何人か来ていた。

ペイスより十歳くらい若そうなアフリカ系アメリカ人の女が、ペイスの右側でテーブルのなかほどに着席していた。ペイスには見おぼえがなかったが、作戦本部の人間のあいだにいるので、やはり作戦本部に属しているのだろうと思った。

危機が拡大しているので、さっさと出勤しろと命じて、午前五時にペイスをベッドからひきずり出したのは、その作戦本部(DO)だった。世界中の兵器と国防テクノロジーの動きを追跡すること、つまり拡散(プロリフエレイション)の監視が、ペイスの仕事だった。午前六時半のすこし前に本部に到着したペイスは、すぐさま、これまでの仕事とは異なるあらたな任務をあたえられた。

ペイスがファイル類を前にきちんと並べているあいだに、本部長補佐官のゴパルが、最初に口をひらいた。「よし、みんな、ジム・ペイスは特殊任務部で拡散問題を手がけている。もっと具体的にいうと、去年はずっと中国の産業スパイを調査していた。そこで、この件を追究するよう頼んだ。それをまとめるのに、彼には丸一日あった」

丸一日だと？　ペイスは心のなかでつぶやいた。八時間あったが、状況が急展開を遂げていた。

つぎに、ワトキンズ本部長がいった。「よし、ジム。わかったことを教えてくれ」

そんなたわごとに応じる準備はできていなかったが、調子を合わせて乗り越えなければならないと、ペイスにはわかっていた。

「じつは、本部長、問題を調べた短時間のあいだに、答よりも疑問のほうが数多く出てきました」

ワトキンズが、目尻が痛くなるのではないかと思うほど、片方の眉を高くあげた。「答もあるんだろう？」

ペイスはうなずいた。「人工知能（AI）やロボット工学（ロボティクス）に関係がある人物十人が、世界のあちこち、七カ国で、この三十四時間のあいだに暗殺されました」

ワトキンズが片手をあげて、ペイスを制し、目の前のiPadを見おろした。「どこから十人という数が出た？　わたしが知っているのは六人だけだ」

「そのとおりです」ペイスはいった。「モスクワで国防省の仕事をやっていて、オーストリアで自分の会社を創業するために一年ほど前に辞めたソフトウェア・エンジニア。その男と、元軍人でベルリンを本拠にしていたロシア人ビジネスマンが、きょうの午後にメキシコシティの街路で射殺されました」

ワトキンズは、顔をこすった。「ロシア人か。まいったな。それで八人だ」

ペイスはうなずいた。「この一時間に、報告がありました」――ファイルをひらいて、いちばん上の書類を見おろした――「電子工学の分野で最高の専門家、延世（ヨンセ）大学の朴珠雅（パク・チュア）博士が、きのうの夜、ソウルの中心街の漢江（ハンガン）に浮かんでいるのが発見されました。彼女は五十五歳でした。犯行があったという直接証拠はありません。それは検死で判明するでしょうが、漢江の水温は、摂氏五、六度です」

ワトキンズがいった。「自分の意志で川にはいったのではないと思うほうが自然だな」

「賛成です」

「それで九人」ワトキンズがゴパルのほうをちらりと見ると、ゴパルのアシスタントが忠実にメモをとっていた。

ペイスは、ファイルの書類をめくって見た。「七、八分前に、自動車メーカー数社の仕事をやったことがあるＡＩシステムの中程度のエンジニアが、ミュンヘンのＢＭＷでの仕事から自宅に帰る途中の地下鉄で刺されて死にました。ほかの被害者とはちがって、有名ではありませんでしたが、オートメーションの分野ではかなり高く評価されていたそうです」ペイスはつけくわえた。「まだ三十一歳でした」

ワトキンズが、眼鏡(めがね)の下で目をこすった。「アメリカのＡＩとロボット工学の権威を護(まも)るために、どんな手が講じられている？」

「それについてはＦＢＩ(ビューロー)が主導し、ターゲットになりそうな人物の警護を強化するよう、地方の法執行機関に圧力をかけています」ペイスは、ファイルの書類をパラパラめくった。「マサチューセッツ工科大学(MIT)、ボストン・ダイナミックス、マサチューセッツ・オートメーション・エンデヴァー、カーネギー・メロン大学、その他の二十数カ所に、法執行機関(LE)がかなりの人数を配置しています。これらの施設は、現時点では封鎖状態で、狙われている産業の重要人物は状況を知らされています。海外に関しては、流動的な状況です。どういうことなのか解明されていなくても、危険があることをだれもが承知しています。ですから、今後数日間、それらの場所で殺し屋はそう楽には動けないでしょう。もちろん、この十人以外にもターゲットがいるとしたら、ということですが」

ワトキンズが、事情をすべて呑み込んでうなずいた。「ジム、きみはこの分野で長いこと働いてきた。どういうことなのか、見当はつかないか？」

「もっとも可能性が高い仮説は、殺された人間すべてが、ある種の知識を共有していたということです。悪玉はたぶん中国でしょうが、なんらかの新しい戦闘能力（ケイパビリティ）を展開しようとしていて、それを阻止できるか、その新戦闘能力と戦えるなにかを建造できる人間を取り除こうとしているのかもしれません」

「どんな戦闘能力（ケイパビリティ）だ？」

「被害者とその専門から判断して、人工知能（AI）を使う兵器化された運搬体（プラットフォーム）のたぐいでしょう。自律型致死兵器システム（LAWS）です」

質問が出る前に、ペイスはいった。「LAWS（ローズ）、つまり自律型致死兵器システム（リーサル・オートノマス・ウェポン）とは、人間の干渉を受けずに、ターゲットを捜し、交戦するかどうかを決定して、交戦する兵器のことです」

ゴパルが質問した。「それで、わたしたちの軍にとって、それはなにを意味するのかね？」

ペイスは、本部長補佐官に注意を向けた。「AIは敵の兵器に、わたしたちが〝先（ファースト・）

行者利益（ムーヴァー・アドヴァンテージ）〟と呼ぶものをあたえます。孫子は〝兵は拙速を聞く〟（拙くても速やかに勝つほうがよいという意味）といっています。人間を方程式からはずして、兵器をコントロールする力をＡＩにあたえれば、敵を速度でしのぐことができます」

「そして勝利をものにする」ワトキンズが小声でいった。

ペイスはいった。「これがわたしたちの恐れているようなことで、仮にそれが実用化されたら、中国は戦術と作戦運用において、わたしたちの軍をしのぐでしょう」

ワトキンズは、椅子に背中をあずけた。「なんということだ。われわれが気づいていないようなことを、彼らはどうやって現場に展開したのだ？」

「この十年間、中国のＡＩ研究開発（R&D）は急増しています。しかし、中国だけではありません。軍とは結びつきのない民間の企業や研究所も、この分野で大幅に飛躍しています。この一年間、わたしは中国に瞞着（まんちゃく）された企業と話をしてきました。中国政府は積極的に活動し、そういったところから知識をすべて呑み込もうとしています。買うこともあれば、盗むこともある。兵器化が目的です」ペイスは肩をすくめてつづけた。「この問題に気づくのが、一日遅かったですね。真相にたどり着くまで、やることが山ほどあります。ひょっとすると、中国ではないかもしれない」

「明らかに中国だ」作戦本部のナンスという男が意見をいった。

その隣に座っていたアフリカ系アメリカ人の女が、片手をあげた。

ゴパルがいった。「アンジェラ？」一同を見まわした。「知らないものもいるだろうが、こちらはアンジェラ・レイシーだ。彼女はさまざまな新政策で、わたしを補助しているので、なにか手助けしてくれるかもしれないと思って、出席してもらった」

ペイスは息を呑みそうになったのをこらえたが、出席者のひとりかふたりが、驚きの声を漏らした。アンジェラ・レイシーはいま、CIAでは一種のロックスターで、急激な出世を満喫していた。いまは作戦本部本部長の特別補佐官代理だが、六カ月前は一介の上級工作担当官にすぎなかった。

アンジェラがいった。「これに中国が関与しているというのは、ちょっと……ぴったり嵌(はま)りすぎているような感じです。そうではなく、偽旗(にせはた)作戦のたぐいではないかと思っています」

「何者がやっているんだ？」ワトキンズが、語気鋭くきいた。

「わかりません」

ナンスがいった。「ほかの国かもしれませんが、この規模を考えると、大きな国家主体にちがいないでしょう」

ワトキンズは首をふった。「ロシア、北朝鮮、イラン……いずれもこんな大規模なものをまとめあげることはできない。中国にちがいない」

アンジェラは落ち着いていて、敬意を表していたが、いい返した。「あるいは、手段がある非国家主体かもしれません。産業スパイ活動の可能性も捨てきれません。もっとも、こんな大規模なものは、聞いたことがありませんが」

ワトキンズが、すこし嘲るような声でいった。「マイクロソフトの暗殺部隊が、会社の収益を増やすためにやっているというのかね？」

くすくすと笑う声があちこちから聞こえた。だが、ペイスが見たところでは、アンジェラは動じていなかった。「お言葉ですが、本部長、マイクロソフトの市場価格は、イタリアのGDPよりも多いですし、アップルの場合はメキシコのGDPの二倍です。アルファベットの市場価値は、ロシアのGDPとおなじです。地球上には、多くの国と同等もしくはそれ以上の資源を有する会社がいくらでもあります」

「アップルには軍隊はない」ナンスが反論した。

「軍隊はお金で買えるのよ、チップ」アンジェラは、両手をあげた。「わたしはただ、中国がいくらAIとの利害関係が深いことが知られているとはいえ、儲けが莫大なハイテク空間の分野のことで短絡的に中国に執着するのは、調査の妨げになるといっているだけです」

アンジェラが叱責されるにちがいないと、ペイスは思ったが、大ボスのワトキンズはこういった。「もっともな話だ。みんな、先入観を持つのはやめよう」ペイスのほうを向いて、話題を変えた。「暗殺者についてわかっていることは？」

ペイスの得意分野だった。「パロアルトの一件は、ほぼまちがいなく、スコット・キンケイドの仕業です」

「くそ」ワトキンズが悪態を漏らした。

ワトキンズは明らかにスコット・キンケイドの名前を知っているし、ペイスが見まわすと、テーブルを囲んでいる全員が知っていることが明らかになった。

「どうしてわかった？」ワトキンズがきいた。

「襲撃の十分ないし十二分後に目撃されました。自家用機がその一時間後に、パロアルト空港を離陸し、グアテマラの地方空港へ行きました。翌朝、それが離陸して、メキシコシティへ行きました。その自家用ジェット機の登録情報はかなり怪しげで、なんらかのごまかしがあると思われますが、時刻と位置が、カリフォルニアとメキシコシティの両方の殺人と一致しています」

ワトキンズは、とまどっていた。「それで……グアテマラではなにがあった？」

「わかっているかぎりでは、なにもありません。飛行機が着陸した場所から一時間ほどの距離のところで撃ち合いがありましたが、地元のギャングだったようです」

「そのギャングたちは口を割ったのか？」

「硝煙が晴れたときに現場にいた三人はすべて、地元の検死官の検死台に横たわっています」

ワトキンズは、ちょっと考えながらうなずいた。「キンケイドの裁判から、どれぐらいたっている？」

ナンスがそれに答えた。「十年です」

ワトキンズは首をふった。「くそったれめ。シリアで民間人にああいうことをやったあと、ノーフォークの海軍営倉に一生閉じ込めておくべきだった。ところが、尻を軽く叩かれただけで、〝誤解して悪かったな〟と法務部長にいわれて、そのあとは金で雇われる殺し屋稼業をやっている」

ゴパルがいった。「キンケイドには、結構なことがひとつあります。グレイマンとはちがって、われわれはキンケイドに含むところはない。やつはわれわれの問題ではなく、SEALの問題です」

ワトキンズはゴパルに反論した。「いまはわれわれの問題だ、ナヴィーン」ペイスに目を戻していった。「ほかの場所はどうだ？　暗殺者は？」

「イギリスでのアントン・ヒントン暗殺未遂の死んだ殺し屋は、ブルガリア人でした。イスラエルでの殺人に関しては、まったくなにもわかっていません。大阪、ミュンヘン、ソウル、バンコク、ブカレスト、シドニーもおなじです。これらすべての場所について、FBIとともに地元官憲と連絡をとっているので、地元官憲が突き止めればすぐにこちらにもわかります」

ワトキンズが、宙で片手をふった。「中国を阻止しなければならない……」アンジェラのほうを見て言葉を切り、いい直した。「未詳の敵……が、自分たちの目的を脅かしていると見なしたテック産業の人間をすべて殺すのを、阻止しなければならない。敵が何者であるにせよ、目的がどのようなものであるにせよ」

「おっしゃるとおりです」ペイスがいった。

「ジム、この問題に関して世界中で起きていることすべてに、CIAは目を光らせていなければならない。きみの双肩にかかっている。やってくれるか？」

「かしこまりました。どういう資源をいただけますか？」

「なにが必要だ？」

「あらゆる人間と話をすることを許可してください。あらゆる事柄について」

「わかった。ほかには？」

「FBIとの機密連絡経路(パイプライン)が必要です」

「それをやりやすくしよう」ワトキンズは、自信たっぷりに答えてから、アンジェラ・レイシーのほうを向いた。「アンジェラ、ジムの代理として、FBI(ビューロー)との連絡を担当してくれ」

「かしこまりました」

ペイスは、なおもいった。「国防総省(DOD)とのパイプラインも必要です。リック・ワットが殺されたときになにを手がけていたのか、知る必要があります」

「同感だ」ワトキンズ本部長が答えて、ふたたびアンジェラのほうを向いた。

アンジェラは、前に置いたリーガルパッドにメモを書いた。「この会議が終わったらすぐに、国防総省(ペンタゴン)と話をして、会合を手配します」

ペイスがアンジェラに礼をいってから、ワトキンズのほうへ向き直った。「出張する必要があります。犯罪現場を自分の目で見たいので。被害者の警護班の生き残りや同業者などから、じかに話を聞きます。ほかに目撃者がいれば、そちらからも話を聞きます」

「アンドルーズ基地の一機を、きみの専用機にする。この本部のスタッフもひとりつける。きみが行く国の大使館や領事館への手配りは、ナヴィーンがやる」

ペイスが、テーブルを指でちょっと叩いた。

「ほかになにかあるのか？」ワトキンズがきいた。

　またすこし間を置いてから、ジム・ペイスはいった。「地上班タスク・フォースに同行してもらいたいのですが」

　ワトキンズが、驚いて首をかしげた。「射手（シューター）（特殊部隊やSWATの戦闘員のことをとくに指す）を？　射手（シューター）を連れていきたいのか？　殺人任務を実行する権限をあたえることはできない」

「そのつもりはありません、本部長」ペイスはアンジェラのほうを見た。ペイスに突然注目されたので、アンジェラが驚いて見返した。「ただ、ミズ・レイシーがいったことが、真実のように思えたんです。これが非国家主体の仕業か、前代未聞の規模の産業スパイだったら、わたしはなんの備えもなく厄介（やっかい）な状況に跳び込んでしまうかもしれません」

　ワトキンズがいった。「地上班がいっしょなら、きみは安心するにちがいない。みんなそれはわかっている」一同を見まわした。「知らないかもしれないのでいっておくが、ジムは以前、GS（ゴルフ・シエラ）に属していた」

　ペイスが、それを正確にいい直した。「初期のころです。なにもかも地獄のようになる前。ありがたいことに、わたしはそれを経験しなかったんです」

　ワトキンズが、一瞬溜息をついてから、ようやくいった。「わかった。許可する」特殊活動センター所長のスティーヴ・ハーナンデスに向かっていった。「出動態勢ができているのは？」

ハーナンデスは、メモを見るまでもなく、ペイスに向かっていった。「JV(ジュリエット・ヴィクター)を使ってくれ。モンタナでの山岳作戦訓練を終えて、ヴァービーチ（ヴァージニアビーチ）で訓練中だ。数時間で移動準備ができる」

ワトキンズが、脅しつけるように指一本をテーブルの上でかざし、ペイスを睨(にら)んだ。「隠密行動だ。装備はすべて持っていっていいが、わたしの直接命令でハーナンデスが命令を下すまで、CIA(エージェンシー)の航空機から出してはならない」

ワトキンズがつけくわえた。「彼らはきみを警護する、ジム。しかし、非武装の警護のみだ」

ペイスは満足していなかったが、同意する程度には納得していた。会議は数分後に終わった。

ペイスが二十人ほどに囲まれて、五階の廊下を自分のオフィスに向けて歩いていると、うしろから女の声で呼びとめられた。

「ジム？」

ペイスは立ちどまり、近づいてくるアンジェラ・レイシーを見た。ファイルやiPadをもぞもぞ動かして、片手をのばし、アンジェラと力強く親しげな握手を交わした。

「正式に会えてうれしいです」アンジェラがいった。

「わたしもだ。手伝ってくれることに、前もってお礼をいっておこう」

アンジェラは笑みを浮かべた。「よろこんで手伝います。会議でわたしの意見を支持してくれてありがとう」

「もっともな意見だったし、おかげで、現場へ行ったらなにに出くわすかわからないということに気づいた。被害者と話をしているつもりなのに、そいつが陰謀の首謀者だったということもありうる。そういうときには、地上班が役に立つ」

「では、幸運を祈ります」アンジェラはいった。「国防総省(DOD)とＦＢＩで、仕事に取りかかります。ほかに必要なことがあれば、なんでも使ってください、遠慮なく連絡してくださって結構です」

ふたりはもう一度握手をして、廊下で分かれ、急いでそれぞれのオフィスへ行った。

# 16

ゾーヤ・ザハロワとコート・ジェントリーは、グアテマラのフロレスにある中央バス・ターミナルの外でピックアップ・トラックの荷台から跳びおりたあと、あちこちが痛む疲れた体で歩きはじめた。そこはグアテマラ北部のペテン県の中心で、素朴な町は美しい湖のほとりにあるが、湖は鬱蒼(うっそう)とした暗く不吉な感じのジャングルに囲まれていた。

午後六時をすこし過ぎていた。フリーランスの工作員ふたりの疲れた体は汗まみれで、汚れていた。ふたりとも、シャワーを浴びてビールを一杯飲みたかったし、横になれる場所がほしかった。

十分歩くと小さなホテルがあり、表から見たかぎりでは、現金で支払いができ、パスポートを見せろとはいわれないような感じだった。それに、汚らしいが安く、目立たないし、バスルーム付きの部屋に泊まれそうだった。

ホテルにはいると、フロントで望んでいたような部屋をとることができ、ふたりはすぐに狭くてでこぼこの階段を昇って、古い鉄の鍵でドアをあけ、暗くて狭い部屋にはいった。

ゾーヤはすぐさまバスルームへ行き、戻ってきた。壁にカビが生えていて、配管の調子が悪く、便器の水がほとんど流れないかもしれないということはジェントリーにいわなかった。ゾーヤはもっとひどい部屋に泊まったことがあるし、ジェントリーもおなじだとわかっていた。

ジェントリーは床にバックパックをおろし、窓から二分ほど通りを見てから、廊下との境のドアの下にゴムのドアストッパーを強く押し込んでいた。それがすんだいま、きしむベッドに腰かけ、ジーンズのウェストバンドの下からナイフを抜いた。

ジェントリーはベッドに横になり、必要になったらすぐに取れるように、ナイフを胸に置いた。ゾーヤが隣で横になるのがわかった。ふたりの重みで、スプリングがさらにきしんだ。

ゾーヤは無言でジェントリーの頰にキスをして、うつぶせになった。

ジェントリーは目を閉じて、四時間後に目をあけた。午後十時で、表の激しい雨と雷鳴の轟き(とどろき)が不吉な感じだったが、それでいてなぜか安心感をあたえてくれた。暴風雨がもたらす脅威が、ふたりに降りかかるおそれがあるそのほかの脅威を排除してくれるように思えた。

自分がどこにいるか気づくまで、ちょっととまどったが、首をまわしたときにベッドがギイッという音をたてた。不意に襲ってきた人間はまずベッドを目指すはずなので、ジェントリーはベッドではめったに眠らず、クロゼットかバスルームを使う。だが、ジェントリーもゾーヤも、ホテルに着いたときには疲れ切り、体のあちこちが痛かったので、しかたなくベッドで寝た。

シャワーの水音が聞こえた。音をたてるベッドからゾーヤがおりたのに、気づかずに眠っていたことになる。

ジェントリーは、諜報技術（トレードクラフト）をおろそかにした自分を叱った。軟弱になるなと、自分をいましめた。遠い昔に、アメリカ政府との関係を否定される資産（アセット）になる訓練を受けたノースカロライナ州ハーヴィー・ポイントのＣＩＡ基地で、駐車場にとめたトレーラーの車内で叩き込まれた台詞（せりふ）だった。

ジェントリーは、上半身を起こした。軟弱にはならないと、自分にいい聞かせた。数カ月のあいだ、いつもの習慣をいくらかないがしろにしていたが、きのうの出来事は、絶好調を取り戻す時機だということを示していた。作戦の保全と身の安全を護（まも）るという観点から、いつもの自分に戻らなければならない。

ベッドからおりたジェントリーは、ふたたびマットレスの感触を味わうのは、遠い未来のことになるだろうと、自分にいい聞かせた。

部屋を横切り、テレビのリモコンを取って、グアテマラの地元のチャンネル3に合わせ、ニュースが流れているのを見た。

もちろんスペイン語だったが、内容がわかる程度には、ジェントリーはスペイン語ができた。昨夜のパナハチェルでの銃撃戦で三人が死に、そのうちひとりは首都の犯罪組織と強い結びつきがある元特殊部隊将校だと、官憲が断定していた。グアテマラシティから来たその男が、高原の町パナハチェルでなにをやっていたのかも、彼と仲間ふたりを撃ったひとりもしくは複数の人間の身許もわかっていないと、女性レポーターが述べた。警察に教えられたこと以外はなにも知らないのだろう。

ニュースの映像は、昼間の湖畔を捉えていた。死体は回収されていたが、石畳のあちこちに残る血痕、側溝に転がっている空薬莢数十個、何隻もの船に残る弾痕が、そのときに現場にいなかった人間のために現場を再現していた。

しかし、ジェントリーはその場にいたので、ニュースを見つづけた。血痕の一部は自分とは無関係なので、いくぶん冷めた態度だった。

しかし、アティトラン湖の桟橋で起きた銃撃戦のニュースはまもなく終わり、グアテマラシティのナイトクラブで四人が殺された事件と、太平洋沿岸の土砂崩れが報じられた。

ジェントリーの注意はニュースからそれて、カーテンの向こうの暗がりに目を向けた。だが、すぐに注意を戻した。〝暗殺（アセシナト）〟という言葉と、〝メキシコシティ〟が同時に聞こえたので、テレビに視線を戻した。

街路に立って中継している女性レポーターがいった。「ランチタイムのころに、かなり大きかったという拳銃を持ってバイクに乗った男ひとりが、ラ・コンデサ地区のマサトラン通りで車に乗ろうとしていた男性ふたりに発砲したと、目撃者がいっています。男性それぞれに数発が当たり、近くの〈シェル〉のガソリンスタンドの前に立っていたふたりにも当たりました。現場で合わせて四人が撃たれて死亡しました。

暗殺の目標だったと思われる被害者ふたりは、いずれもロシア国籍でした」携帯電話を見おろしてから、レポーターはいった。「サンクトペテルブルク在住のマクシム・アルセーネフは、三十八歳で、フリーランスのソフトウェア・エンジニアでした。ゲンリフ・ボリスコフは七十一歳で、ドイツのベルリンを中心に活動する国際ビジネスマンでした。死亡したときにふたりがメキシコでなにをやっていたのかについて、当局はなにも述べていません」

レポーターは、ガソリンスタンド前で死んだふたりの名前と年齢をいったが、ジェントリーはゾーヤがバスルームの戸口に立っているのに気づいたので、テレビの画面を見ていていた。

なかった。ゾーヤはタオルを体に巻き、濡れたブロンドの髪を頭のてっぺんで丸くまとめていた。

「残念だ」としか、ジェントリーはいえなかった。

ゾーヤがベッドに腰かけ、スプリングが甲高い音をたてた。ゾーヤは目をテレビに釘付けにしていた。

しばらくして、ジェントリーはそっといった。「ランサーがやったんだ」

ゾーヤは、それについてじっくり考えた。「ランサーは、きのうの夜、午後七時にグアテマラの高地にいて、負傷し、湖に落ちた。翌日の昼ごろにメキシコシティで男ふたりを暗殺できると、ほんとうに思っているの？」

「おれはやつの仕事ぶりを知っている。馬鹿でかい拳銃、副次的被害に無頓着。やつはぜったいに失敗しない」ジェントリーは溜息をついた。「殺し屋がやつだけだったとしても、ターゲットの位置を突き止める支援要員がいたにちがいない」

ゾーヤはうなずいた。「ボリスおじさんは、メキシコのその地域に監視がいたといっていた。ドローンと人間が。エンジニアの暗殺を命じたのがだれだったにせよ、ランサーは着陸してバイクに乗るだけで行動できた」

ジェントリーは、ゾーヤのほうを向いた。「それで、何者がこれをやっているのかについて、ボリスコフはひとこともいわなかったんだね？」

「このアルセーネフという男がメキシコに逃げてくるまで、どこで働いていたかもいわなかった。アメリカにちがいないと思ったけど、おじさんはけっしてそれを認めなかった」

ニュースがべつの危機を報じはじめ、ゾーヤは目に浮かんだ涙をぬぐってから、立ちあがり、ひとこともいわずにバスルームへ戻った。

ジェントリーは、バックパックからiPadを出し、インターネットにログインして、メキシコでの暗殺についてもっと詳しい情報を知ろうとした。

ニュースの検索で最初に出てきたのは、カリフォルニアでの暗殺だった。ジェントリーがそれには目もくれずにスクロールすると、つぎに日本での殺人事件が表示された。きのうの夜にグアテマラでゾーヤと自分の身に起きたことと関係があるとは思えなかったので、さらに検索し、イギリスでのセレブ暗殺未遂のニュースもただ流して、著名なイスラエルのソフトウェア開発者が、ハイファで自動車を爆破されて死んだという見出しを見た。

ジェントリーは、スクロールするのをやめて、検索範囲を確認した。

これらの事件はすべて、過去二日ほどのあいだに起きていた。

ジェントリーは、あらためて一件ずつ見ていった。

ボリスコフが護ろうとしていた男は、ソフトウェア・エンジニアだった。

「キャリー？」ジェントリーはバスルームのゾーヤを呼んだが、ゾーヤは聞いていなかった。

それから五分以上かけて、ジェントリーは長ったらしいグーグルニュースを検索した。パロアルトで殺された男は、国防総省のために民間のテクノロジーを入手する仕事に携わっていた。イギリスのオックスフォードでターゲットになったのは、AIが専門の世界的に有名なテクノロジー企業を経営している大物だった。日本で殺された女は、著名なコンピューターサイエンス学者だった。

きわめて頭がいいと同僚に評されていたミュンヘンのBMWのエンジニアも殺されていて、ルーマニアのAIの権威もヨットで死んでいるのが発見された。

ジェントリーは訓練を受けた捜査員ではないが、ひとつの共通点が見てとれた。

ゾーヤが寝室に戻ってきた。

ジェントリーはいった。「ランサーと、正体不明のやつの仲間は、世界中で何人もターゲットにしている」

ゾーヤは肩をすくめた。「ランサーはフリーランスの殺し屋だといったわね。フリーランスの殺し屋は、そういうことをやるんじゃないの？」

「いや……おれがいいたいのは……これらの殺人につながりがあるということだ。八人が死んだ。二日たらずのあいだに。ざっと検索しただけで、そんなに見つかった。もっとほかにもいるかもしれない。それに、すべて電子エンジニア、コンピューター科学者、ロボット工学の専門家ばかりだ」

ゾーヤは、ベッドに腰をおろした。

「それに、ロンドンに住むアントン・ヒントンという男も、殺されかけた」

ゾーヤが目をあげた。「あのアントン・ヒントンが？」

「ああ。知っているのか？」

ゾーヤが目を丸くした。「あなた、知らないの？」

ジェントリーは肩をすくめた。「あまり外出しないので」

ゾーヤは、手をふってそれを斥けた。「ボリスがいったことを思い出して。新型のＡＩ兵器がまもなく実用化されるそうよ。この連中は、それを知っている。たぶん。でも、わたしはボリスといっしょにメキシコに行かなかったのに、どうして狙われたの？」

「きみがなにも知らないのを知らなかったのかもしれない。ボリスコフがきみになにかを教えたと思い込んだのかもしれない」

「ボリスは、わたしがあなたにいったことしか話さなかった。これをやっている悪いやつらが何者なのかもわかっていない」

「ボリスコフがきみになにかを伏せていたのかもしれない。あるいはエンジニアがボリスコフに詳細をいわなかったのかもしれない。とにかく、敵はおれたちにやつらの計画を阻害する力があると見なして、おれたちを消そうとしている」

「わたしたちはどうするの？」ゾーヤがきいた。

「あした、ベリーズ国境へ車で行こう」

「そのあとは？」

「逃げつづける」

# 17

ロンドンのウェストミンスターにあるセント・アーミンズ・ホテルは、十五世紀に創建された聖アーミン礼拝堂の跡地に、一八八九年に建設された。第二次世界大戦中には、現在のＳＡＳの原型ともいえる特殊作戦執行部（SOE）や、現在の秘密情報部（SIS）の前身のＭＩ６に使用されていた。

ポルティコと正面エントランスに向けてのびている左右を樹木に囲まれた石畳の私設車道を、ザック・ハイタワーは午前八時に歩いていた。サンアントニオからの九時間半のフライト後に着陸したロンドン・シティ空港に迎えにきたイギリス人ふたりが、ザックの左右にいた。イギリス人ふたりは丁重だがやけに真面目な態度で、明らかに兵士らしい物腰だった。空港から一行を運んできたロールスロイスの運転手も同様で、すべてアントン・ヒントンのボディガードにちがいないと、ザックは判断した。

ホテルのロビーにはいると、大理石の床のはるか上に、白い柱のくねくねと曲がっているバルコニーがあり、半円を描いている大きな階段二本があるのが見えた。二本の階段は合流して一本になり、ロビー中央に下っていた。

護衛ふたりは、ザックを階段の下に連れていった。ガレス・レンが階段の上に姿を現わし、急いでザックを迎えにおりてきた。

ロビーにいる人間が目を向けるような馬鹿でかい声で、レンがいった。「やあ、来たか！　会えてすごくうれしいぜ、相棒」

ふたりは温かい握手を交わし、それを見ていた全員が、ふたりの付き合いの深さを感じ取った。

レンがいった。「ロンドン・シティまでちゃんと迎えにいけなくて悪かった。つぎにどこへ行くかを算段するために、きょうはアントンがおれをむやみやたらとこき使っているんだ」

「心配するな」ザックはいった。「あんたの仲間が、ちゃんと面倒をみてくれた」

「それはよかった。彼らはおれたちがロンドンにいるあいだは、あんたの配下になる」レンはザックを上から下までじろじろ眺めて、品定めをした。「調子がよさそうだ。肥っただろうと思ってた。体を鍛えるのを怠ってないようだな。さすがだ」

ザックもおなじようにレンを眺めてから、片方の肩を叩いた。「キツツキのくちばしみたいに硬い。昔と変わらない」

「ここに座ろう。状況を説明する。あとでアントンの注意を惹くことができたら、紹介するよ」

ふたりは腰をおろし、ほんの数秒だけ久闊を叙してから、レンが片手で周囲を示した。

「このホテルについて、なにか知っているか？」

ザックは、はじめてまわりのようすに目を留めたようだった。「ラ・キンタ（アメリカ、カナダ、メキシコ、ホンジュラスにあるホテルのチェーン）じゃないことはわかる」

レンはわけがわからず、眉根を寄せたが、すぐに明るい顔になった。「セント・アーミンズは、諜報の世界ではかなり豊かな歴史を誇っている。第二次世界大戦中には、MI6がここを拠点にしていた」

「すげえ」ザックがいったとき、ウェイトレスがふたりに近づいた。

男好きがする感じの若いウェイトレスが、歯を見せてほほえむと、レンがいった。「おれはレディ・グレイ・ティー、おれの友人にはコーヒー」

ウェイトレスが離れていったときに、ザックは階段の近くに陣取っているパパラッチの小さな群れに気づいた。十数人ほどが、その向こうに集まっていた。

「あれはどういうことだ？　セレブがいるのか？」

レンが、ザックの視線をたどり、低い笑い声を漏らした。「アントンが目当てなんだ」

ザックは心のなかでうめいた。「ほんとうか？　人だかりができるような人間なのか？」

「このホテルは、あいつらを頻繁（ひんぱん）に追い払ってくれるので、ロンドンにいるときには、ここに泊まる。ふだんはもっとおおぜいいる。きのうの襲撃のせいで、いつもの五倍、集まってくるにちがいないので、ここに滞在するあいだ、できるだけ危険がないように、警備手段を改善した」レンは、群衆のほうをふりかえった。「それでも、気に入らない状態だが」

「セレブの身辺警護（EP）はやったことがない」

「それなら、きょう以降、そうはいえなくなる。セレブの身辺警護が、あんたのあらたな得意技になる」

「いま、主人（プリンサパル）をだれが見守ってるんだ？」

「上の階に五人いる。地元の人間だ。チリ人のボディガードがいたんだが、指揮官がきのう殺（や）られてから、帰国させた」

「それと、おれを運んできた三人だな」ザックはいった。

「マーティンとイアンが警護。リーアムは運転手だが、元海兵隊員だ。やはりしぶとい男だ」

「それと、ここのロビーでひそかに警護しているふたりだな？」

レンが両眉をあげた。「目がいいな。どうしてわかった？」

ザックは、エントランスのほうを親指で示した。「軍隊風の髪型の巨大な牛肉の厚切りが、読んでないのが見え見えの新聞を持って、正面ドアのそばに座ってるから、ごまかしようがない。目立たないやつじゃないが、殴り合いになったときにはああいうでかいやつが味方だとありがたい。バルコニーの小柄で引き締まった体つきの男は、ときどきこっちをちらちら見てる。見え透いてはいないが、おれみたいにこれを長年やってればわかるさ」

「適切な人間を雇ったとわかった」レンが、満足げににやりと笑っていった。

「十人のチームか？」

レンがうなずいた。「全員、拳銃を持ってる。イギリスでは、銃を所持してもとがめられずにいるのは、かなり難しいんだが、おれが内務省と首都警察の書類をすべて整えた」

「そんなに難しくないぜ」ザックは、スポーツジャケットの前をひらいた。大型の２０１１年型スタカートXCのごつごつしたグリップが、ウェストバンドの虫垂（アペンディックス）の位置から突き出し、あとの部分はズボンの下に隠れていた。

レンが笑った。「そうするのは、けっこう厄介なんだよ。おい、飛行機からおりて、銃を身につけたまま、シティ・オヴ・ウェストミンスターを歩いたのか」

レンは、その拳銃を見てから、ザックに視線を戻した。「知らない型だ」

「スタカートだ。偉大なテキサス州製」

「前はグロックを使っていたな」

「前はおむつにくそをしていたな」

レンは笑った。そのあと、おとなになったんだ」

レンは笑った。

九ミリ弾は、世界中の拳銃の弾薬として、もっとも普及しているが、ことにヨーロッパではほとんどそれしか使われていない。アメリカ人の多くは、それ以外の口径を好む。なかには、外国人には理解できないようなものもある。

ザックはいった。「九ミリだ」

「それなら、ちゃんと使える」

「それで……つぎはどこへ行くんだ?」

「まだ決まっていない。ヒントンは世界のあちこちに屋敷が十八カ所、研究所が三カ所ある。警備が整っている場所もある。現地でどういう支援が受けられるか、行く可能性がある国の地元警察に確認しているところだ。それによって、どこへ行くかを決める。理想的には」レンがつづけた。「あすの朝出発するのがいいんだが、きょうなにが起きるか、見届けてからだ」

テーブルに置いた携帯電話の着信音にレンが反応して、電話に出た。「はい？」数秒のあいだ動かず、やがていった。「いつだ？」ふたたび間を置いた。「アントンに話したか？」さらにいった。「おれがこれから話す」

電話を切り、ジャケットのポケットに入れた。「アシスタントのトゥルーディだ。われわれの主人（プリンサパル）の元同僚が、オーストリアでグライダーが墜落して死んだそうだ」

「グライダーの墜落？」

レンは肩をすくめた。「アマチュア・パイロットだったんだ。一度会ったことがある。台湾人で、ケンブリッジ大学へ行き、ドイツのバイロイトにあるロボット工学研究所に勤務していた。その男が、インスブルックの近くで単座のグライダーを操縦していたとき、目撃者がいうには、飛行中に機体がバラバラになった」

「思い切って推理をいうぞ」ザックはいった。「何者かが、そいつのグライダーに細工をしたんだ」

「その賭けには応じない」レンが皮肉をこめていってから、無念そうに溜息を漏らした。

「アントンは打ちのめされるだろう。ふたりは十年前にはパートナーで、ずっと友人同士だったんだ」

「どんな男なんだ？　ボスは？」

「もうじき会えばわかる。ものすごく頭がいいが、ときどき変なやつになる。幸福には災いが付き物だということだ」

「知りたくもないね」

レンは笑った。「しかし、善良な男だ。正しいことをやろうとするし、この世界で物事を正しい方向に向けようとしている。この状況もわかっているから、自信を欠いていたら、そんなことはやらないだろう」

「純資産が三百億ドルだと、どこかで読んだ」

レンは肩をすくめた。「書類上では、そうかもしれない。二年前に中国の共産主義者たちに自動車メーカーをほとんど盗まれて、彼は手痛い打撃を受けた。中国は彼の工場、テクノロジー、中国国内の労働力の大部分を奪い、無理やり共同経営者にした。いまの彼は寧波（ねいは）自動車グループの小規模株主だ。この会社は巨大多国籍コンソーシアムだと宣伝されているが、ヒントンの持ち株を除けば、中国の国営企業そのものだ。ヒントンはその事業からある程度の金を得ているが、もともと彼がゼロから立ちあげて、数十億ドルを研究開発[D]に注ぎ込み、やっと利益が出はじめたところを、国営化されてしまったんだ。

　ヒントンにとって不運だったのは、製造部門すべてと会社のインフラの大部分が、寧波と広州に置かれていたことで、中国共産党は外国人を追い出して社名を変更するだけでよかった。それが済むと、中国側はヒントンに連絡して、彼が必死で築いた会社のわずかな株式を提供すると持ちかけた。世界中で自動車を売るために、万事波風が立たないようにするために」

「ヒントンはさぞかし激怒しただろうな」

「ああ、しかし、彼は妙にポジティブな男なんだ。ほんとうに明るい態度でそれを受け入れた。つねに道路の先にあるあらたなビジネスチャンスを見ている。それに、貧乏になったわけではないし」

　ウェイトレスが、紅茶とコーヒーを運んできて、また離れていった。

　ザックは、自分のカップに手をのばした。「屋敷が十八カ所にあるといったな」

「ああ。自家用ジェット機も何機もある」

「前はよくテレビに出ていたのを思い出した」

「モデルや女優と付き合い、人工知能[AI]を推奨するニュース番組すべてに出演した。もうそういうことはやっていない。あんたには正直にいうが、修道士のような生活をしている。

る」

二年も女と付き合っていない。夜に寝るのは四時間で、おそらく一日十六時間働いてい

「彼に対する暗殺未遂について、教えてもらえることは？」

「完全なドジだった。おれたちは何カ月も前から予定されていたイベントのために、オックスフォードに行った。キャンセルさせようとしたんだが、アントンがいうことを聞かなかった。殺し屋もどきの若者ふたりが、拳銃を持っていた。洗練されたやりかたじゃないし、腕もたいしたことはなかったが、死んだエミリオの家族にはそうはいえない」紅茶をひと口飲んでから、つけくわえた。「エミリオと警護班は、プロらしく行動した。ただ、あまりにも急に起きた」

「行動は反応に勝る」ザックが、悲しげにいった。

「つねにそうだった。これからもそうだ」

ザックは頭のなかにメモした。「それで、ボディガードが刺客ふたりを殺したんだな？」

レンは首をふった。「負傷させたが、斃しはしなかった。結局、おれがそいつらを片づけた」

「冗談だろう。あんたのこと、警護じゃなくて最高執行責任者だと思ってた」

「たしかにCOOだが、一度拳銃使いになったら、つねに拳銃使いだ。十二年前に、アントンの警護員になったし、イギリスの許可証をまだ持っているから、きのうはほんとうに久しぶりに拳銃を身につけた。刺客のひとりは現場で死んだが、もうひとりは救急車内で失血死したんだと思う。救急車が来る前におれたちはその場を離れたし、そのあとなにも聞いていない」

ザックにはよくわからないようだった。「ヒントンの警護班は優秀だったとあんたはいった。COOが刺客を殺してるときに、そいつらはなにをやってたんだ？」

「いまもいったように、刺客を何発か撃ったが、抗弾楯でアントンを護って車に戻らせることに集中していた」

ザックはうなずいた。「どういう楯だ？」

「ブリーフケース型のケヴラーの伸縮式楯」

ザックは、あきれて目を剝いた。「ライフルの弾丸は阻止できない」

「さいわい、おれたちを襲ったやつらは拳銃を使った。しかし、ライフルを構えて襲いかかるやつがいれば、すぐに見分けられるはずだと思ったから、その楯を持っていけばいいと判断したんだ」レンの目が鋭くなった。「エミリオには役に立たなかったが、アントンは生き延びた」

「ヒントンには抗弾板が必要だ」ザックはずばりといった。「とくにいまは」

「おれが頼んでも聞き入れてもらえなかったが、説得してくれるとありがたい。彼は殺されるのを恐れているが、怯(おび)えているようには見られたくないんだ。だから、彼の身の安全を護るのは、すべておれたちの責任になっている」

「いつ彼に会える？」

「彼は一日中ビデオ会議をやっている。まだ生きている友人や同業者と話をしているが、今夜、早いうちにちょっと話ができるようにする。きょうはあんたのやる仕事はあまりない。彼はおれの死体を踏み越えないかぎり、このホテルから出られない。しかし、あした、できることなら朝のうちに空港へ向かうときには、あんたが彼の付き人になる」

ザックはうなずいた。「用意はできてる」

レンがつかのまためらってからいった。「仕事の報酬のことをきかないのは、どういうわけだ？」

「報酬はかなりいいんだろう」

「そのとおり」

ザックはいった。「おれはずっと彷徨(さまよ)ってた。仕事がほしかった。わかるだろう？」

レンがまた紅茶を飲んで、ザックの目の奥を覗(のぞ)き込んだ。「わかる人間はめったにいないだろうが、わかる。おれは軍隊の確実なところが懐かしい。自分と仲間がおなじ目的を抱いているという単純明快な状態が好きなんだ」

「そうだな」

レンが、かすかな笑みを浮かべた。「これはほかのだれにもいわないことだが、あんたにはいえる。ヒントンのために働くようになってから、おれは自分の使命に気づいた。S・AS(ザ・レジメント)を離れてからはじめてのことだ。ヒントンがやっていることが完全に理解できなくても、彼が自分の使命に集中できるようにすることが、おれの使命だ。そのためにブルガリア人のくそ野郎ふたりを撃ち殺す必要があるなら、そうする。おれはもう警護員じゃないが、アントンの代わりに銃弾を受ける必要があるなら、そうする。アントンがおれの任務で、おれにとってはすべてなんだ」

「あいにくだな、レン。これからは銃弾の前に身を投げ出すのは、おれの役目だ」

「運のいいやつだ。そうしてくれるんだな?」

「おれたちはおなじだ」ザックはいった。「おれは指揮権、責任がほしい。あんたはおれにそれをくれた。おれは愚痴(ぐち)をいうかもしれないが、ほんとうはうれしいんだ」

「最高だ」レンはいい、紅茶を飲み干した。

# 18

ジム・ペイスは、ポトマック川を挟んでワシントン記念塔の対岸にある国防総省（ペンタゴン）Aリング（五本の環状廊下のもっとも内側の廊下）の汚れひとつない会議室に座っていた。そこは三階で、五角形の建物の中心にある〝中庭〟を見おろすことができたが、ペイスはメモの確認に追われていて、晩春の午後の光景を楽しむひまがなかった。

ドアがあき、私服の男がはいってきた。ペイスが一年前に会ったとき、ルイス・レノルズは空軍大佐だったが、いまは退役して、暗殺されたリチャード・ワットがディレクターを務めていた国防イノベーション・ユニット（DIU）に属している。

ふたりは握手を交わした。ペイスがいった。「大佐、ワット・ディレクターのことは、ほんとうにお気の毒でした」

「ありがとう、ジム。この二日間、たいへんな騒ぎだった。拡散問題の部門は全体としてどんなふうかな？」

「率直にいって、ひどいものです。しかし、わたしはあらたな仕事を命じられました」

レノルズにはわかっていた。「AI連続殺人の件だな」

ふたりは向き合って腰をおろした。

ペイスがいった。「聞き込みのために、ワトキンズがわたしを派遣したんです。いまでは大佐がDIUディレクターなのですね」

「臨時ディレクターだ。とはいえ、きみがこれに携わっているのはありがたいし、できるだけ協力する」

「リック・ワットのことはよく知っておられたのでしょう」

「そのとおり」レノルズはきっぱりといった。「四年前から、空軍はDIUと協力するためにわたしを配置し、リックとわたしは仲のいい友だちになった」

「当然の質問からはじめます。ワットを殺したいと思うかもしれない人物に心当たりは?」

レノルズが、驚いたような顔になった。「これはなんだ? 〈デイトライン〉(NBCのリアリティ法律番組)か?」

「どうしてそんなことをいうのですか?」

「きみがそんな質問をするからだ。もちろん心当たりはある。だれでも知っている。中国の仕業(しわざ)だ。わたしが聞いた話では、アメリカ人の刺客(しかく)が使われた。だいぶ前に騒ぎを起こした元海軍SEALだ。だが、中国が財布の紐(ひも)を握っているのはまちがいない」

「どうしてそう断定できるのですか？」

「なぜなら」レノルズが答えた。「リックが意志強固なやつだったからだ。国防総省(DOD)とのパートナーシップを打ち立てるために、彼は脇目もふらずあらゆる種類の民間企業と協力していた——あくまでアメリカ軍が使用するために民間企業からAIテクノロジーを得ることに専念していた。ワットは、議会の右派と左派、このペンタゴンのお偉方、AIに関する世論に妨害されていた。それでもなお、どんな人間よりも熱心に、わたしたちの国の軍隊が未来に適応できるように戦っていた。おそらく、彼をしのぐ働きができるものは、この先しばらく現われないだろう」

「どんなふうにするのですか？」

「人工知能(AI)は、つぎの軍事テクノロジーの革命になる。銃器、機関銃、飛行機の発明よりも大きく……核兵器の発明よりも大きい」

ペイスは、そういう議論を前にも聞いたことがあったが、信じていなかった。「どうしてそんなに大きいのですか？」

「OODAループがなにか知っているかね？」

　ペイスはむっとしてすこし顔をしかめた。「もちろん知っています。戦闘の規範ですからね。観測(オブザーヴ)、方向付与(オリエント)、決定(ディサイド)、行動(アクト)（ターゲットを探し、ターゲットに向かい、ターゲットとの交戦を決め、ターゲットと交戦するという四つの段階のこと）。敵と交戦するための行動の適切な順序です」

「そのとおり」レノルズがいった。「二者の戦いでは、OODAループを速く進められる側が勝者になる」

「それがどういう関係が――」

「アメリカの政策は、殺戮(さつりく)チェーンに人間が介在しない兵器を使用しないと、明確に述べている。自律的な兵器を保有することはできるが、致死的な行為が実行される前に、意思決定プロセスに人間が関与しなければならない」

　ペイスはそれらすべてを知っていたので、つぎの言葉は質問ではなく事実を述べていた。

「そして、中国にはそういうルールがない」

「もちろん、中国にはない。勝者になりたいからだ。われわれ……というより、われわれの指導者たちは、優勢な敵のほうが勝っていても有徳に見られたいと思っている」

　この問題についてふたつのまったく異なった考えかたの学派があることを、ペイスは知っていた。レノルズと元のボス、死んだリック・ワットは、いずれも自律兵器開発を積極的に進めることを望んでいる学派なのだと、いまわかった。

ペイスはいった。「だれが前ディレクターを殺したのかという問題はさて措いて、理由に注意を向けましょう。彼がやろうとしていたことのために殺された可能性はないでしょうか？　彼が知っているなにかのせいで殺されたのではないですか？」

レノルズが、首をかしげた。「なにがいいたいんだ？」

「彼は特定のテクノロジーを取得しようとしていたのかもしれない。民間企業からテクノロジーを取得して、外国がすでに開発していた特定の兵器と戦おうとしていたのかもしれない」

レノルズが、しばし考えていた。「ディープニューラルネットワークや機械学習のことをすこしでも知っている人間のだれもとおなじことを、彼は恐れていた。ＡＧＳＩのことを」

「人工汎用超絶知能」ペイスはいった。人工の感性であるＡＩの恐ろしい最終段階だと見なされている。ＡＩが認識を備える。人間とおなじように考える機械ができる。ただし、人間よりも賢く、速く、良心の呵責がない。

ペイスが知っているかぎりでは、それはたわごとだった。「専門家の多くは、ＡＧＳＩは幻想だといっています」

レノルズが、肩をすくめた。「リックは、中国が西側から奪ったあらゆることについて心配していた。中国の取得に一定のパターンがあるのに気づいていた。そのパターンとは、機械が自習してみずからコードを書き、超絶知能と論理的思考のレベルに達するのに、既存のテクノロジーを利用するというものだった。AGSIがやがて登場するし、わたしたちはそれに対する準備ができていないと、リックは確信していた。

ペイスはいった。「つまり、中国のほうがわたしたちよりも先進的なのは、自律兵器を全力で推進するのに、西側のような政治的制約がないからですか？」

「そのとおりだが、もうひとつべつの要素がある。中国には世界最大のデータセットがある」

「説明してください」

「世界最大のソーシャルメディア企業の多くは、中国のコングロマリットが所有している。西側企業も含まれる。それに、欧米が所有している企業では、一度もしくは数度、秘密が漏洩（ろうえい）している。中国が個人から吸い上げているデータは想像を絶する量だ。なんと、中国共産党は、西側に自分たちのDNAデータベースまで設置している。自分は行方不明の王女かなにかかもしれないと思って、ふつうのアメリカ人が紙コップに唾（つば）を吐いて研究所に送る。一般市民は知る由（よし）もないし、どうでもいいと思うだろうが、北京のスパイか科学者は、彼らがどういう病気にかかりやすいかを知り、彼らの血族のこともすべて知る。

これらのデータを中国のコンピューターに入力し、学習能力があって、自分を最適化できる成長中のAIエージェントに注入すると……どうなるかな？」

ペイスは首をかしげた。「どうなるのですか？」

答はわかりきっているというように、レノルズが肩をすくめた。「終末戦争(アルマゲドン)だ。いいかね、わたしはアメリカがいますぐに自律型致死兵器システムを建造する必要があると考えている。なぜなら、中国がそのプラットフォームを実用化し、わたしたちが自衛できなくなってからでは間に合わないからだ。しかし、中国のことを恐れているのとおなじくらい、自分たちはなにを解き放つことになるだろうと、わたしは恐れている。

危険な世界が訪れようとしているし、リック・ワットはそれを知っていた。わたしが知らないこと、たとえば特定のテクノロジーか特定のAGSIがまもなく実現するのをリックが知っていたのかどうか、わたしにはわからない。だが、将来、中国を阻止できる唯一の防御手段を創造することを彼が主唱していたから中国が殺したのだと、わたしは確信している」

「もし推測しなければならないとしたら」ペイスはきいた。「そのプラットフォームとは、どのようなものですか？　中国はこれを無人機か、兵器化された衛星に導入するつもりなのでしょうか？」

レノルズが、両手をあげた。「あらゆるものが考えられる。リックはよく、電子化できるものはすべて、認識能力をつけくわえることができるといっていた。そう思えばいい」

ペイスはそれを考えてから、最後にきいた。「わたしが質問しなかったことで、知っておいたほうがいいことはありますか？」

レノルズが物思いにふけり、遠くを見る目つきになった。ペイスは、レノルズの思考を邪魔しなかった。元空軍大佐のレノルズが、ようやく口をひらいた。「一年ほど前まで、ワット・ディレクターは、DARPA(ダーパ)を通じてプロジェクトを進めていた。

国防高等研究計画局(DARPA)は、最新のテクノロジーを手がける国防総省の研究開発部門で、ペイスはCIAでの拡散に関する仕事で、何度となく相談したことがある。

「どういうプロジェクトですか？」

「プロジェクト・マインドゲーム。先進的なネットワーク化された人工知能(AI)プラットフォームで、アメリカ中の民間企業が開発にくわわった。外国の企業も参加した」

「国防総省(DOD)向けに？」

「そうだ」

「しかし、国防総省(DOD)は人工知能(AI)の武器化を許されていないと、さっき――」

「このプロジェクトは、ループ内ではなく、ループの上のどこかで殺人(キル)スイッチを人間が握るとされていた。つまり、人間の最終的安全装置(フェイルセーフ)があった」

「しかし……しかし、そのフェイルセーフをはずすことはできますか？」

「簡単にできる。それが恐ろしかった。議員の補佐官が実際にプロジェクトの詳細を調べて、議会の委員会で証言し、プロジェクトは消滅した」

「中止されたんですね？　どれくらい前に？」

「十三カ月前だ。しかし、知っておいてもらいたいのは」レノルズはいった。「マインドゲームは、それだけでは完璧なシステムではなかったということだ。強力になる可能性のあるものが、順調に開始されただけだった。莫大な量のデータを入力し、それが自習して、模擬演習(ウォーゲーム)を、自分自身を相手にやるようになるまで、五年か八年かかると、リックも認めていた。それでようやくマインドゲームは、現実の世界に持ち出して、なんらかの兵器プラットフォームに導入できるくらいに、最適化される」

ペイスは、片方の眉をあげた。「コンピューター・ソフトウェア開発計画がうまくいかず、中止された。それでも」ペイスはいった。「わたしに話したのは、なにか理由があるからですね」

「きみに話したかったのは、中国がそれを盗んだからだ」

ジム・ペイスは、眼鏡(めがね)の下で目をこすった。「中国ならやりかねない」

「どうやったのかはわからないが、ＭＩＴの研究者たちがクラウドにそのコードの一部があるのを発見した。その研究者たちが、わたしたちに調べてほしいといい、ＤＡＲＰＡが使っているデジタル指紋をわたしたちのエンジニアが識別した」

ペイスが要約した。「つまり、人工汎用超絶知能（ＡＧＳＩ）を創造して兵器化するのに必要なジグソーパズルの一片であるマインドゲームが、アメリカで創られ、いまでは中国の手に握られている」

レノルズがいった。「大当たり（ビンゴ）。リックはきわめて優秀で先見の明があったが、われわれがマインドゲームを失い、それを中国が手に入れたとなると、中国の戦闘能力は二、三年先行するだろう。この二日間にＡＩ専門家が何人も殺されたのは、中国がパズルを完成させたか、すくなくとも完成に近づいていることを示しているとわたしは思う。そのテクノロジーがわれわれをすべて殺す前に、阻止する方法を早急にまとめるには、中国がこしらえているものがなんであるかを、だれかが突き止めなければならない」

# 19

ガレス・レンは、午後七時にセント・アーミンズ・ホテルのロビーでザック・ハイタワーの先に立ち、ペントハウスのスイートに行くエレベーターに向かった。レンは入念に仕立てられたオーダーメードのコバルトブルーのビジネススーツ、ザックはテキサスで買った大きすぎる紺のブレザーとチノパンという、対照的な服装だった。

最上階へ行くと、ドア前で警護していたひとりがドアをあけ、ふたりは広いリビングにはいっていった。ロンドンの五月のどんよりした夜で、床から天井まである窓から、眼下のカクストン・ストリートの全景が見えた。

レンは、右のダイニングテーブルに向かって座っていた三十代のアジア系女性のほうへ、ザックを連れていった。ノートパソコン、iＰａｄ、リーガルパッドが、前に並び、左耳からイヤホンが突き出していた。

「ザック、こちらはキミー・リン、アントンのパーソナルアシスタントだ」

キミーが結婚指輪をはめていなかったので、ザックはいった。「ミス・リン、光栄です」

キミーが立ちあがり、ザックと握手した。かすかに中国のなまりがあるイギリス上流階級の英語で、キミーがいった。「お会いできてうれしいわ、ミスタ・ハイタワー。キミーと呼んでください」

「おれのことをザックと呼んでくれれば」

「そうしましょう」笑みを浮かべて、キミーがいった。

レンがいった。「キミーはロンドン生まれで、オックスフォード卒だから、パーソナルアシスタントの歴史上、もっとも資格がありすぎるパーソナルアシスタントなんだ」

それを聞いて、キミーがくすりと笑った。「それでも、アントンにはとてもかなわない。ご自分の目で見て、すぐにわかると思うけど」

キミーがすぐに仕事に戻り、男ふたりはもうひとりの警護員のそばを通って、高い両開きのドアを通った。ザックはそこで、二十年以上もテレビで何度となく見てきた人物を見分けた。

アントン・ヒントンは、古いデスクに足を乗せ、大きなヘッドホンをかけて、人間工学に基づいてデザインされた椅子に座っていた。レンとザックには気がついていないらしく、り観察した。

一冊の本に視線を落としていたので、ザックはそのあいだに保護対象のヒントンをじっく
ヒントンは、予想していたよりも小柄で、身長は一七三センチ前後だった。左腕と左足に金色のストライプがある高級ブランドの黒いトラックスーツを着て、ザックには滑稽な形に見えたがかなり高価にちがいないスニーカーをはいていた。

ヒントンの目は赤く、涙ぐんでいた。泣いていたのは明らかだった。テレビで最後にヒントンを見たのがいつだったか、ザックは思い出せなかったが、少年のような目鼻立ちの顔が、前に見たときよりも老けているような感じだった。

ヒントンが不意に目をあげ、レンとブロンドの大男が部屋のまんなかに立っているのを見て、本を閉じた。

『新約聖書』をヒントンが読んでいたことに、ザックは気づいた。ビリオネアのヒントンは日ごろから信心深いのか、それとも自分を殺そうとする連中がいると知ったとたんに信心深くなったのだろうかと、ザックは思った。

ヒントンは、二十歳の若者のように椅子から跳び出し、明るい表情になった。五秒前よりも十歳若返ったように見えると、ザックは思った。

跳ねるように部屋を横切ったヒントンが、片手を差し出し、笑みを浮かべた。「ミスタ

ー・ザック・ハイタワー、評判は聞いているよ」ニュージーランドなまりが強く、鼻にかかった甲高い声で、単語を短く区切っていた。

「お目にかかれて光栄です」

「アントンと呼んでくれ」ヒントンがそういってから、レンの顔を見た。「わたしをアントンと呼ぶように伝えなかったのか」

レンが、きまり悪そうに肩をすくめた。「やることが多くて。あなたが堅苦しいのが好きじゃないことを説明するのを忘れていました」

ヒントンがいった。「おなじ運動場で、みんなに囲まれていたいだけだ」にやりと笑ったが、涙ぐんでいるのですこし無理な感じだった。「わたしは〈ルイ・ヴィトン〉のスニーカーをはいてる嫌なやつかもしれないが、きみは銃を持ってる紳士だから、わたしのほうが偉いとはとてもいえない」

ヒントンの顔に笑みが残っていたので、調子を合わせたほうがいいとザックは思い、笑みを返した。「イエッサー」

「〝サー〟についてのわたしのルールはこうだ。きみがわたしを〝サー〟と呼んだら、わたしはきみを〝サー〟と呼ぶ。そんな必要はないんだ。大きな青いビー玉の上のわたしたちは、みんなおなじだ。現世のいろいろな手段が、わたしたちをちがうように見せかけているが、ほかのだれかと異なっているような人間はどこにもいない」

ザックは、どう答えればいいのかわからなかったし、目の前の男がなにをいっているのかもよくわからなかったので、黙ってうなずいた。

ヒントンが、ガスの暖炉の前のコーヒーテーブルを囲むソファや椅子を示し、ヒントンとザックは腰をおろした。

レンがいった。「おたがいのことがよくわかるように、ふたりだけにするよ。おれは戻って、あすの計画を練らないといけない」

レンが離れていって、ドアを閉めると、ヒントンはザックに注意を向けた。「わかりきったことからはじめよう。きみが仕事を引き受けてくれて、ほんとうに感謝している。エミリオがああいうことになったあとだから、なおさらだ」

「ベストを尽くします。力を合わせれば、あなたの身を護(まも)れます」

「きみの指示に従う。ガレスには無理をいった。きのうのアポイントメントを、ガレスはキャンセルしたかった。わたしが……」声がとぎれた。

「キャンセルしていたら」ザックがいった。「そいつらはここであなたを襲撃したでしょう。あるいはべつのどこかで。起きたことについて、自分を責めることはできません」

ヒントンが、宙を見つめて小さくうなずき、ザックのほうを向いた。「いま起きていることに、わたしが心底怯(おび)えているのをわかってほしい。自分のためと――もちろん、殺されたくない――わたしの友人、同業者、競争相手のためにも。この三日のあいだに死んだひとびとは、すべてわたしの知り合いだ。すくなくとも会ったことがある人間ばかりだ」

「お気の毒です」ザックはいった。

ヒントンが一瞬泣きそうになったが、やがて表情が明るくなった。「ハバナに行くことを、レンはきみに話しただろうね」

レンは、そういう話はまったくしていない。「彼は、あなたのどの屋敷へ行くか検討していると、いっただけで――」

「小癪(こしゃく)なやつだ」ヒントンは片手をあげて、ソファのサイドテーブルに置いてあった携帯電話をタップした。「キミー」電話がつながるといった。「ガレスを捕まえて、キューバだといってくれ。ただ、キューバだと」

「かしこまりました」キミーが答えた。

ヒントンがいった。「きみもきっと気に入るぞ」

「どうしてキューバに拠点があるんですか？　あなたはニュージーランド人でしょう？」

「正式には、ちがう。生まれたのはニュージーランドだが、いまはマルチーズだ」

「マルチーズ？　つまり、マルタ国籍？」

「〝投資市民〟と呼ばれて馬鹿にされている」ザックがぽかんとした顔で見返したので、ヒントンはいった。「マルタ島の市民権を金で買った。節税になり、旅行がしやすく、ウェリントンの政府に頭を下げる必要もない。自分の国を樹立するのを考えたこともあったが、フィリピンが島を売ってくれなかった」肩をすくめた。「それでよかったんだ。政府を動かすというのはかなりクールだが、国民のゴミの収集を指揮しなければならないと気づいた。それでは、厄介（やっかい）きわまりない」

ザックは、意識の流れをそのまま伝えようとするヒントンの早口のおしゃべりについていけなかったので、自分が知る必要があることに会話を引き戻そうとした。「おれはあなたの身を護ることにかけては凄腕（すごうで）ですが、ビジネスの話になると切れ者とはいえません。あなたがやってることを、できるだけ素人（しろうと）にもわかるように説明してくれませんか？」

そういわれたのがうれしいようで、ヒントンが愛想よくほほえんだ。「ティーンエイジャーのときに、プログラマーになったのがはじまりだ。トメール・バッシュは、MITでルームメイトだった。親友になり、共同経営者になった。テック企業のスタートアップを創業し、そのあとも創業した。その後、会社を売って、それぞれの道を歩きはじめたが、親交はつづいていて、やがてカリフォルニアで、平均的な自宅所有者向けにあらゆる低コストのＡＩ製品を開発するＡＩ研究所を設立したが、おたがいの関心事が異なるようになって、数年前に解散した」

「バッシュのことは、飛行機で来るあいだに読みました。ハイファで殺されたんですね。お悔やみ申しあげます」

ヒントンが、長い溜息をついた。「トメールは頭のいい男で、わたしよりも大物になれたかもしれないが、重視する事柄が変わったので、わたしたちは分かれた。責めることはできない。トメールはイスラエル人で、国を支援するためにLAWS（ローズ）を開発するのが、自分の使命だと思った」

「LAWS（ローズ）？」

「自律型致死兵器システム（リーサル・オートノマス・ウエポン）」

「殺人ロボット？」

ヒントンが、低く笑った。「そのとおりだ、相棒。とにかく素人の用語では。トメールは自分の専門のテクノロジーを使って、自分の小さな祖国を滅ぼそうとする中東地域のあらゆる勢力から国を護るのを手伝おうとしていた。それがトメールの決断だった。わたしはそれを尊重する。賛成ではないが、尊重する」

「それで、自動車を手がけたんですね」

「正確にいうと、自動運転電気自動車だ。トメールとわたしは、おなじ分野のことをやっていたあとの連中とおなじように、成功を収めた」ヒントンはいった。「わたしについて書かれていることは、誇大宣伝だ。わたしはトメールほど優秀ではない。コトネ・イシカワ、朴珠雅(パク・チュア)、ボグダン・カントル、ラース・ハルヴァーソン、そのほかの研究者ほど優秀ではない。ビジネスで幸運にめぐまれ、ポップスターとデートし、テレビにたびたび出演して、目立っているだけだ」

「ハルヴァーソン？　だれですか？」

「やはりわたしの以前の共同経営者だ。名前を聞いたことがないのは、まだ生きているからだ。彼はボストンにいる。午後に話をした。家がある通りには警官が並び、会社の警備員もいる。わたしとおなじように……やつらには手出しできないだろう」

ザックは質問をつづけた。「それで……自動車メーカーは売った？」

「新聞で読んだのか、それともガレスがそういったのかな？」

「売ったというのは、新聞で読みました。レンは、中国があんたから盗んだも同然だといいました」

ヒントンが、肩をすくめた。「それについてわたしが文句をいわないように、中国はわたしを仲間に引き入れた。だから、いまもわたしは中国製のチップやそのほかの機器を買っている」すこし笑いながらいった。「やつらは資本資産百億ドルを盗んだ。知的財産の価値がどれほどか、見当もつかない。だが、それが現状だ」

ヒントンがほほえんだ。泣きそうになっている人間にしてはよく笑みを浮かべると、ザックは思ったが、今回は悲しげな笑みだった。「だが、いちばん不愉快なのは、頭脳流出だ。会社の最高のプログラマー数人が、中国人だった。そいつらはいま、寧波自動車グループで働いていて、わたしの仕事はやっていない。

「それで」ヒントンが話題を切り換え、質問する側にまわった。「ガレスとは、陸軍にいたことからの知り合いなんだろう？」

ザックは、ヒントンの思いちがいを訂正しなかった。海軍にいたことはいわず、こういった。「おれたちは、アフガニスタン、パキスタン、アメリカとイギリスが共同作戦をやったあちこちでいっしょに活動しました。おれはO（オー）、彼はそうじゃなかったけど、馬が合って――」

「Oとはなんだ？」

「将校（オフィサー）です。失礼しました。おれは中佐、ガレスは一等准尉、つまり下士官でしたが、彼が話をするときには、SEALだろうとSASだろうと、将校はみんな耳を傾けました」

「いまもガレスは威厳がある」

「とにかく、おれが軍を辞（や）めて情報部門に行ってからも、よく出遭ったんです。そして、運よくあなたが警護班長を必要としてて、彼は昔のアメリカ人FAG（ファグ）のことを思い出し、おれに電話してきたんです」

ヒントンが目を丸くした。「なんだって？」（fagには同性愛者という意味がある）

「元戦闘員（フォーマー・アクション・ガイ）のことです。また失礼しました。仕事を探して近くでぶらぶらしている経験豊富な戦闘員をそう呼ぶんです。おれがそれにあたるとは思っていなかった」

「ほかの仕事を見つけるつもりだったということだな？」

「四十になる前に死ぬと思っていたんです。そのあとは、五十になる前に。いまは……予測するのはやめました」

ヒントンがいった。「未来を予測するのが、そもそもわたしの業種だ。いまの知識を梃子（てこ）に使って、よりよいあしたを創る」肩をすくめた。「わたしが変人だというのを、聞いたことがあるかもしれない」

ザックはまたしてもどういえばいいのかわからなくなった。すこし間を置いてから正直に答えた。「聞いたことがないといっても、信用してもらえないでしょう。ですから、もっと先のことをいいます。世間では、あなたのことを、ほかにもいろいろいっている。いいことも読みましたよ」

「変人といっしょに働けるか？」

「おれの仕事は、あなたを生かしておくことです。あなたの精神分析をやることではなく」

「わかった」ヒントンがいった。話を切りあげそうな感じだったが、ヒントンはいった。「きみが仕事をやるのに、わたしに手伝えることはあるか？」

「それは重大な難問です。あなたの同業者やあなたを殺そうとしてるのがだれなのか、見当はつきませんか？」

「何者なのか、ガレスはいわなかったのか？」

ザックはびっくりしてきいた。「彼は知ってるんですか？　なにもいわなかった」

「まあ、ガレスが知っているわけではないが、わたしの推論を知っている。アメリカ人のやつらだ」

「待ってください……アメリカがこれをやってると思ってるんですか？」

ヒントンがいった。「悪く思わないでほしいんだが、相棒」肩をすくめた。「犯人は明らかに、人工汎用超絶知能(AGSI)を創造しようとしている可能性のある人間を取り除こうとしている。兵器とロボットにも関係があるなにか、つまり自律型致死兵器システム(LAWS)だ。あらたになんらかの大きな進展があったため、それを創った国を突き止めるおそれがある人間、それに対する防御を開発できるような人間を、何者かが殺しているんだ」

「では……なにか重大なことが起きるのを阻止するために、アメリカがこの連中を殺していると?」

「中国が数多くの国の定評あるエンジニアや科学者の研究を利用して兵器を製造していることに、アメリカの情報機関が気づかないわけがない。アメリカには中国を阻止する力がないから、中国が得ようとしている知識を保有している西側の人間を殺すことにしたのだ」

「アメリカ国防総省に勤務していた男が殺されたことを、どう説明しますか?」

「注意をそらすためだ。リック・ワットはAIの世界では大物ではない。たしかに、アメリカ軍のためにテクノロジーを取得している。わたしは何年も前から知っているし、大好きな人物だった。しかし、アメリカがAI競争で本当に必要としている人材ではない。ホワイトハウスは、非難の矛先(ほこさき)をそらすために、本筋とは関係がない人間をひとり犠牲にすることにしたのだろう」

まったくつじつまが合わない推論だとザックは思ったが、追及せずにこういった。「しかし……新兵器がどういうものであるにせよ、それを阻止できる可能性のある人間を中国が殺しているのかもしれないと思わないのは、どういうわけですか?」

「中国は自力で進歩しているが、西側の民間セクターほどには進んでいない。中国は民間セクターの人材を必要としている。それがないと、イノベーションが進まない。中国は、この数日のあいだに殺されたひとびとの研究を――わたしの研究も含めて――何年も前からずっと盗もうとしていた。中国はかなりの情報を手に入れたが、これはきわめて動きの速い分野だし、中国は際限なく情報を吸収しようとしている。だから、知識を提供している頭脳集団を葬り去るのは非生産的だ」

「それで……アメリカが殺人の首謀者だとしたら、生き延びるためにアメリカ人を雇ったのは、どうしてですか？」

ヒントンがにやにや笑った。「きみはアメリカ政府とつながりがないと、ガレスがいったからだ。アメリカ人といっしょにやることに、なんの問題もないし、きみはだれに雇われてもつねに熱心に働くと、ガレスが請け合ったので、信用している」

馬鹿げたやりとりだと思ったが、ザックは正直に答えた。「徹底的にやります。あなたが指揮官です。だれであろうと、あなたを狙う人間はおれの敵です。またたれかがあなたを狙うでしょう。それはわかっていますね？」

「わかっていなかったら、きみはここにいない」

ザックは笑みを浮かべて、先が尖（とが）っている短い顎鬚（あごひげ）を片手でなでた。「今後数日でいいから、抗弾ベストをつけるように、あなたを説得できますかね？」

ヒントンが、すこしがっかりしたような目つきになった。「エミリオとおなじことをいう」

「エミリオは正しかった。あのブリーフケース型楯(たて)では防ぎきれない。弾道学のことがわかってないようですが、おれにはわかってる。パロアルトの被害者は三〇八口径弾をくらった。その弾丸だと、あの楯を……バターを三〇八口径で撃ったみたいに貫通します」

ヒントンはしばし考えたようで、やがていった。「いうことを聞いたら、わたしたちのあらたな関係は順調にはじまるのかな？」

それを聞いて、ザックは頰をゆるめた。「ものすごく順調に。あなたの身を護ることについて、いい相棒になってくれたとわかるので」

ヒントンが、手を差し出した。「きみにいわれれば、鎖帷子(くさりかたびら)を着て、槍(やり)を持ち、スイートを歩きまわるよ」

ザックは、ヒントンの手を握った。「そんなことはいいませんよ。かなり軽くて目立たないセラミックの抗弾板を手に入れます。安全地帯(ザ・ワイアー)の外に出るときに、着てもらいます。身につけているのを忘れるくらい軽いんです」

ふたりは握り合った手をふった。「チームにようこそ、ザック」ヒントンがいった。

一分後、ザックはガレス・レンが使っている隣のスイートにはいった。最上階の大部分を占めるヒントンの広大なペントハウスとはまったく異なり、質素なリビング、キッチン、寝室があるだけだった。

レンがキミーやヒントンの従業員数人とともに座っていたが、レンはすぐに全員を部屋から出して、ドアを閉めた。

「どう思う？」

「ヒントンのことか？」

「ああ」

「感じのいい男だ。ちょっと変わってるが」

それを聞いて、レンが笑った。「彼はマルチビリオネアの天才だ。どこへ行っても、そこでいちばん頭がいい男だ。だれだっていかれた人間になる」

「知ったことじゃない」

「そうだな。おれもそう思う」

「彼を殺そうとしてるのはアメリカだと彼が思ってるのを、おれにいわなかった理由は？」

レンが片手をふった。「アントンには自分なりの推理がある。おれが信じる必要はないが、前にはちがうと思っていたし、それがまちがっていたようだ」

「しかし……おれはアメリカ人だし、政府に雇われてたこともある。どうしておれを雇おうと思ったんだ？」

「あんたが優秀だからだ」

ザックは首をふった。「優秀なやつは一万人いる。おれはボディガードの仕事をやったこともない。おい、レン、もっとましな嘘をつけ」

レンが両手をあげた。「ヒントンは……おれは馬鹿げていると思っているから、これをいってても殴りかかるんじゃないぞ……あんたが一流の警護をやるほかに、アメリカがやっていることについて、情報を提供してくれるんじゃないかと思っているんだ」

ザックはいった。「アメリカが世界中でコンピューターおたくを殺してるようなら、サンアントニオの〈エコノ・ロッジ〉のおれの部屋にホワイトハウスのだれかが電話をかけてきて、それを教えるなんてことはありえない」

レンが、腹の底から笑い声を響かせた。「事情はわかるだろう、相棒。アントンのいないところなら、アントンのことをジョークにしてもいいが、面と向かっていわないほうがいい。覚悟しろ。アントンは、あんたがＣＩＡ(エージェンシー)でやっていたことについて、質問するだろう」

ザックは笑わなかった。「そうしても、なにひとつ聞き出せないだろう。それで……あす、キューバへ行くんだな?」

「ああ……気が変わるといいと思っているんだ。スイスの研究所が、おれの第一候補だった。しかし、正直いって、キューバのほうがいいかもしれない。あの施設の態勢からして、キューバでだれかが彼を襲うことはないだろう」レンは肩をすくめた。「無事にそこまで送り届けることができれば、彼の身に危険は及ばない。それに、ハバナ郊外に大規模な研究所があって、エンジニアや科学者が働いている。そこへ行ってスタッフを結集し、アメリカが恐れている、まもなく実用化される新型の兵器用AIとはなにかを突き止めることを、アントンはもくろんでいるんだ」

ザックは驚いて目を剝いた。

「いいか、相棒。アントンの突拍子もない考えは、あんたのためにもなる。アントンはキューバにあるかなり安全な研究所と宿泊施設にずっといる。そこはほとんど侵入が不可能だ」

「侵入が不可能なところなんてない」

レンは笑みを浮かべた。「行ってみればわかる。そこでびっくりするのを、いまから台無しにしたくない」

レンが腕時計を見た。厚みのある〈パネライ・サブマーシブル〉で、二万ドルは超えるだろうとザックは思った。「午後八時だ。ビールを飲んでフィッシュ&チップスを食べながら話をしよう。アントンのおごりだ」

「彼も来るのか?」

「いや。だけど、アントンが払ってくれる」レンは笑った。「ビリオネアに雇われると、そういう段取りになる。ほんとうに楽しんでもらえると思うよ」

# 20

ベージュ色のクライスラー・パシフィカ・ミニバン三台が、ワシントンDCの南東のメリーランド州プリンス・ジョージズ郡にある、アンドルーズ統合基地のCストリート側のゲートを通過した。小さな格納庫前の駐機場に三台が達したとき、フロントウィンドウで朝陽がきらめいた。

ミニバン三台は速度を落とし、駐機場のもっとも近い飛行機、ビジネスジェット機のボンバルディア・チャレンジャー605の四〇メートルほど手前で、間隔を詰めてとまった。このアンドルーズ基地で見られるそれ以外の航空機は、ほとんどがブラックホーク・ヘリコプターやC-17輸送機など、くすんだ色の軍用機なので、美麗な白いチャレンジャーはいくぶん場違いな感じだった。だが、内情に通じている基地の人間は、政府省庁の関係者が、標章のない航空機でしばしばここから出発することがあるのを知っていた。

一台目のクライスラーの助手席からおりた男は、ビジネススーツを着ていて、ネクタイをすこしゆるめていた。男は三十六歳で、美男だった。清潔感のある顔で、茶色の髪はすこし長めにのばし、粋な〈レイバン〉の眼鏡(めがね)をかけていた。

一台目と二台目から、三十代か四十代の男五人がおりた。ひとりはアジア人らしい見かけで、ひとりはアフリカ系アメリカ人、ひとりはヒスパニックらしく、あとのふたりは白人だった。五人ともスーツとネクタイ姿で、ほとんどが髭をきちんと剃(そ)り、ストックブローカーかバンカーのようにも見えた。

最後尾の三台目のミニバンから、男たちは荷物をおろしはじめた。車内から出てくるバッグと、それを運ぶためにまわりに立っている男たちが、ちぐはぐな感じだった。男たちはそれぞれ、大きな〈エバーレストック〉の〈スイッチブレード・バックパック〉を、スーツジャケットの上から背負っていた。

それは軍用装備だった。

つぎに、男たちは〈ハーキュリーズ・ダッフル〉を運び出した。それも〈エバーレストック〉製で、軍用装備の見かけだった。男たちがキャスター付きダッフルバッグをチャレンジャーのほうへひっぱりはじめると、機内からひとりの男が現われ、ジェットステアのステップ六段をおりてきた。

ミニバンから最初におりた男が、バックパックとキャスター付きダッフルバッグを駐機場におろして、手を差し出し、緩速運転（アイドリング）中のジェットエンジンの騒音のなかでも聞こえるように大声でいった。

「クリス・トラヴァーズ。J V（ジュリエット・ヴィクター）です」

「ジム・ペイスだ。どうぞよろしく」

貨物室にすでに荷物を入れたアジア系の男が近づくと、トラヴァーズはいった。「ジョー・タカハシ。おれのナンバー2（ツー）です」

タカハシが手を差し出した。「みんなには二番煎じ（ハシュ）と呼ばれてます」

「それは気の毒に」握手しながら、ペイスはいった。

「いや、まったく」

ペイスは、トラヴァーズに視線を戻した。「どの程度、説明を受けているのかな？」

「あなたがカリフォルニアへ行き、先日殺された国防総省のリチャード・ワットを知っていた人間と話をする、と聞いています」

「そのとおりだ。ワットはシリコンバレーに数週間いたし、彼の上級スタッフがいまもそこにいる。わたしはきのう、国防総省（ペンタゴン）でワットの後任と話をした。現場で働いている人間と話をするべきだと思った」

トラヴァーズがいった。「そこから海外へ行くと聞きました。途中で雀蜂（すずめばち）の巣を蹴とばした場合のために、おれたちが護衛として同行するわけですね」

「そういうことだ。まだだれにもよくわかっていない一件で、わたしはCIA(エージェンシー)の先鋒をつとめている。これに関係している数多い人間のドアをノックすることになる。見かたによって異なるが、まちがったドアか……あるいは適切なドアをノックしたときに、きみたちが必要になる。了解したか？」

「了解しました」トラヴァーズがいった。「しかし、武器を飛行機に置いていくというのは、気に入らないですね」

「ワトキンズの命令だ。武器が必要になれば、機内にある」ペイスはつけくわえた。「ほんとうに厄介(やっかい)なことに巻き込まれると思うような理由はない。ことにシリコンバレーでは。きみたちにとって、一週間か二週間の休暇みたいなものになるかもしれない」

「ずっと戦闘に備えた状態でいます。あなたもおなじでしょうね」

「それでいい」

ペイスがジェットステアのほうを向き、トラヴァーズはつづいたが、話をつづけた。

「あなたは以前、筋金入りの工作員だったそうですね」

ペイスがふりかえり、ジェットステアの下のチーム指揮官のほうを向いた。「今回は、せいぜい楽しめばいい。ある日、目が醒(さ)めると、膝(ひざ)と足首と背中が、こんな馬鹿なことはやめて冷静になれと叫ぶことだろう」

トラヴァーズが、にやりと笑った。「ああ、そうかもしれない。でも、いまはそういうふうにわめくのは、おふくろだけです」

ふたりは乗機し、チームのあとのものがミニバンから運んできた荷物を積み込むのを、タカハシが手伝った。

キャビンにはいると、ペイスがいった。「十二人分の座席があるが、わたしたち七人と搭乗員だけだから、快適なはずだ」

トラヴァーズは、豪華な設備を見まわしながら答えた。「スタッフはいないんですか?」

「スタッフはいるが、本部(ラングレー)にとどまって、そこから問題に取り組む」

「まあ、昨夜はＣ−１３０のフロアに寝ましたから、ここなら申し分ないですよ」

「飛行中はずっと電話会議やビデオ会議をやるので、機首寄りの隔壁のところにずっといる。きみとチームの連中は、後部でくつろいでくれ」

トラヴァーズが、うなずいてからいった。「なにか必要なことがあれば、ジム、おれたちがやります」

チャレンジャー６０５は、二十分後に北に向けて離陸し、晴れた朝の空で西にバンクをかけて、カリフォルニアを目指した。

マルティナ・ゾマーのキュービクルは、作戦センター・ガマとして使われているシンガポールの大講堂のうしろ寄りの列にあり、端から二番目なので、階段の上にある奥のドアにかなり近かった。

ドアの前には、厳しい表情の警備員が部屋のほうを向いて立っていた。その男はアジア系で、グレイのスーツを着て、両手を体の前で組んでいた。当直のあいだ、ほとんどその姿勢を崩さなかった。

稼働している作戦センターを警備員に見張らせるのは、いかにも奇妙な感じだった。ここを牛耳(ぎゅうじ)っている人間は、たえず監視されているのを全員が思い知るように、わざとそういうやりかたをしているのだろうと、マルティナは思った。

いま、マルティナはその監視のことを考えていた。

一分か二分後に、警備員の当直交替があるはずだった。マルティナは一日半のあいだローテーションを観察して、この警備員がまもなくべつの警備員に交替することを知っていた。通常、警備員ふたりがあいた戸口か廊下に立って、二、三分おしゃべりをしてから交替する。なにを話しているのか聞き取れないが、警備員に注意を向けるようになってからそれに気づいたので、いまは交替の警備員が来るのをそわそわしながら待っていた。マルティナの両手はキーボードの上に浮かんでいた。額に汗がにじみ、不安が電気のように背中を伝いおりるのが感じられた。モニターの時刻表示を見てから、なにげないそぶりで右を向いた。

警備員のうしろでドアが開いた。警備員がふりむいて、交替の警備員と挨拶をしてから、ふたりとも話をするために廊下に出た。八時間の当直を終えた警備員は、話をしているあいだ片足でドアを押さえていたが、ふたりともマルティナのほうは見えないはずだった。

マルティナは作業に取りかかった。

マルティナは、暗号化されたメッセージを、すさまじい速さでタイプして、ここでの自分の行為についての懸念や、世界中で何人もが殺されるのを容易にする仕事をやりながら、囚人のように見張られ、時間がたつにつれてひしひしと感じる危険のことを伝えた。

メッセージを書くのに二十五秒もかからず、アドレスバーに暗記している番号を打ち込んだ——この仕事に就くのを手助けしてくれたジャック・チューダーの〈シグナル〉アプリを使う安全なアドレスだった。マルティナは、ドイツの連邦警察の下級通信専門家だったところに、防諜活動のためにベルリンに配属されたイギリスのMI5の中堅将校だったチューダーと知り合った。

ふたりはしばらく付き合い、その後も連絡をとっていた。一年前にマルティナがベルリンで失職したときに、チューダーは雇おうとした。そのときにマルティナが断わったのは、チューダーが世界中の悪質な組織の破廉恥（はれんち）な殺しの契約を請け負っているという評判を聞いたからだった。チューダーは、サウジアラビアやマフィアの仕事をやっていた。マルティナはそれを知っていたので、関わりたくなかった。

とにかく、そのときはそう考えた。

だが、数週間前にこのシンガポールでの割のいい仕事のことで、チューダーが連絡してきたときには、マルティナは破れかぶれになっていたので、仕事を引き受けた。しかし、ここにいるあいだに、この状況からすぐさま脱け出したいと、調教師（ハンドラー）のチューダーに要求する程度には、自尊心を取り戻した。

ボンに戻って、工場でもパン屋でもコーヒーショップでもいいから仕事を見つけたいと、マルティナは思った。この常軌を逸した状況から、できるだけ遠ざかりたい。

チューダーにメッセージを送り、もっとも近い警備員の持ち場をちらりと見ると、警備員ふたりはドアをあけたまま廊下に立っていて、なんの反応も示していなかった。

ジャック・チューダーが心配していると返信してきた。家族の緊急の用件があることをサイラスに伝えて、ボンに帰れるようにすると約束した。そのあとで、イギリスの情報機関に報告すると、チューダーが書いていた。

　つぎの瞬間、二通目のメッセージが表示された。サイラスとは何者なのか、きみはシンガポールのどこにいるのか、周囲の警備員は何者なのか、作戦センターにいるほかの人間の身許（みもと）について、なにかわからないかと、チューダーが質問した。

　マルティナは応答で抗議し、自分の身が危険だと書いたが。チューダーがすぐに反論し、きみの不安が事実なら、家族のもとに無事に戻れるようにするには、圧力をかける材料が必要だと伝えた。

　マルティナがしぶしぶ折れて、情報を手に入れたらすぐに送ると書き、ウィンドウを閉じたとき、あらたな警備員がドアを閉めて、持ち場についた。

　マルティナは、ゆっくり安堵（あんど）の溜息をついたが、自分がもっと大きな危険にさらされていることを知った。カフェテリアで仕事仲間とおしゃべりをしなければならない。自分の身の上について話すことは禁じられていたが、これまでも礼儀正しく話をしてきたので、口数の多い仕事仲間から貴重な情報をすこしは聞き出せるだろうと、マルティナは確信していた。自分が管理しているドローン・パイロットからも情報が得られるはずだ。適切な情報を得るためには、適切な質問をすればいいだけだ。

　不安だったが、まもなくこの恐ろしい苦行から逃れてドイツに帰れるはずだと期待していた。

　ワークステーションでの作業に戻ったマルティナ・ゾマーは知る由もなかったが、警備部門は大講堂に警備員を配置するだけではなく、壁の天井近くの見えない場所にピンホールカメラを何台も設置していた。カメラはディレクターのワークステーションも含め、すべてのワークステーションに焦点を合わせ、ズームすることができた。キーボードは押された瞬間にすべて読み取られ、なにが打ち込まれたかをサイラスが逐一知ることができる。

　マルティナが状況報告を求めてラングラー01を呼び出そうとしたとき、電話が鳴った。見ると、ディレクターからだったので、マルティナはあらたなパニックの波と闘った。

　カルロス・コントレラスは、グアテマラシティのホテルの部屋で腰をおろしていた。ノートパソコンの蓋をあけ、ドローン十二機のうち八機を街の上空に飛ばして、ガマ18のゾーヤ・ザハロワと、最新のターゲットのガマ19、コートランド・ジェントリーというアメリカ人を捜索していたが、発見できる可能性は低かった。

　煙草に火をつけようとして、ノートパソコンから目を離したときに、イヤホンが受信音を発した。

「はい？」

ドイツ女性が、切羽詰(せっぱつ)まった口調でいった。「こちらコントロール。この作戦のリーダーからそっちに電話があることを伝える」

「おとといの晩に、嵐のなかでおれのドローンを飛ばせって命じたやつか?」

「ちがう。あれは作戦センターのディレクターだった。わたしがいっているのは、作戦そのもののリーダーよ。暗号名はサイラス」

「わかった」コントレラスはいった。「どういうことなんだ?」

「知らないけど、べつの場所にあなたがただちに移動するはずだということはわかってる。だから、ドローンを呼び戻したほうがいい」

「わかった。呼び戻す」ドイツ女性との電話を切り、クアッドコプター八機を帰投させる命令を出しはじめた。

ほんの数秒後に、テーブルに置いてあった携帯電話が鳴った。コントレラスは、すこし目を丸くして、携帯電話を取った。「はい?」

「01(ゼロ・ワン)か? こちらはサイラス」英語だった。アメリカ英語、男、単語を短く区切り、そっけなく、てきぱきしている。

コントレラスは、この作戦全体の黒幕は中国にちがいないと思っていた。だが、この男は明らかにアメリカ人か、ことによるとカナダ人で、威圧的な口調からして将校かもしれなかった。

「どのような用件ですか？」

「空港へ行け。セスナ・スカイクーリエ、機体記号N（ノヴェンバー）、7（セヴン）、8（エイト）、1（ワン）、F（フォックストロット）、E（エコー）を捜せ」

コントレラスは、機体番号をノートパソコンのメモアプリで書いた。暗殺すべてを指揮している人物がこんなふうに電話をかけてきたことに、尋常ではない好奇心を抱いていた。

「おれの任務は？」

「おまえの任務は、飛行中に伝えられる」

「わかりました。作戦センター（OC）・ガマのおれのコントローラーはどうしますか？」

すこし間があってから、電話をかけてきた男が答えた。声にはほとんど感情がこもらず、入念に考えられたような言葉遣いだった。「おまえは当面、わたしとじかに連絡をとる。おまえの仕事ぶりを、これまで四十八時間、見守ってきた。限られた資源と支援でも、おまえはかなり自主的に行動した。ガマの視界の外で監視任務をやる人間が必要なのだ」

コントレラスは、それを聞いて不安になった。「ガマに秘密漏洩（ろうえい）があったのですか？」

「その可能性がある。それを確認するのを手伝ってくれ」

「わかりました……しかし、報酬のほうは。思うに――」

「もとの報酬の二〇〇パーセントを保証する」

コントレラスは、びっくりして両眉をあげた。「わかりました。引き受けます」

「あすの午後に到着する飛行機に、新しい機器を積んである」

そこで電話は切れた。

コントレラスは、携帯電話を置き、ドローン回収作業を再開した。

# 21

コート・ジェントリーは、ゾーヤの肩に腕をまわして、十六人乗りのミニバンの雨で条ができているウィンドウから外を眺めた。グアテマラ北部のウェスタン・ハイウェイを三十分走るあいだに、トウモロコシと豆の平坦な畑地は起伏のすくないジャングルに変わった。バンは灰色の霧と厚い雲の低い天蓋の下で凹凸の多い道路を跳ねるように走り、サスペンションのきしむ音がいっそう激しくなった。

ラッパーのアイス・キューブが九〇年代にヒットさせた曲が、バンの前部から大音響で流れていた。

ジェントリーは、フロレスからベリーズとの国境まで運んでもらうために、ハビという名前の若いバス運転手に四百ドル弱に相当する三千ケツァールを払った。往復三時間なので夜までに戻れるし、フロレスからマヤ文明のティカル遺跡までの料金の一週間半分だと、ハビは計算した。

ジェントリーが時計を見ると、午後四時だった。バンが走っている二車線の道路はあちこちで下り坂の底になり、水溜まりを通るために速度を落とさなければならなかったが、それを除けば順調に進んでいるとジェントリーは思った。

表では雨が激しくなりはじめた。

ジェントリーとゾーヤは、ベリーズでホテルを見つけたあと、どうやって身の安全を図るかを話し合っていたが、すぐにそれがとぎれた。ふたりが話をやめて目をあげたのは、ラップの音量が下がって切られ、バンが速度を落としはじめたからだった。

ミニバンがジャングルの道路で停止し、間断ない雨がルーフに叩きつけた。運転手のハビが、英語で後部のジェントリーとゾーヤに向かっていった。「警察の検問所だ、お友だち（アミーゴス）。パスポートを見せなきゃならないが、すぐに済むだろう」

ふたりが答えなかったので、ハビはいった。「問題ない。よくあることだ」

ジェントリーとゾーヤは、ことに心配していたわけではなかった。ふたりとも中米には何度も来たことがあるし、警察や軍が検問所を管理していることを知っていた。それに、書類は申し分ないし、きのうふたりを殺そうとしたのが何者であるにせよ、北部のペタン県のグアテマラ警察であるはずはない。

とはいえ、ジェントリーとゾーヤが真正面の検問所を見ると、ボディに〝警察（ポリシア）〟と記されたブルーと白のピックアップ・トラック三台と、雨のなかに立っている武装警官が六人以上いるのが見えた。車両は植物に覆われた道端にとめてあった。

ジェントリーは制服と車両を見て、グアテマラ国家警察PNCだと識別し、近づいてくる男たちの表情を目に留めた。警官たちに興奮や動揺は見られなかった。ジェントリーが何百回も目にしたような、ごくふつうの退屈した検問所の警官たちの態度だった。

警官たちが立ち、警察車両のピックアップがとまっているところの左に、ハイウェイからそれる砂利道があり、その先にジェントリーが目を向けると、掘っ建て小屋数軒、料理の煙、群がっている鶏数羽が見えたが、それ以外の動きはなく、道路はジャングルの奥へとつづいていた。

ハビが運転席側のサイドウィンドウをあけ、ジェントリーとゾーヤは持ち物を調べられる場合に備えてバックパックをひっぱりながら、そのすぐうしろの席へ急いで行った。

二十代の警官ひとりが、すぐにあいたサイドウィンドウに近づいた。透明の雨避けカバーをかけた黒いベレーをかぶり、黒いレインコートを着て、胸から九ミリ弾を使用するウージ・サブマシンガンを吊っていた。レインコートのせいで腰の拳銃は見えなかったが、グロックかジェリコを携帯しているにちがいないとジェントリーは思った。

その警官のうしろに、イスラエル製のタヴォール・アサルトライフルを持っている警官三人が立っていた。ウージよりもずっと威力があるが、かなり大きい。さらに、銀髪まじりの年配の国家警察の警察官ひとりが、自分の車両のボンネットにもたれて、携帯電話を見ていた。武器は見当たらなかったが、レインコートの下の装備ベルトに拳銃を収めているはずだった。

鍔(つば)の広い制帽に、巡査部長の徽章(きしょう)があった。つまり、この分隊の指揮官にちがいない。その巡査部長は、そばで行なわれている検問にまったく関心を抱いていないように見えた。警官ふたりがミニバンのうしろで道路に出てきた。ふたりとも銃床が木のポンプアクション・ショットガンを肩から吊っているのを、ジェントリーは見た。

そういったすべての事柄に、ジェントリーはとりたてて警戒しなかった。それらの武器はすべてグアテマラ国家警察が使用しているものだったし、雨のなかで道路に立ち、通る車を調べるよう命じられた警官そのものの態度だった。

ジェントリーの右に座っていたゾーヤも、おなじことを考えたようだった。

「ふつうの検問みたいね」ゾーヤがささやいた。

「ああ」

サイドウィンドウのそばに立っていた警官が、ものもいわずにハビの営業用免許証を受け取ってから、どこへ行くのかときいた。

「メルチョル・デ・メンコス」

「そこの国境検問所か？」

「はい（シ）、セニョール」

警官が、後部に目を向けた。「乗客はスペイン語を話すか？」

「いいえ、セニョール」

警官が、こんどはジェントリーとゾーヤに向かっていった。「スペイン語を話すか（アブラン・エスパニョール）？」

ふたりとも首を横にふった。

警官はゾーヤをじっと見た。スペイン語でハビにいった。「あのルービャ。いい女だ」

ルービャは〝ブロンド〟のことだ。ジェントリーはわからないふりをした。

ハビがくすりと笑った。

ゾーヤも、そのスペイン語がわからないふりをして、表情を変えなかった。見つめている警官に、笑みを向けた。

警官がいった。「パスポート、どうぞ（ポル・ファボール）」

「わかりました」ゾーヤは何カ月もひと前で装っていたカナダなまりでいった。

ジェントリーは、自分とゾーヤのブルーのパスポートをハビに渡し、ハビが窓ごしに警官にそれを渡した。

警官が、パスポートをじっくり調べはじめ、やがてミニバンの車内のふたりをちらりと見た。

つぎの瞬間、警官はひとこともいわずに離れて、ピックアップ・トラックにもたれていた年配の警官のほうへ歩いていき、パスポートを渡した。

それでもジェントリーは危険を感じなかったが、若い警官の動きのなにかが、じつはジェントリーたちの特徴に一致する男女連れの観光客を捜していることを示しているように思えた。

年配の警官がピックアップの車体を押して立ちあがり、部下になにかをいってから、携帯電話をタップし、耳に当てた。

ウージを持っている若い警官が、バンのそばに戻ってきた、「サル・デ・アウト、ポル・ファボール」

「車からおりてくれといってる」ハビがいった。「すぐに済むよ」

ハビはのんびりした口調だったが、わけがわからないと思っているようだった。すこしうろたえていた。

タヴォール・アサルトライフルを持った警官のうちのひとりが、運転席側のスライディングドアをあけた。ジェントリーとゾーヤが雨のなかに出て、ハビも運転席から出てきた。

だれも銃を構えていなかったし、ジェントリーとゾーヤを拘束するような動きもなかった。ジェントリーはまわりを見て、電話をかけている巡査部長を除けば、警官たちはみんな雨に打たれて立っているだけのようだった。

低い灰色の空で、雷鳴が轟(とどろ)いた。

距離があるのでやりとりは聞こえなかったが、銀髪の巡査部長の目が不意にギラリと光り、ジェントリーに据えられた。

ジェントリーは、それに気づかないふりをして、そっぽを向いた。

電話をかけている男は、ミニバンの乗客とやりとりしていた若い警官を呼び寄せた。

「その乗客(ロス・パサヘロス)? スペイン語を話すか(アブラン・エスパニョール)?」

「ノ、セニョール」若い警官が答え、銀髪の警官がミニバンにゆっくり近づいた。電話の相手のいうことを聞いているのか、それとも保留にしているのか、そのときは電話に向かってしゃべっていなかった。

ミニバンに近づくと、ハビにスペイン語でいった。「ある人物が、このふたりに特徴が似ている人間を捜している。国境へは行けないぞ。どうするのかわかるまで、おれはここで待つ。たぶんフロレスに連れ戻して――」

電話の相手がしゃべりはじめたらしく、巡査部長が不意に言葉を切った。二秒後にいった。「もちろんです（クラロ・ケ・シ）」

巡査部長が、ジェントリーのほうを向いて、写真を撮ろうとするような感じで、携帯電話を前にかざした。英語で「笑え（スマイル）」といった。

ジェントリーは笑わなかった。iPhoneで写真を撮られたことが音でわかり、ようやく心配になりはじめた。

ゾーヤは、運転席側のドアのそばで、ジェントリーの右に立っていた。巡査部長はゾーヤの写真も撮り、画像をだれかにメールで送ってから、携帯電話をまた耳に当てた。

ハビはしばらくジェントリーとゾーヤになにもいわなかったが、ふたりとはちがって自分が写真を撮られないとわかると、ふたりにいった。「警察はあんたたちに似た人間を捜してる。あんたたちじゃないんなら、だいじょうぶだ」ひと呼吸置いてからきいた。「あんたたちじゃ……ないんだよね？」

ジェントリーもゾーヤも答えなかった。ジェントリーは、ゾーヤもおなじようにこれに不安を感じはじめているのだろうかと思った。だが、ゾーヤの表情を読もうとして、首をまわそうとしたとき、ゾーヤが低い声で単語をひとつつぶやいた。ロシア語で、質問する口調だった。

「スメルチェリヌイイ？」

ジェントリーは、そのロシア語が〝致死性の〟を意味することを知っていた。この警官たちと闘うことになったときには、殺傷力を使うかと、ゾーヤは質問していた。ゾーヤが危険を察知したことは明らかだった。ジェントリーは不安にかられていたが、そっとひとことで答えた。「だめだ（ニェット）」

逮捕されるのを避けるだけのために、この警官たちを殺すわけにはいかない。警官たちを殺すのは、彼らにもっと悪辣（あくらつ）な計画があるときだけだ。それに、これまでのところ、彼らが殺人部隊であることを示す気配はまったくない。

警官たちは若く、二十五歳にもなっていないし、巡査部長も電話の相手とのやりとりで困惑しているように見えた。これが、通常の業務として彼が行なっていることとまったく異なるのは明らかだった。

ジェントリーは全身ずぶ濡れになっていたし、ゾーヤとハビもおなじだったが、三人ともじっと立って待っていた。そのあいだにジェントリーは、検問所にいる警官すべての位置を見定めてから、まだ携帯電話を耳に当てている巡査部長に目を戻した。これまでとはちがって、巡査部長の目がかすかに鋭くなり、体が緊張していることに、ジェントリーは気づいた。巡査部長が電話に向かってなにかをいったが、ささやくような声だった。

早口のやりとりがはじまり、巡査部長は電話の相手に反論しているか、抗議しているような感じだった。

ジェントリーがすばやく周囲に目を配ると、警官のうちのふたりが、巡査部長が活気づいたことに気づいたようだった。ゾーヤの近くに立っていた若い警官が、数メートル離れて、アスファルトの路面に銃口を向けて胸に吊っていたタヴォールのグリップに片手を置いた。

民間人の車が東から近づいてきて、タヴォールを携帯しているもうひとりの警官が手をふり、二〇メートルほど離れたところで停車させ、片手を高くあげて、そこで待つように命じたようだった。

ジェントリーは巡査部長に視線を据えていたので、そういった動きはどうにか捉えただけだった。巡査部長の電話の相手がこれを牛耳(ぎゅうじ)っていて、ジェントリーとゾーヤが危険人物だと告げているにちがいなかった。

事態は悪化するいっぽうだったし、フロレスの方角から旅行者を満載したバスがやってきたが、状況はよくならなかった。

ショットガンを持った警官が、頭の上でそれをふり、バスに停車して待つよう命じた。

ジェントリーとゾーヤは雨のなかで立ち、ジャングルの道路のまんなかで非常事態をさばくために、また何台もの車が停止を命じられた。

巡査部長は、電話で話をつづけながら、レインコートの下に手を入れて、片手を拳銃のグリップに置いた。拳銃に触れたそのしぐさは、なにげないふうを装っていたが、見え透いていた。

まずいとジェントリーは思った。おれたちは逮捕される。

その時、巡査部長が携帯電話を耳から離して、ハビにいった。「このふたりはわれわれといっしょに行く。ミニバンからふたりの荷物をおろし、おまえは行っていいぞ」

ハビが、困惑した顔でジェントリーとゾーヤを見た。なにをやったために検問所で捕えられたのだろうと思っているのは明らかだったが、すぐに車内に手を突っ込んで、バックパックふたつを出し、道路に置いた。

ハビが、運転席側のドアへ行くときに、ジェントリーとゾーヤのそばを通り、小声でいった。「悪いね。なにかの誤解にちがいない」だが、そう思ってはいないようだった。早くここを離れたいのだ。責められないと、ジェントリーは思った。

ジェントリーもここを離れたかった。

ハビが運転席に乗り、エンジンをかけてバックした。二車線のハイウェイから分かれている砂利道で向きを変え、すぐにハイウェイに戻って、検問所で停止している乗用車やバスの横を通り、フロレスの方角を目指した。

ジェントリーが巡査部長に注意を戻すと、腕がすこし動いたことに気づいた。つまり、レインコートの下で手の位置が変わっている。銃そのものは見えなかったが、そこにあるのはわかっていたし、その警官がなにをやっているか見分けがついた。

グリップをちゃんと握れるように、拳銃の上に置いた手の位置を調整したのだ。つまり、拳銃を抜こうとしているのだと、ジェントリーは見なした。

ふたたび携帯電話で話をしていた巡査部長がいった。「ふたりとも（アンボス）？　たしかなのか（セグロ）？」また間があり、巡査部長がうなずいた。「了解（エンテンデイド）」

電話を切った巡査部長の顔には、血の気がなかった。不安にかられていて、行動するのは気が進まないが、命令に縛られているのだと、ジェントリーは解釈した。

ややあって、巡査部長は道路の一般車両に気づいたようだった。乗用車、トラック、バスが十二台、両方向に並び、レインコートを着た数人が、車からおりて道路に立っていた。巡査部長は、肩ごしに砂利道のほうをふりかえり、そのときに、やれといわれたことと折り合いをつけたように見えた。巡査部長が、部下たちにいった。「ボディチェックをやれ」

ジェントリーとゾーヤは、山刀（マチェーテ）一本を除けば、怪しまれるようなものはバックパックにはいっていないし、身につけてもいなかった。バックパックはなにもいわれずに、ピックアップ一台のフロントシートに置かれた。ボディチェックが終わると、ジェントリーは若い警官ふたりにせかされて、ピックアップ一台のリアシートに乗せられ、タヴォールを持った警官が隣に座った。ゾーヤが、ウージを持った警官に連れられてべつのピックアップへ行くのが見えた。

ゾーヤとジェントリーは、ドアが閉まる前に、すばやく目配せを交わした。ショットガンを持ったふたりを除く全員が乗って、ピックアップ二台が走りはじめた。

巡査部長の表情を読み取ったジェントリーは、フロレスに連行されるほうがましだと思った。留置場に入れられるのは愉快ではないが、ジェントリーがこの事態について推測していることよりはずっといい。だが、ピックアップが向きを変えて、砂利道を掘っ建て小屋の数棟のほうへゆっくり登りはじめたとき、最悪の予想が的中し、それよりもずっと悪いことが起きるとわかった。

グアテマラ国家警察のこの警官たちは、組織のかなり上のほうの何者かに、外国人ふたりをひと目につかない場所へ連れていって、頭に弾丸を撃ち込むよう命じられているのだ。

# 22

移動には三分もかからなかった。ジェントリーが乗せられたピックアップは、砂利道の掘っ建て小屋数軒の横を過ぎてから角を曲がり、ジャングルのゆるやかな坂を登っていった。荒れ果てた建物ふた棟のそばを通ってから、錆びたトタン屋根の平屋の前で、運転していた警官がピックアップをとめた。窓が完全に破られ、カビが木の壁と軒を這いあがっていた。建物の上の看板が垂直にぶらさがり、歳月と風雨のために傷みが激しく、ジェントリーには読み取れなかったが、建物の造りから判断すると、はるか昔の盛りのときには、独立した商店だったらしい。いまは暗く、薄汚れ、その上の木のクロクモザル一匹と藪をつつきまわっている鶏を除けば、まったくの無人だった。

ピックアップのエンジンが切られ、ジェントリーに聞こえるのは、車体を叩く雨の音と、建物のトタン波板の屋根から雨水が流れ落ちる音と、トタン板とシンダーブロックの建物に降り注ぐ雨の執拗なパタパタという音だけだった。

あらたな音が聞こえたので、ジェントリーは肩ごしにうしろを見た。ゾーヤが乗せられたピックアップがうしろでとまり、やがてエンジンが切られた。

ジェントリーとゾーヤは、武装した警官によって、車からおろされた。荒れ果てた建物から一五メートルほど離れたところにふたりが立つとすぐに、ゾーヤが英語でいった。

「ここは警察署？」そうではないのは明白だったが、行動を遅らせ、周囲の状況を見てとるために、警官たちを会話に引き込もうとしているのだと、ジェントリーにはわかっていた。

だが、どの警官も、ゾーヤの問いかけに答えなかった。巡査部長と捕らえられているふたりがすでに知っていることを、察しはじめているようだった。

巡査部長が、二台目のピックアップから姿を現わし、捕らえているふたりを建物の裏に連れていくよう、部下の警官四人に命じた。

合計七人が、壊れかけた建物の表の残骸(ざんがい)をよけながら、ひとこともいわずに進んでいった。いまではだれもが神経を尖(とが)らしているようだった。ジェントリーはゴミの山や藪をまたいだり、よけたりしながら歩き、鶏が一行の行く手から小走りに逃げていった。錆びて曲がった鉄筋があちこちに転がっているのが見えたので、ジェントリーはそれを武器に使えるかどうかを考えた。

まわりの若い警官たちが歩きながら発散しているエネルギーが、強く感じられた。彼らが怯えているのがわかった。危険にさらされていると感じているからではなく、きょう人の命を奪うことになると気づいたからだった。いくら報酬をもらってもやりたくないと思っているのだ。

彼らは警官だった。悪徳警官なのかどうか、ジェントリーにはわからなかったが、ふつうの観光客に見える人間ふたりを平気で処刑できるほど悪辣ではないのは明らかだった。いざというときに、警官たちは躊躇するのではないかと、ジェントリーは思った。

いっぽう、ジェントリーとゾーヤは、彼らとはまったくちがう。

ふたりは相手を殺すはずだった。一瞬たりとも恐怖や不安で動きが鈍ることはない。

角をまわって建物の裏に行くと、一階分の高さのシンダーブロックの壁が、建物と直角に突き出しているのがジェントリーに見えた。たぶん部屋の一部で、ここ数年グアテマラを叩きのめしている数多くのハリケーンの最中に、あとの部分がちぎれ飛ぶか崩壊して、壁だけが残ったのだろう。まもなくその壁の前にゾーヤとふたりで立たされることになるのだと、ジェントリーは気づいた。

一五〇センチ左にいて、シンダーブロックとトタン板の建物の壁に自分よりも近かったゾーヤに、ジェントリーはひとことだけいった。

「致死性（スメルチエリヌイイ）」

ゾーヤがうなずき、周囲をひとしきり見た。ロシア語で、「合図でやる」と答えた。

ゾーヤのうしろを歩いていた警官のひとりが、部下四人と捕らえているふたりにつづいていた巡査部長のほうをふりかえってきいた。「いま、なんていったんですか？」

巡査部長が、肩をすくめた。ロシア語で話していたとは知らず、自分にわからない英語だったのだと思った。

前方の壁までまだ一〇メートルほどのところで七人は、小さな建物の暗い内部が覗（のぞ）ける左側の窓に近づいた。ジェントリーはすばやくあたりを見てから、歩くのをやめた。

ゾーヤが一歩遅れて、壊れた窓のそばで立ちどまった。屋根の庇（ひさし）から雨が滝のようになだれ落ちていたので、窓はほとんど見えなかった。

「おい（バヤ）」うしろの警官のひとりがどなり、ジェントリーとゾーヤに進むよう命じた。

ジェントリーは、うしろのどこかに立っている年配の巡査部長に英語で話しかけた。「巡査部長。おれたちがなにをやったと思っているにせよ、罰金をよろこんで払い」――前方の灰色のシンダーブロックの壁に目を向けたまま、半歩下がった――「旅をつづける」

巡査部長がジェントリーを右側から追い抜いて、ふりむいた。これからやることと折り合いをつけているのは明らかで、決然とした態度だった。だが、まわりの部下たちは、まだ気持ちが定まっていなかった。

巡査部長が、ジェントリーに指を突きつけた。プラスティックのカバーをかぶせた帽子から、雨水が滴(したた)っていた。

巡査部長が英語でいった。「歩きつづけろ！　あそこまで！」シンダーブロックの壁を指さした。

ジェントリーは前進せず、巡査部長の言葉にひるんだように見せかけて、すこし後ずさった。自分の背中に向けられているはずのライフルに、体を接触させ、位置を正確につかもうとした。つぎの数秒——自分の一生に残された時間——が、ライフルを奪うことに左右されるとわかっていたからだ。

ジェントリーは、すみやかにスペイン語に切り換えた。発音と言葉遣いで、母国語ではないことは明白だった。「だれかがあんたに、おれたちを処刑しろと命じた。依頼じゃなくて命令だった。あんたの部下はそれをやりたくない。あんたもやりたくないんだろうが、大金を払うといわれたにちがいない」

スペイン語で話しかけられたことに、巡査部長が驚いているのがわかった。うしろの警官四人も、スペイン語とその内容に驚いたにちがいない。だが、巡査部長はすぐさま立ち直り、三メートル離れたところから、ふたたびジェントリーに指を突きつけた。「黙れ（カジャテ）！」

　こんどはゾーヤがスペイン語でいった。「あんたはそのお金を手に入れられない、巡査部長。そう断言するわ」

「進め（バャン）！」うしろの警官四人のうちのひとりがいったが、ジェントリーは前進しないで、巡査部長を見つめたまま、すばやくまた十センチほど下がった。

「お願いだ、巡査部長」ジェントリーは、必死になっているのを装い、スペイン語でいった。「この警官たちは、まだ若い。これから長い人生がある。きょう、無駄に死ぬ必要はないんだ」

「黙れ（カジャテ）！」巡査部長が、さっきよりも怒りのこもった声でいった。

「妻子がいるだろう、セニョール？　あんたを必要としている子供たちが？」

　巡査部長が、レインコートの下の拳銃を抜こうとした。部下がジェントリーとゾーヤのうしろの射線内にいるので、いまここで撃ちはしないだろうと、ジェントリーは判断した。銀髪の巡査部長は、威嚇（いかく）するために拳銃を使おうとしているだけだ。

　拳銃がレインコートの下から出てきて、巡査部長が構えようとしたとき、ジェントリーは溜息をついて、両手をあげ、三度目のあとずさりをした。今回はタヴォールの銃身がずぶ濡れのシャツの背中のまんなかを軽く押すのがわかった。

それだけで、ジェントリーは必要な情報を得た。

ジェントリーは左に体をまわして、腕を突きあげると同時に、身をかがめた。

ブルパップ方式のアサルトライフルの短い銃身に触れると、それをゾーヤとは反対側の左上に押しあげた。アサルトライフルを握っていた警官が反射的に引き金を引き、不快なほどけたたましい銃声が空気を切り裂いた。

クロホエザルが、梢で泣きわめいた。

巡査部長が同時に拳銃を構えたが、ジェントリーはアサルトライフルを持っている警官のうしろに身を躍らせながら、アサルトライフルをしっかりつかんでいた。

そのあいだに、ゾーヤが左に一歩進み、屋根からなだれ落ちる雨のなかに跳び込んで、外側の窓枠に着地した。そこをしっかり踏むと、太腿四頭筋の力をめいっぱい使って、うしろ向きに跳躍し、さきほどまでゾーヤの背中に狙いをつけていた警官の上を跳び越した。その警官が発砲し、崩れかけた建物の側面に一発が当たった。ゾーヤはうしろ向きの跳躍でその警官のすぐうしろに着地し、首をつかんでひっぱり、バランスを崩したところを突き転がした。

ジェントリーが警官の体を左手でつかんで、左を向かせたとき、正面にいた銀髪の巡査部長がグロックで発砲した。ジェントリーは、自分が捕まえている若い警官に銃弾が当たるのを感じ——警官の体がガクンと揺れ、ショックのあまり警官は悲鳴をあげた。

ジェントリーは、警官の体の向こう側に腕をのばし、アサルトライフルを両手で握っていた。ジェントリーが正面の巡査部長に狙いをつけ、引き金を絞ったとき、巡査部長がまた発砲した。

タヴォールの五・五六ミリ弾一発が、巡査部長の胸に命中すると同時に、巡査部長のグロックの二発目の九ミリ弾が、ジェントリーに体をつかまれていた若い警官に当たった。

ゾーヤは、うしろから捕まえていた小柄な警官の体を一八〇度まわし、武装している警官の生き残りふたりのほうに向けた。処刑する予定だったカナダ人ふたりにくわえ、巡査部長と同僚ふたりが前方にいたため、そのふたりは発砲を控えていた。

ゾーヤが体をつかんでいた警官は、うしろからの絞め技をふりほどくことができなかったし、アサルトライフルの向きを変えてゾーヤを撃つこともできなかったので、必死でレインコートの下に手を突っ込んだ。

だが、ゾーヤのほうが速かった。装備ベルトの拳銃を右手でつかみ、革のホルスターから抜いた。

ずっとうしろのほうでウージを持っていた警官のひとりが、捕らえていた女が銃を手に入れたからには、同僚を殺す危険を冒してでも発砲するしかないと悟った。その警官が引き金を絞りはじめたとき、ゾーヤが押さえつけていた警官の腰の位置からグロック17で撃ち、ウージを持っていた警官の太腿（ふともも）に一発が命中した。

警官が荒れ果てた店の裏で泥と雑草とゴミのなかに倒れ、ウージが前のほうへ滑っていった。

ゾーヤは、押さえつけていた警官を離して押しのけ、うしろに跳んで、そばの窓枠を越えた。アサルトライフルをゾーヤに向けようとしていた男から姿が見えないようにうしろ向きに落ちながら、グロックの持ち主だったその警官の腹に二発撃ち込んだ。

ゾーヤが建物の壁の奥に姿を消したとき、一〇メートル離れたところに立っていた四人目の警官が、タヴォールでそちらに向けて射撃を開始し、窓の周囲の壁を掃射した。

ジェントリーが、上官の巡査部長に二度撃たれた警官からアサルトライフルを奪ってさっとふりむいたとき、ゾーヤがうしろ向きに窓を跳び抜け、トタン板の庇（ひさし）から流れ落ちる雨水を通して脚のあいだから発砲し、やがて見えなくなった。

負傷して泥のなかを這（は）っている男が見えた。もうひとりが、もうすこしうしろに立っていて窓に向けて連射を放っていた。前方の脅威を取り除くことに集中していたこの警官は、アサルトライフルを持ったジェントリーに気づいていなかった。訓練をあまり受けていない警官には銃撃戦が手に負えないことを、ジェントリーは知っていた——パニックを起こし、視界が狭くなって、最大の脅威だと見なした狭い範囲に注意が集中する傾向がある。つまり、わかっている最大の脅威以外のものは、存在しなくなる——それとは逆に、練度の高い戦闘員は、両目をしっかりあけて、首をまわし、古い情報に対処しながら新しい情報を処理できる。

ジェントリーは立っている男にタヴォールの狙いをつけて、側頭部を撃ってから、負傷してウージを取り落とした警官に銃口を向けた。警官はウージを拾おうとしていて、顔が泥と雨水にまみれていたが、いま起きていることが信じられないというように、激しい衝撃が顔に浮かんでいるのがわかった。

スペイン語で、ジェントリーは叫んだ。「銃に触れるな」

警官がジェントリーのほうを見あげて、さらに腕をのばしたとき、屋根から流れ落ちる奔流のなかからゾーヤが姿を現わし、グロックの狙いをつけて、負傷した警官の頭頂部を撃った。

警官はウージの上に倒れ込んだ。

ジェントリーは、アサルトライフルを持って視線をめぐらし、すべての脅威が無力化されたことを確認するために、死体をすべてじっくり眺めた。

ジェントリーが確認を終えたとき、両手で持った拳銃を低い位置で持っているゾーヤがそばに来た。

「怪我はないか？」ジェントリーはきいた。

ゾーヤは首をふった。「ちょっと切ったぐらい。あなたは？」

「なんともない」ジェントリーは、ゾーヤをしげしげと見た。うなじに小さな切り傷があり、右肩と右肘からすこし血が出ていた。

「もっとひどいことになっていたかもしれない」ジェントリーは、四方に転がっている五人の死体を見おろした。「この若い警官たちは、これをやりたくなかったのに」

ゾーヤは、死んだ巡査部長のほうへ歩いていった。「どうでもいい」

ジェントリーは彼らを殺したが、こういうときには殺すのを多少悔やまずにはいられない。死んだ男たちを眺めつづけた――四人はまだかなり若い――きょうの午後、ウェスタン・ハイウェイの検問所に配置されたのは、まったくの不運だった。

ゾーヤが、ジェントリーを物思いから醒めさせた。「ちょっと。検問所に残っていたふたりが、銃声を聞いたはずよ。通報するんじゃないの。調べにくるかもしれない」

ジェントリーは、首をふって頭をはっきりさせた。「ウージ二挺とグロック二挺を持っていこう。それと予備弾倉。タヴォールとジェリコは置いていく」

ゾーヤとジェントリーは、死体をすばやく調べて、ここに来るときにピックアップを運転していた警官からキーを奪い、二種類の銃と弾薬を集めて、泥と荒れ果てた建物の裏に転がっている死体を残して、建物の表へ走っていった。

ふたりのバックパックは、先頭のピックアップに置いたままだった。ジェントリーが運転席に乗ってエンジンをかけ、ゾーヤが助手席に乗って足もとのフロアにウージ二挺を置き、センターコンソールにグロック二挺を載せた。「この狭い道だと、検問所に戻ってしまうんじゃないの？」

ジェントリーは肩をすくめた。「反対方向をできるだけ遠くに行こう。それから道をそれて、やむをえなければジャングルを抜ける。ハイウェイには戻れない」

ゾーヤがうなずき、うなじに手を当てて、顔の前に戻すと、すこし血がついていた。なんでもないというように、ゾーヤはジーンズで血を拭いてからいった。「教えてちょうだい。警官にわたしたちを殺させようとしたのは、何者なの？」

ジェントリーは、暴風雨のなかでピックアップを走らせながら、首をふった。「見当もつかない。この作戦を動かしているのが何者であるにせよ、おれが経験したこともないくらい広い範囲に手が届く。あそこでああいうことを引き起こせるような金、影響力、人脈があるにちがいない」

「それで……どうするの？」ゾーヤはいった。「逃げつづけられると、いまも思っているの？」

「いや。それは試した……うまくいかなかった。脅威に反撃する必要がある」

「よかった。あなたとおなじくらい、被害妄想になりかけてる」

「いいタイミングだ」

ゾーヤはウージ一挺を取り、濡れた表面を指先でなでた。「なにを思いついたの？」

「ランサーだ。ランサーがこれを解き明かす鍵だ」

「わかった。でも、どうやってランサーを見つけるの？」

ジェントリーはいままではゾーヤに笑みを向けていた。それまで顔に浮かんでいた懸念とは、まったく逆だった。「信じてくれるかどうかわからないが、方法があるかもしれない。携帯電話を貸してくれ」

ゾーヤがうしろに手をのばし、バックパックのなかを探った。

ふたりが乗っている車が、道なりにカーブをまわった。カーブの先、ふたりの正面に、交差点が見えた。起伏がある一車線の舗装道路が、ふたりが出発したフロレスと、その反対側の北東に向けてのびていた。

ジェントリーはベリーズの方角へ車首を向け、雨のなかを走らせていった。さきほどの修羅場で激しくなっていたジェントリーとゾーヤの脈拍が、しだいに正常に戻った。

# 23

　ヴィラ・ド・ビスポという海辺の村は、ポルトガルの南西の端から大西洋に突き出している小さな半島にあり、人口が五千八百人にすぎないことを誇っている。美しいが小さい白いコテージが、イングリナ・ビーチからそぞろ歩きで十分ほどの丘の上にあるが、その家に独りで住んでいる男は、水ぎわの砂を爪先(つまさき)で踏んだことは一度もない。裏のポーチでクッションのきいた椅子に座って大海原を眺めるほうが好きなのだ。たいがいブランデーのスニフターを片手に、膝(ひざ)の上に本を置いて、昼間には遠い青い海を、夜には月明かりに照らされた大西洋のきらめく波をじっと見つめる。

　サー・ドナルド・フィッツロイは、七十代のイギリス人で、白髪(はくはつ)が薄くなり、恰幅(かっぷく)がよくなるいっぽうだった。今夜は午前零時過ぎまで夜更かししているが、ポーチの涼気が心身を爽やかにしてくれるとともに、前のテーブルに置いたスニフターの金色の〈アララト・エレブニ三十年〉が寒気を追い払ってくれる。

月が出ていて、星がきらめき、遠い海は輝きを発していた。

フィッツロイは、カーディガンのポケットから薬瓶を出して、カプセルをひとつ飲み込んでから、ブランデーをぐいっと飲んだ。

iPadが手前にあるタイルのコーヒーテーブルに置いてあったが、フィッツロイはそれには目もくれず、イングランドにおける富と階級の闘争を描いたジョン・ゴールズワージーの一九二〇年の小説『裁判沙汰』のページの角が折れてよれよれになった本を読んでいた。

茶トラの牡猫が、ポーチの明かりのなかにあがってきて、すぐに喉をゴロゴロ鳴らしながら、フィッツロイの脚に体をこすりつけた。近所の猫で、一年前にフィッツロイがここに越してきた直後に来るようになった。フィッツロイははじめのうちは仲良くなるのをためらっていたのだが、いまでは従順に立ちあがり、コテージにはいっていって、すぐにミルクを注いだボウルを持って戻ってきた。

猫がピチャピチャ音をたてて、いそいそとミルクを飲みはじめた。ひんやりする風が海から吹いてきたので、フィッツロイはカーディガンの襟をかき合わせて首を覆った。ふたたび本を手にして、ゴールズワージーの大作のページに目を戻そうとしたとき、テーブルのiPadが着信音を発し、暗号化アプリの〈シグナル〉で電話がかかっていることを伝えた。

フィッツロイは、発信者の番号を見た。知らない番号だったが、〈シグナル〉経由で連絡する方法を知っている人間は十数人いて、その半分がフィッツロイの気に入っている相手で、あとの半分はフィッツロイを殺したいと思っている。

どちらにせよ、出たほうがいいと、フィッツロイは自分にいい聞かせた。

フィッツロイは、ｉＰａｄを引き寄せて、電話を受けた。不安が声に出ないように用心しながらいった。「はい？」

「だれだと思う？」

フィッツロイはたちまち声を聞き分けた。「きみか！　きみから電話があるとは、じつにうれしい」

コート・ジェントリーは答えた。「おれもうれしい、フィッツ。家族は元気か？」

フィッツロイは一瞬ためらってから、ｉＰａｄに笑みを向けた。「みんな元気だ。もう一年以上、孫娘たちには会っていない。きみがだれよりも知っているように、身の安全が愛情を妨げている。それでも、たまに電話している。ケイトは獣医になるといっている。まさに天職だと、わたしは思う。それから、クレアはサッカーのチームで、ロンドン中のピッチで大活躍している。女優になることを夢見ている。想像はつくかね？」

「目に見えるようだ」

「ふたりとも学校の成績も優秀だ」

「すばらしい」ジェントリーが答えた。その声に宿る心痛を、フィッツロイはすぐさま察した。

フィッツロイはいった。「それに、そういうことはすべて……孫娘ふたりのことすべて……いまの暮らしのすべては……きみのおかげだ」

何年も前に、ジェントリーはフィッツロイの双子の孫と、フィッツロイの息子の妻を危難から救ったことがあった。

「ふたりは失ったものも大きかった」ジェントリーはいった。

「そうだな」フィッツロイは、ミルクをピチャピチャ飲んでいる猫を、しばし眺めてからいった。「いまのわたしにあるものはすべて、きみのおかげだ。きみがやってくれたことに感謝しない日が一日でもあるとは思わないでくれ」

「あんた自身も、何度かおれを窮地から救ってくれた」

「わたしはなにもやっていない。きみがわたしにしてくれたこと……孫娘たちのこと。運がよければ、きみがわたしにあたえてくれたもののことが、わかる日が来るだろう」

気まずい沈黙が数秒つづき、さらに数秒の間があった。不意に、フィッツロイは椅子で背すじをのばした。

フィッツロイは、月光を浴びていまもちらちら光っている海岸線を見やった。「テクノロジーを備えたこの闇のビジネスが、世界中で殺人をつづけている……きみはこのろくでもないことに関わってはいないだろうね？」

ジェントリーは、電話に向かって鼻を鳴らした。「関わっているが、今回は完全に防御側だ」

「なんということだ」

「おれはZといっしょだ」ジェントリーはいった。フィッツロイはゾーヤ・ザハロワを知っているので、それだけでわかった。「いま行なわれていることに関わっていた男が、彼女に助けを求めたせいで、彼女は照準器に捉えられた」

「彼女は無事なんだね」

「無事だ。おれも彼女も。ただ、ずっと隠れているのは無理だとわかっている。これは大規模な作戦にちがいない。ほかのターゲットのことを考えるとなおさらだ。おれたちはわざと姿を現わすつもりで、それをあんたに手伝ってもらえるかもしれない」

フィッツロイは、ブランデーをひと口飲んでからいった。「どうすればいいのか、いってくれ」

「おとといの晩、刺客のひとりをはっきりと見た」

フィッツロイは黙って、ただ待っていた。

「ランサーだった。齢をとり、禿げて、強くなり……そんなことがありうるなら、前よりも醜くなっていた。しかし、まちがいなくランサーだった」

フィッツロイが、息を吸ってからいった。「前にやつに仕事を頼んだときには、一年以内に死ぬにちがいないとわたしは断言しただろう。いまやつは、地球上でもっとも成功している殺し屋だ」

「やつは生きている。死ぬのは、やつのターゲットの五〇メートル以内にいた人間すべてだ」

「まさにそのために、わたしはやつを雇ったのを後悔した。イスタンブールできみたちふたりを組ませたことも後悔している。ひどいまちがいだった」

「アンカラだった」

「そうだ。記憶ちがいだ」

「あんたが謀略をやめたんならいいんだが」ジェントリーはいった。「この一件でランサーを使っているなんていわないでくれ」

フィッツロイは、椅子にもたれた。「滅相もない、きみ。あのきみとの作戦以来、やつは一度も見ていない。あれは、五年か六年前だったな」

間を置いて、ジェントリーはくりかえした。「それで、ゲームをやめたのか？　きっぱりと？」

フィッツロイは、ブランデーをゆっくり飲みはじめたが、やがてスニフターのブランデーを飲み干した。きついアルコールに顔をしかめながらいった。「道楽半分に手を出している。危険じゃないことに。あちこちの特定の関係者と連絡をとっているだけだ」

ジェントリーががっかりしているのが、声からわかった。「なんだって、フィッツ。引退したままのほうがいい」

「自分のことは棚にあげてそういうのか、若いの」フィッツロイはそう答えたが、怒っている気配はなかった。「いいかね……わたしはこの常軌を逸したこととはなんのかかわりもないし、つぎになにが起こるのか、見ているだけだ」

ジェントリーがほっとして溜息をつくのを、フィッツロイは聞いた。ジェントリーはいった。「ランサーについて知っていることは？」

「かなり知っている。名前はスコット・キンケイド。元アメリカ海軍ＳＥＡＬ」

「いまだれに雇われているか、見当はつかないか？」

フィッツロイは、椅子に深々と座った。「それが肝心だな。だれに雇われているか、はっきり知っている」

「どうして？」

「いろいろ聞いているからだ。ランサーの調教師(ハンドラー)は、わたしとおなじで元MI5だ。わたしとおなじように、外国に移住した。まだ若いが、世界中で資産(アセット)を動かしている」

「名前を知りたい」

「これから教える。ライトハウス・リスク・コントロールという会社を経営していて、名前はジャック・チューダー」

ジェントリーはその名前を聞いたことがあったが、ほかにはなにも知らなかった。「どこへ行けば見つけられる？」

フィッツロイが、ためらってからいった。「チューダーを捜し、ランサーを捜す……危険なだけで、なんの利益もない」

ジェントリーは、すこしためらってからいった。「これは内密にしてもらいたい」

「ああ、もちろんそうする」

ジェントリーは、ゾーヤと彼女の〝おじさん〟と、危険な新兵器についての警告を、フィッツロイに話した。グアテマラでランサーほか数人がゾーヤを殺そうとしたこと、グアテマラ北部の警察に処刑指令が出ていたことも伝えた。

「なんということだ」ジェントリーが一部始終を話し終えると、フィッツロイがいった。「わかっているみたいでよかった」ジェントリーはいった。「おれにはよくわからないので」

「機械の速度で作動する完全な自律兵器は、戦争のパラダイム自体を変える。どこかの軍がこのテクノロジーを保有したら、それを保有しない軍はすべて脆弱（ぜいじゃく）になる。いや、ちがう。まったく無力になる。人工知能（AI）を支配する国は未来を支配する、といわれてきた」

「それなら、おれとゾーヤがこれを黙って見ているだけではだめだというのが、わかるはずだ」

　フィッツロイが、活気がしぼみそうな長い溜息をついた。「チューダーはメキシコに住んでいる。ユカタン半島沿岸に。ときどき話をする。商売の内容とは裏腹に、道理のわかる人間だと思う」

　ジェントリーが声をひそめた。「道理を説く必要はない。そいつの首を絞めるだけでいい」

「いや、若いの。そういうわけにはいかない。警備がある。壁、警報機、武装した護衛」

「おれにはおれがいる」

　フィッツロイは、ｉＰａｄを見つめて首をふった。「必要とあれば、きみは戦いながら侵入できるだろうが、その必要はないと思う」

「というと?」

「わたしがきみの代わりに話をする。交戦状態になる必要はない。なにが賭けられているか、わたしが彼に説明する。彼は納得するだろう」

ジェントリーは数秒のあいだ黙っていた。ようやく口をひらいた。「だめだ。悪いが、ドン、その男に電話で情報を教えるわけにはいかない。どこかにそいつが身を隠したら、二度と見つけられない。おれの話を聞いてもらうときには、おれがその場にいないといけない。そうすれば。そいつが自主的に従わなかったとき……おれがすこし……従う気になるような手段を使う」

ジェントリーのいうとおりだと、フィッツロイにはわかっていた。チューダーを説得して同調させることができると思ったが、確実とはいえない。フィッツロイはひとつの案を思いついた。「彼が知っていて信頼している人間が段取りし、プロフェッショナルらしいセッティングで彼とじかに会うのが、これをやるのにもっとも安全で単純な方策かもしれない」

「なにをいっているんだ?」

「きみが世界のどこにいようが、メキシコのトゥルムへ行けるようなら、そこでわたしが落ち合い、きみといっしょにジャックと話をしにいく。安全で有意義な話し合いができるはずだが、わたしの見込みちがいだったら……まあ……きみが力で従わせるしかないだろう」

間を置いて、ジェントリーはいった。「それをやってくれるのか?」

「きみのためなら、若いの、なんでもやる。二十四時間ほしい。それと、きみに〈シグナル〉で連絡できる番号を教えてくれ。飛行機に乗ったら電話する。そのときに会う手はずを決めよう」

ジェントリーが教えた番号をフィッツロイが書き留め、ふたりは別れの挨拶をした。

フィッツロイは、iPadの通信を切った。

見おろすと、茶トラがミルクを飲み終えていたのがわかった。町を離れているあいだ猫の面倒をみてほしいと、いちばん近い隣人に電話しようと、フィッツロイは自分にいい聞かせた。

その猫——名前を知らないので、ただの〝猫〟——が最近ではたったひとりのほんとうの友だちで、ほかに友だちだといえるのは、コートランド・ジェントリーだけだった。だから、人生の最後に近づいているいま、ドン・フィッツロイは、友だちである一匹とひとりに尽くそうとしていた。

# 24

ジェンセン・エステート・コンドミニアムは、いつもなら静かなマサチューセッツ州ウォータータウンのジェンセン・ロードにある。四階建ての煉瓦と白塗りの木の建物は、一九九〇年代にボストンとその周辺の建築様式に合わせてコロニアル様式で造られた。いまではかなり古びているものの、けっこう上品な見かけの建物だった。

三フロアに十八ユニットなので、広くはないが、午後十時になると裏の狭い駐車場には車がぎっしりとまり、住人は家にはいって施錠する。ここは引退者が何人か混じっている労働者階級の住宅なので、高齢者か早起きしなければならない住人がほとんどだった。

だが、すべてがそうではなかった。ユニット301の住人は、昼も夜も予想外のスケジュールで働いていたので、階下の女性はときどき妙な時刻に彼が出入りする物音を聞くことがあった。上からはドアがバタンと閉まる音、下からは大型ピックアップ・トラックのGMCシエラのエンジンがかかる音が聞こえた。

マージ・ハムは八十一歳で、耳が遠いため、上の階の足音は聞こえなかった。玄関ドアが閉まる音、八気筒エンジンがかかる音、彼がシャワーを浴びるときにリビングの壁を通っている配管を流れ落ちる水の音だけが聞こえた。

今夜までは、それだけだった。

午後十時三十分ちょうどに、テレビのチャンネルを変えたとき、聞いたことのなかった音が上から聞こえた。木が折れる音だった。

葬儀保険のコマーシャルになったところで、マージはテレビの音を消して、いま聞こえた音がなにかを突き止めようとして、注意深く耳を澄ました。上に住む若者がアンドルーとかいう名前だというのは知っていたが、それ以外のことは知らなかった。彼が出かけたり帰ってきたりするのを、ときどき見かけることがあるが、いつも仕事場の制服姿だった。手をふって挨拶するだけで、話をしないのは、廊下や駐車場ですれちがっても、アンドルーがずっと携帯電話を覗き込んでいるからだった。

それでも、アンドルーは携帯電話からちょっと顔をあげて笑みを浮かべ、手をふり返した。なかなか感じのいい若者だったし、やかましいパーティをやったり、夜中に客を呼んだりしたことはなかった。

二度目の音。最初の音よりくぐもっていたが、まちがいなく上の階からの物音が、三十秒後に聞こえた。破裂音のような感じで、なんの音なのか、マージには見当がつかなかった。

マージは立ちあがり、裏の窓へ行って、駐車場を眺めた。遠くで犬が吠えた。アンドルーの大きなグレイのGMCがあったので、家にいるとわかり、なにが起きているのだろうと、マージは怪訝に思った。

マージは窓からひきかえし、不安にかられて、建物内でべつの不審な物音はしないかと、よく聞こえない耳をそばだてた。一分以上たっても、遠くで吠えていた犬の声がしだいに小さくなるのが聞こえるだけで、まったくなにも聞こえなかった。

やがて、マージの遠くなっている耳が、あらたな物音を捉えた。低い音だったのに聞き分けられたのは、しじゅう聞いているからだった。

二階のユニットのシャワーが使われはじめ、マージの頭から一メートル半しか離れていない壁のなかで水が配管を流れ落ちた。

それを聞いて、マージは警戒を解いた。アンドルーはなにかをひっくりかえしたのだろうが、いまはシャワーを浴びているから、だいじょうぶだろう。

テレビで『NCIS ネイビー犯罪捜査班』がはじまったので、マージはボリュームをもとに戻した。あすはゴミ収集日なので、つぎのコマーシャルまで見てから、キッチンへ行って片づけようと、自分にいい聞かせた。

アメリカ人の刺客スコット・キンケイド、暗号名ランサーは、タオルを腰に巻いて温かいバスルームに立ち、荒れた手で赤らんだ頬をこすった。何年も自分の素肌に触れたことがなかったので、おかしな感じだった。

バスルームの鏡が長いシャワーのあとで曇っていたので、自分の顔をもっとよく見るために、キンケイドは前腕で拭いた。

もじゃもじゃの顎鬚を剃り、きちんとした山羊髭に整えていった。鏡を見ないでシャワーを浴びながらやったので、泡がついている剃刀を手にして、細かいところを直した。長いあいだ剃刀を使っていなかったので、剃るのが下手になっていて、右耳のすぐ下の皮膚に小さな切り傷ができた。

床か流しに血が落ちる前に止血しようとして、バスルームでティッシュを探した。最初は便器の横のトイレットペーパーを使おうかと思ったが、そのとき思いついた。髭剃りでできた傷用の止血ペンシルが、鏡の裏の戸棚にあるかもしれない。

確信がなかったのは、自分のバスルームではないからだった。

スコット・キンケイドは、鏡を引きあけはじめたが、四五度ひらいたところで、首の傷数滴の止血よりも肝心なものが映ったので、そこでとめた。鏡をその位置にすると、右のドアの向こうにあるこのユニットの寝室が見えた。ベッドに仰向けに横たわり、両腕を左右にひろげている男の死体が、鏡に映っていた。額に弾痕があった。

死体の下のベッドは血にまみれているにちがいない。まわりに血が飛び散っているはずだが、ベッドサイドの電気スタンドだけが明かりで、死人もベッドも闇のなかだったので、キンケイドには見えなかった。

だが、顔は見えた。二十六歳の白人で、顎鬚を生やし、髪が黒い。額の弾痕は、サプレッサー付きの拳銃から発射された一〇ミリ弾によるものだったが、キンケイドはすでに空薬莢を回収していたので、法科学班がそれを突き止めるのには、時間がかかるはずだった。なんの価値もない男だと思いながら、キンケイドは鏡を閉じて、死体がまた見えなくなった。

いや、なんの価値もない男ではないと、しばし考えてから、キンケイドは思い直した。その二十六歳の男は、制服、ＩＤカード、会社のロゴ付きのピックアップ・トラックを持っていた。すべて、ランサーと呼ばれる刺客が今夜必要とするものだった。

作戦センター・ガマのフランス人女性のコントローラーが、その男の住所と身許を伝え、本社がこのボストンにある巨大ロボティック企業、マサチューセッツ・オートメーション

・エンデヴァーの警備員七十二人のなかで、キンケイドが提供した人種、身長、体重にもっとも近い外見なのはアンドルー・ダンヴァーズだけだと告げた。
キンケイドは禿頭だが、鏡を閉じて、ちぎったトイレットペーパーで首の切り傷を止血すると、バックパックから黒いウィッグを出した。それを頭にかぶってぐあいを直し、寝室の死んだ男の髪型にできるだけ似せた。

それが済むと、寝室に戻り、また死体を眺めた。

「悪かったな、きょうだい」低くつぶやいたが、謝る気持ちは毛頭なかった。ダンヴァーズを殺すのは、今夜の作戦にとって不可欠な任務要件だった。自分がやったことを悔いてはいなかった。

スコット・キンケイドの神経回路には、同情などない。

キンケイドは、黒いズボンをはき、グレイのシャツを着て、前腕の刺青が見えないように袖のボタンを留めると、シャツの上から濃紺のブレザーをはおった。

ラペルには、〝MAE-SD/マサチューセッツ・オートメーション・エンデヴァー――警備部〟という刺繍がはいっていた。

キンケイドは、ベッドサイド・テーブルへ行って、そこにあった鼈甲縁の眼鏡を取り、かけたが、すぐにはずした。ダンヴァーズはひどい近視だった。キンケイドは指でレンズをはずして、かけ直した。

このほうがいい。

カウンターにあった鍵束をつかみ、大きな拳銃を腰のうしろに差して、ドアに向かった。

駐車場へ行くと、手にしたGMCのキーのボタンを押した、グレイのシエラのライトが点滅した。そちらに向かうときに、左のほうから物音が聞こえ、そっちを見ると、銀髪の女がプラスティック容器のゴミをもっと大きな容器にあけているのが目にはいった。

女がキンケイドのほうを見て、ゴミ容器を置き、手をふりはじめた。

キンケイドは手をふり返し、歩きつづけた。

「アンドルー？」女が問いかけるようにいった。

キンケイドは三〇メートル離れていたし、暗い駐車場を歩いていた。それに、女は七十半ばのようだった。暗くて遠いので、不審に思われるおそれはほとんどないと、キンケイドは判断した。

自信に満ちた足どりで、シエラに向けて歩きつづけた。

乗り込むと、身許を奪った相手よりも五センチくらい背が低かったので、キンケイドはシートを調節し、自分の視線に合うようにルームミラーを動かした。

そして、エンジンをかけ、ドアを引いて閉めようとしたとき、さっきの女が車のそばに立っていて、二メートルも離れていないところからじっと見ていたので、キンケイドはびっくりした。

キンケイドが口をきく前に、女がいった。「あんたはアンドルーじゃない」

キンケイドはすこし肩を落としたが、にやりと笑った。「わかった。ばれたか」

「だれなの——」

「その前にきかないといけない。どうしてわかったんだ？」

「携帯電話を見てなかったからよ。あたしが見るときはいつも、アンドルーは携帯電話に鼻をくっつけるようにしてた」

キンケイドは、鼻を鳴らして短く笑い、なるほどというようにうなずいてから答えた。

「わかってよかった」

「だれ——」

無駄のないきらめくような一連の動きで、キンケイドは身をかがめてうしろに右手をのばし、拳銃を抜いて、女の胸を撃った。弾丸が心臓を貫いた。女が、子供が投げ捨てたぬいぐるみの人形のように、たちまち舗装面に倒れた。

銃声は大きかったが、さきほどとおなじようにサプレッサーの働きで、けたたましいほどではなかった。

スコット・キンケイドは、ピックアップのドアを閉めて、セレクターをバックに入れ、低い声でくりかえした。

「わかってよかった」

# 25

ザック・ハイタワーは、ガルフストリームからおりたとたんに、キューバのまぶしい陽光と湿気の多い暑さにたじろいだ。まぶしくて目を細めたとき、摂氏三〇度を超える気温と八〇パーセントの湿度で、息が詰まりそうになった。

ホセ・マルティ国際空港にはとりたてて見るべきものはないが、頭上の空はじつにすばらしかった。透き通ったブルーで、ふわふわの大きな白い雲が浮かんでいた。四方の地形は青々として平坦で、どの方向も見渡すかぎり野原と森がひろがっていた。

ブルーと白のストライプに重ねた赤い三角形に白い星をあしらった巨大な国旗が、メインターミナルビルから垂れさがり、旅行者すべてにここがキューバ共和国であることを示していた。

ジェットステアの下にきちんと並んで車四台がとまっていた。ヒントン一行を迎えにきた車列だと、ザックにはわかっていた。列の二台目はミニバンのスプリンターで、サイドドアがあき、がっしりした体格の運転手がその横にいた。

その前に黒いリンカーン・ナビゲーターがとまっていて、男四人がまわりにいた。スプリンターのうしろで、メルセデスのSUVがエンジンをかけたままとまっていて、前に男数人が並んでいた。車列の周囲に、男ばかりが十二人立っていた。全員が白かライトブルーのグアジャベーラ――裾（すそ）をズボンにたくしこまないゆったりした半袖（はんそで）シャツ――を着て、黒いラップアラウンド・サングラスをかけていた。

その警護員たちは、すくなくとも拳銃を隠し持っているにちがいないと、ザックは思った。

ザックがジェットステアをおりると、すぐうしろにつづいていてガレス・レンが、スプリンターのほうへザックを歩かせた。

アントン・ヒントンが、ページの角が折れている『トーラー』（ユダヤ教の聖典の最初の「モーセ五書」）を片手に持ち、飛行機からおりた。長いフライトのほとんどの時間、ヒントンがそれを読んでいたことに、ザックは気づいていた。馬鹿でかいショルダーバッグを持ったアシスタントのキミーが、つづいてジェットステアをおりた。

五分とたたないうちに、全員がスプリンターに乗り込み、ザックはヒントンの向かいに座った。荷物はメルセデス二台に積まれ、車列は空港の出口に向かった。

その二十秒後に、車列は停止した。

ザックは当初、車で十分の距離にあるヒントンの屋敷まで、スプリンターの後部に乗っていくつもりだった——できるだけヒントンの近くにいたかったからだ——だが、ドアが閉まったとたんに、キャビンに窓がないので表の道路が見えず、前部にも行けないと気づいた。ザックはすばやくレンに指示して、インターコムで運転手に車列を停止するよう命じてもらった。

空港の敷地内にいるあいだに、ザックは護衛対象が乗っているスプリンターからおりて、先頭車両のナビゲーターの助手席に乗った。そこに乗っていた警護員が、二台目のスプリンターの車内に移動した。

車列がふたたび走りはじめた。途中で脅威が周囲に出現したときに見えるようになったので、ザックは満足した。

この警護にはライフルがあるほうがいいと、ザックは思っていたが、腰に拳銃があり、周囲の車に武装した十二人が乗っているので、ある程度、安心できた。

四台の車列は、ホセ・マルティ国際空港から西にのびている起伏のある幹線道路を走っていった。控え目にいっても、車列はかなり目立っていた。道路を走っている車の多くは、キューバの有能な整備士によって走行可能な状態が保たれているとはいえ、古びて錆(さ)びた旧式車だった。だが、ナビゲーター、スプリンター、メルセデスのＳＵＶ二台は、ハバナ港を通って輸入されていた。ヒントンは四台に必要なハイオクガソリンまで輸入していた。キューバには、そういう車は一台もない。

車列は、煙草畑とトウモロコシ畑のあいだの意外なくらい状態のいい二車線の道路を走っていた。ザックはこれまでキューバに来たことがなかった。空港はかつての立派な姿を多少とどめていたがそこを出ると、ザックがこれまで訪れたことがあるラテンアメリカの国々と大差なかった。

もちろん、道端の掘っ建て小屋や小さな店はいかにも貧乏な感じだったが、農地はきちんと耕作されていたし、住民は食が足りているように見えた。

あちこちでポーチや店や食べ物の屋台にいた男や女が、顔をあげて興奮気味に手をふった。彼らが好意を示している相手にはそれが見えないのを、ザックは知っていた。ヒントンはいま、周囲の世界には無頓着で、アルファ波ＢＧＭと車内の柔らかなブルーの照明にひたってくつろいでいる。

しかし、キューバのこの地域の住民に温かい歓迎を受けるに値することをヒントンがやったのは明らかだった。

ザックのナビゲーターが幹線道路をはずれて、鬱蒼とした木立のあいだの低い丘をくねくねとのびている、よく手入れされている砂利の私設車道にはいった。あとの三台もつづいた。ザックは前方に目を向けていたが、たいしたものは見えなかった。だが、高台の頂上でカーブを何度かまわると、歳月と風雨でかなりボロボロになった大型の強化された機関銃巣（隠蔽した防御地域内に機関銃を集中配備した陣地）が道路の左右にあった。

その構造物の横を通るときに、ザックはじっくり眺めた。二カ所ともミニバンほどの大きさで、歩哨が配置されている気配はなかった。

それは過去の亡霊にすぎなかったが、この車列はどこへ向かっているのだろうと、ザックはいっそう怪訝に思った。

その高台を過ぎると、道路は下りになり、繁茂した植物がすこしまばらになった。左カーブをまわると、浅い谷が見え、その中央に低い巨大な建物があった。

ヒントンの屋敷ではないことは明らかだった。築城（防御を強化し、攻撃力を高めるための土木建設工事の総称）された軍の施設か、公共事業の建物のようだった。大型格納庫ほどの大きさで、格納庫とおなじように不格好な外見だった。

車列の正面の道路に、白いジープ四台がとまっていた。ジープがどいて中央分離帯に乗りあげるのを待つために、ナビゲーターが速度を落とした。ザックの隣で運転手がジープとすれちがうとき手をふったが、ザックは見えていた十人ほどの男たちを疑わしげに見た。

彼らはキューバ革命軍の徽章（きしょう）があるグリーンの戦闘服を着て、黒い抗弾ベストをつけていた。ジープすべての後部に、架台に取り付けた木の銃床のPKM機関銃があった。ロシア製だが、キューバ軍が採用している武器だ。

PKMを取り付けたピックアップ数台と、荷台に覆（おお）いのない二トン積みの軍用トラック一台が、焦茶色の建物の広いエントランスの前に固まってとまっていた。

ナビゲーターは、二トン積みトラックの約二〇メートル手前、巨大な低い建物のエントランスの約三〇メートル手前でとまった。建物が地面になかば埋もれて、樹木が生えているドーム型の丘が屋根を覆っていることに、ザックはいま気づいた。空から見えないようにするためだろう。

ザックはナビゲーターをおりて、陽射しのなかに出た。周囲に野原、山々、果樹が何本か見えたが、建物の周囲約三〇メートルは美しく造園されていた。

エントランスに防爆ドアがあり、鋼鉄とコンクリートで強化されていることから、軍事施設にちがいないと判断して、ザックは建物をもっと入念に眺めた。

レンが近づいてきた。「われわれはここを農場（ラ・フィンカ）と呼んでいる。この谷間はコーヒーの大農園だったが、道路の先にロシア人が聴音哨を建設した」

ザックは驚いていった。「待てよ。ロウルデスのことか？　このあたりにあるのか？」

「あの九十九折(つづらおり)を三キロほど行ったところだ」レンが北東を指さした。

ザックは、ロウルデスSIGINT(シギント)基地のことを知っていた。ソ連が領土外に建設した最大の信号情報収集(SIGINT)基地だった。

レンがいった。「最盛期には、東側諸国とキューバのスパイ千五百人が働いていたが、二〇〇二年に閉鎖され、その後、研究大学になった。アントンの研究所はそのキャンパスにある」

「それで」ザックはきいた。「いまのここは？」

「ソ連は、そこで働くロシア人のスパイや技術者の宿舎に使えるように、巨大な防爆ビルも建設した。いまもある」レンがにやりと笑った。「とはいえ、あるマルチビリオネアは、そこをすこしきれいにすることを許されている」

「ああ、すこしだけ」ザックは果樹、石の遊歩道、戸外の照明がある美しい地所を見まわしながらいった。だが、その風景がまだよく理解できなかった。「ヒントンがここに住んでいるというのか？」

「キューバにいるときはそうだ。それに、いまからあんたも住む。アントンは、ヨーロッパから最高の建築士やインテリアデザイナーを呼び寄せた。衣食住のすべての要素が快適だ。寝室が二十六部屋、バスルームが二十カ所、キッチンが四カ所。葉巻(シガー)バー、食料品店、

「地下駐車場」

「エントランスはここだけか？」

レンは首をふった。「いや。四方にエントランスがある」鉄の防爆ドアに近づいて、それを強調するために叩いた。「ドアはすべて厚さ五〇センチだ。鍵をかけて閉じこもれば、ぜったいに安全だ。あんたもそう思うだろう」

「一般市民にしては、異様なまでに安全だな」ザックは答えた。

レンが、肩をすくめた。「元ＣＩＡや元ＳＡＳが必要な一般市民なんているか？」

「たしかにそのとおりだ。しかし……」ザックは、防爆ドアのそばの壁に片手で触れた。

「ヒントンとキューバ政府の関係はどうなんだ？」

「ヒントンは納税者だ」レンが答えた。「それだけだ」

ザックは首をかしげた。「それだけ？」

レンが、降参したというように両手をあげた。「正確にいうと、税金じゃない。賄賂のようなものだ。アントンは、自分がやりたいように物事をやる場所がほしかった。ここの政府はアントンの金を受け取り、支援、電力、途方もない自治をあたえた。警備まで提供している」

ザックは、車両のそばに立っている男たちのほうを眺めた。「あいつらを政府が用意してるのか？」

レンがうなずいた。「三層の安全対策だ。エントランスにいる男たちを見ただろう？正規陸軍の兵士だ。われわれの安全対策だけのために、三個歩兵中隊の駐屯地が近くにある」車列の警護班をつとめた私服の男たちのほうを、顎で示した。「あの連中はすべて民間人だが、全員が元アビスパス・ネグラスだ」

「それはなんだ？」

「黒い雀蜂」

ザックが片方の眉をあげたのは、その名称を知っているからだった。「キューバ陸軍特殊部隊か？」

「そのとおり。SEALチーム6とはちがう。SASともまったくちがうが、彼らのプロ意識におれは感心した。アントンはキューバ政府に金を払って、正規軍を配置してもらっているが、あの連中の分も内緒で金を払っている。資本主義を推進していると思いたいね」

「それで、第三の層は？」

「現役のブラック・ワスプだ。フェンスの内側でパトロールを行なっているが、建物にははいらない。キューバ軍は、ヒントンの建物にはいることを許されていない。ヒントンがそう命じている。だが、キューバ軍は周辺防御を提供している。建物内にはいれるのは、われわれがフルタイムで雇っている退役したキューバ特殊部隊の連中だけだ」

ドアがゆっくりとあき、ライムグリーンのグアジャベーラを着た中年の警護員が姿を現わした。「こんにちは」ザックとレンに向かって、その男がいった。

「ブエナス・タルデス、グスタボ」レンが答えて、ザックの腕を取り、戸口から離れさせた。空港から付き添ってきた一団が、ヒントンの荷物をなかに運びはじめた。

ザックは、レンの顔を見た。「あの男は？」

「元ブラック・ワスプ少佐だ。いまからあんたの部下になる」

キミー・リンがそばを通ったが、そのときにレンに向かっていった。かすかにいらだった声でささやいた。「アントンが、あした研究所へ行くといい張っているの」

レンが、キミーとおなじ不安げな口調でいった。「そういうだろうな」キミーがだだっぴろい通路にはいり、男ふたりはつづいた。

表からだと、三階建ての高さに見えたが、ドアを通ってザックが見あげると、地上は一階だけで、一二メートルの高さの壁が、強化されたコンクリートの天井に達していた。

ザックは、アメリカのバスケットボール・アリーナにいるような心地がした。コンクリート、広い通路、高い天井。

だが、照明はもっと整っていたし、なにもかもが清潔で、心地よい音楽が漂っていた。屋内はいい香りで、キューバ人画家の作品とおぼしい絵が、通路の左右の壁に並び、それぞれのピクチャーライトに照らされていた。

五〇メートルくらい離れているあいたドアに向けて一行が歩いていると、アントン・ヒントンがザックの横に来た。「政府の送電線から電気が流れてこないときに備えて、われわれの専用発電機がある。オイルと燃料も備蓄している。

近くの大学の中心に四階建ての研究所もあるから、小さな街のようなものだ」

「あんたが運営してるんですか？　所有してるわけじゃないでしょう？」

ヒントンが肩をすくめた。「キューバでは、なにもかも国有だ。ここもそうだ」笑みを浮かべた。「しかし、われわれはいつも、決められた日に家賃を払っている」

ザックは、まわりを眺めた。エントランスで感じた畏怖の念が消えていなかった。「ほかの屋敷十七カ所も、こんなふうなんですか？」

ヒントンが笑って、両手を叩いた。「いや、ぜんぜんちがう。なんといっても、ここが最大だ。何カ所かは、ほんとうにミニマリスト好みだ。信じてくれるかどうかはともかく」

「あんたのミニマリストの定義は？」

「ノルウェーに釣り小屋がある。ここの警備員詰所とおなじくらいだ。まあ、敷地は一〇〇ヘクタールだが、ほんとうに質素だよ」

つぎのドアを通ると、そこが小ぶりな警備室だというのを、ザックは見てとった。男女が数人いて、建物内と外部のあらゆる場所をカメラが捉えているようだった。奥に高級ホテルにあるようなロビー風のバーのような場所があった。その先に大型エレベーター四基のエレベーターホールがあった。

「何階下まであるんですか？」

「一階と地下が三層だが、いちばん下の階は倉庫に使っているだけだ。リビングと共用エリアはこの階にあり、寝室はほとんど地下一階と地下二階にある」ヒントンは、バーのほうを手で示した。「ガレスとバーへ行って、一杯飲んだらどうだ？　わたしは部屋へ行ってシャワーを浴びる」ザックが口をひらく前に、ヒントンはアシスタントのキミーに大声でいった。「キミー、ザックに地図を渡してくれ」

「わかりました」畳（たた）んだ紙の地図がショルダーバッグから出され、ザックはそれを受け取った。

キミーがエレベーターのドアを押さえ、ヒントンが乗り、ザックはホールに立っていた。だが、ヒントンはザックのほうへふりむいた。「それで、ザック。わたしの安全について、なにか大きな懸念はあるか？」

「このキューバ人たちを信用しているんですか？」

ヒントンはキミーの横へ行ったが、ザックと話をつづけられるように、手をのばしてエレベーターのドアを押さえた。「ここは六年近く使っている。わたしの身の安全は、彼らが仕事を確保することと結びついている。リスクを軽減するには最高の手立てだと思う」

「わかりました」

「念のためにいっておくが、わたしは共産主義をこれっぽっちも支持していない。しかし、この国は、よくいっても共産主義もどきだし、それなら支援できる。ここでおおぜいのひとびとが自分と国のために富を増やしている。キューバのここはわたしの最大の施設だが、それはここで研究をやりたいからだ。詮索の目がないし、競合他社にスパイされることもない。キューバは、わたしの研究を盗もうとする資本主義者をすべて追い払ってくれる」

「なるほど」

ヒントンが、ウィンクをした。「今夜はせいぜい楽しんでくれ。あすの朝、研究所を案内する」

「準備しておきます」

エレベーターのドアが閉まり、今度はレンがザックに近づいた。「長いフライトだった。

一杯どうだ?」

十分後、ザックとレンは一階のバーで腰をおろしていた。ザックは、注文していないのに男好きのするキューバ人ウェイトレスが持ってきたモヒートを受け取った。ひと口飲んで、しかめ面になるのを我慢した。ラムベースのカクテルは、生サトウキビジュースで甘くなっていて、ザックの好みではなかった。

きかれもしないのに、レンがいった。「ここの人間はすべて身許調査されている。企業秘密保護合意[NDA]に署名していて、おれはそれを厳しく執行している」

「施設には何人いるんだ?」

「通常、九十人くらいだ」

その数字を聞いて、ザックはびっくりした。「嘘だろう」

「キャンパスの科学者とエンジニアは、すべてここに宿泊する。警護、後方業務、食事、清掃の人間もだ」レンは肩をすくめた。「ああ。やっぱり九十人くらいだ」

ザックはきいた。「最近来た人間は? 雇ったばかりのやつは?」

「いない。暗殺がはじまったときに、念入りに調べた。新人はいない」

「敷地外の地元住民はどうだ? あんたたちと取引をしている人間は?」

「表の陸軍が通さないかぎり、だれもはいってこられない。建物内の専属警護員は、タマネギの皮の追加の一枚だ」レンは、ザックの背中を叩いてから、女性バーテンダーのほうを向いた。「ビールを二杯(ドス・セルベサス)、頼む(ポル・ファボール)、エステファニー」

女性バーテンダーが、タップからライトラガーを注ぎはじめた。

レンがいった。「ぐっと飲め。そうしたら、地階を案内する」

ザックとレンは、一階の三層下でエレベーターをおりた。周囲のようすは、ザックが一階で見たのとはまったく異なっていた。

その地下三階は暗く、じめじめしていて、迷路のようだった。大きな配線の束を抱えている年配のキューバ人整備員ふたりと出遭った。ふたりがレンに心のこもった挨拶(あいさつ)をしてから、黒い木箱に収めた無数の貯蔵容器を置く棚が並んでいる広い倉庫を進んでいった。

「これはなんだ?」歩きながら、ザックがきいた。

「百人がここで快適に一年間暮らすための、あらゆる品物だ」

「冗談だろう」

「おれがやっている。どんなことにも備える必要があると、アントンにいったんだ。ハリケーン、暴動、パンデミック。それに、キューバ政府の好意を失った場合、嵐をしのぐ用意をしておく必要がある。補給物資がすべてここにあるので、防爆ドアを閉めて立てこもり、災厄が過ぎるのを待つこともできる。食料、水、医療品、工具がある」

「恐れ入った」ザックはいった。「プレッパー（戦争や自然災害のような非常事態がかならず起きると考えて、補給物資を備蓄したりシェルターを造ったりするひとびとのこと）は何人も見てきたが、それに三百億ドル使える人間はひとりもいなかった」

それを聞いて、レンが笑い、長く、暗く、狭い通路にザックを案内した。

ふたりは武器庫のなかで立ちどまり、警護班用のライフル、拳銃、弾薬のケージを、レンがザックに見せた。そのあとで、レンがべつの廊下で立ちどまった。「ここには倉庫が二室あって、ソ連が使用するのをやめたあとで密封した古い業務用エレベーターが一基ある。いまでは装備を運びおろすのに、メインのエレベーターを使っている」

レンがいうとおり、エレベーターの大きな入口が板でふさがれ、その前に鉄格子があった。

「上に通じているのか？」

「ああ。ここがいちばん下の階だ」レンが、さっと指を一本立てた。「ここにいるあいだに、もうひとつ。怯えてくそを漏らす覚悟をしてくれ」

「いつだって覚悟してる」

レンが廊下に響くような笑い声をあげて、ザックの背中に手を当て、べつの暗い廊下に案内した。一五メートルほど行ったところにドアがあった。

レンが、ザックのほうを向いていった。「これを見せるのは、あんたを怖がらせるためじゃない。ある日、あんたが迷い込んで自分で見るかもしれないし、このドアの向こうにあるもののことを、警護員から聞くかもしれないから、いま見せておく」

「いったいなにがあるんだ？」

レンが、ドアロックに暗証番号を打ち込み、大きなドアがあいた。

「お先にどうぞ」

ザックがはいり、うしろでレンが低い天井に並んでいる蛍光灯のスイッチを入れた。ビニールの防水布をかぶせてあるなにかが、コンクリートの床で数本の長い列をなしているのが見えた。防水布の下のものは、高さ一八〇センチで、幅は人間とほぼおなじだった。

レンが、いちばん手前の防水布のそばに行って、引きはがした。

ザックは半歩下がり、銃を抜こうとするようなしぐさで、虫垂(アペンディックス)の上あたりに手をのばした。

人間型ロボット(ヒューマノイド)が、まっすぐ前方を向いていた。ザックをじかに見つめているような位置関係だった。

ザックは、スタカートのグリップを手で包み込んだ。

　ロボットは二本脚で、顔の口と鼻があるはずの場所には小さなスクリーンがあり、目の代わりにカメラ数台とそのほかのセンサーがあった。体は白く、なにかの複合材でできているようで、蛍光灯の照明の下で光っていた。おなじ素材らしい小さなバックパックが、左右の肩甲骨(けんこうこつ)のあいだに取り付けてあった。

　黒いリベットがあちこちで表面を固定していて、まるで頭のてっぺんから爪先(つまさき)まである甲冑(かっちゅう)を着ているようだった。

　両手は左右におろされていて、手は金属製の指三本のようなグリッパーになっていた。

　ロボットの右腰にホルスターがあり、さらに不気味だったのは、ワルサーPPQセミオートマティック・ピストルのグリップがそこから突き出していることだった。

　ロボットの左脇の弾倉三本用のラックは空(から)だったが、拳銃のグリップには弾倉がはめ込まれているように見えた。

　凄みのある声を落として、ザックがかなり真剣な口調でいった。「この野郎が動いたら、弾倉の二十一発をケツにぶち込む」

　レンがいった。「どうぞやってくれ。電源を切ってあるから、動いたらおれも撃つ」

「これはなんだ？」

「あんたが見ているとおりのものだ。安全歩哨(セーフ・セントリー)と呼ばれている」

「ＳＳ（ナチの親衛隊）か。まあ、皮肉な呼び名だ」覆（おお）いをかけてあるべつの物体を眺めて、ザックはきいた。「いくつあるんだ？」

「十六。これまでは、この連中が夜間に施設内を監視していた。おれははじめのうち不安だったが、アントンがいい張るので、反対しなかった」

「彼がこしらえたのか？」

「いや、マサチューセッツ・オートメーションが開発と設計を手がけた。ラース・ハルヴァーソンというアントンの以前の同業者がこしらえた。テレビで見たことがあるだろう」

「たぶん、ない」

レンが肩をすくめた。「最先端のテクノロジーだ。安全歩哨（セーフ・セントリー）は、全体にバランスセンサーを備えていて、信じられないくらい動きを調整できる。あんたが取っ組み合っても負ける」

「やめておこう」

「こいつらは三メートル幅跳びし、時速二〇キロで走り、撃ち、殴り、催涙ガスを噴出し、〈テイザー（電極付きの射出体二個をターゲットの人間に撃ち込んで感電させ、制圧するＣＥＤ［伝導性エネルギー装置］）〉も使う。すべてＡＩで行ない、殺傷力を行使する前だけ、人間のコントローラーが交戦規則を命じる」

「好きになれない」

「アントンは、全ユニットの電源を切るよう命じた。弾薬は没収して、べつの保管庫にしまってある。これまで一年間、アントンはこれに命を託していたんだが、考え直した」

「たとえば、こいつらはハッキングされるかもしれない」

「そうだ。この歩哨（セントリー）をコントロールできる人間がアメリカ政府にいると、アントンは考えている。ハルヴァーソンは友人で、アメリカ人じゃないが、ボストンに住んでいて、アメリカ政府に協力しているから、アントンが疑うのも当然だろう」

ザックは、ロボットのうしろにまわり、ワルサーのグリップに手をかけてひっぱった。黒い拳銃は、白いドロップレッグ・ホルスターから抜けなかった。

ザックがやろうとしていることに気づいたレンが、そばに行って、マガジンリリース・ボタンを押した。ザックが弾倉を抜き、弾薬がはいっていないことを確認した。

レンがいった。「非武装で動きまわるようにしてある。それも安全策のひとつだ。空（から）の弾倉を入れておくのは、キューバ人にそれを悟られないためだ。とはいえ、空の弾倉を抜いて、装弾されている弾倉を差し込めば、ターゲットに狙いをつけて、四・二秒で撃てる」

「たまげたな」ザックはいった。

「おれが自分で測った」

ザックは言葉にしなかったが、かなり恐ろしいと思った。「それを殺すには、どうやるんだ？」

「一台三百万ドル近くする。それと、維持費が一台あたり年間一万五千ドル」

「殺すには、どうやるんだ？」

レンが笑った。「これが自発的に生き返って、弾薬を見つけ、弾倉にこめて、交戦規則(ROE)を命じる人間のコントローラーという最終安全装置(フェイルセーフ)を回避したら、目と目のあいだを撃つしかない」

防水布が引きはがされてからはじめて、ザックはロボットから目を離して、レンに視線を戻した。「そして、あんたはそれを知っている。どうやって知った？」

「ラース・ハルヴァーソンが、おれに教えた。スキャナーとカメラの覗視孔(ポート)が攻撃に弱いと。狙いすまして一発撃ち込めば、ロボットを斃(たお)せる」ザックがもっと詳しい説明を求めて見つめていたが、レンは肩をすくめた。「なんていえばいいんだ？　この金属のくそ野郎のことは、おれも恐ろしいと思ったんだ」

「こいつらには、おれの地下室をうろついてもらいたくない」

「この部屋にはいる暗証番号は、おれしか知らない。人間のコントローラーは配置換えになって、そいつのワークステーションは廃止された。問題が解消されて、もう一度配置しても安全だとアントンが判断するまで、この十六ユニットは、ここに保管されたままになる」

ザックはいった。「おれはときどきここにおりてきて、このストームトルーパーみたいなやつらが行儀よくしてるのをたしかめたい」

レンが笑い、ロボットの上に防水布をかけて、照明を消し、部屋を出てドアをロックした。

# 26

チャールズ川とボストン・コモンの両方に近いビーコンヒルは、ボストン中心部でもっとも好まれている地域だった。ここに最初に家が建てられたのは一七八七年で、マサチューセッツ州会議事堂はビーコン・ストリートにある。

そこにある家は、ほとんどがフェデラル様式の連棟住宅（ローハウス）で、一千万ドル前後の値段がついている。

マサチューセッツ州警察の捜査車両二台が、グローヴ・ストリートのすこし東で、リヴィア・ストリートに間隔をあけずにとまっていた。だれも乗っていなくてライトがついていない同様の車両二台が、半ブロック離れた広壮なタウンハウスの前にとまり、さらに二台が、アンダーソン・ストリートのすぐ西で、東からの接近をさえぎっていた。

午前零時過ぎに、鍔（つば）の広い帽子をかぶり、スミス&ウェッソンM&Pセミオートマティック・ピストルを腰に携帯し、マサチューセッツ州警察に属することを示すブルーのジップアップ・ジャケットを着た警官六人が、グローヴ・ストリートの捜査車両四台のまわりに立っておしゃべりをしていたとき、マサチューセッツ・オートメーション・エンデヴァ――警備課のロゴが描かれているグレイのGMCシエラが近づいてくるのが見えた。

警官のひとりが、異状なしだと相棒がいった場合に、道をふさいでいる捜査車両を動かすために、一台の運転席に乗った。もうひとりの警官が、腰からフラッシュライトをはずし、速度を落としていたシエラに近づいた。

運転席側のサイドウィンドウがあくとすぐに警官は身を乗り出し、運転していた男の目を照らさないようにしながら、顔が見えるように光を近づけた。

「こんばんは」顎鬚の男が眼鏡をはずしながらいい、紐に結びつけてあるIDカードを渡した。

「こんな時間だぜ」渡されたIDカードを見ながら、警官がいった。

男が腕時計を見おろした。「おはよう、だな。くそ、遅刻した」

「もうあんたの仲間が三人来てる」警官がいった。

「それはよかった」

警官は、なおもIDカードを見ていた。運転している男の顔は、写真とほぼ一致しているようだが、だいぶ古い写真なのかもしれない。警官はきいた。「四人態勢になったのか、それともあんたはだれかと交替するのか？」

運転席の男が、肩をすくめた。「四人に変わったんだろう。とんでもないことばかり起きてるから」

警官が、馬鹿にするように鼻を鳴らした。「州警じゃさばけないと、だれかが思ったのか？」

「残業が八時間増えたことしか知らない」

「まったくだ」州警察官は、男のほうをふりかえった。

やりとりが思ったより長引いているが心配するなと、スコット・キンケイドは自分にいい聞かせた。

州警察官は、アンドルー・ダンヴァーズがこの時刻に来るのを予想していなかったが、キンケイドの外見はIDとほぼおなじで、制服を着ているし、グレイのシエラは、会社のほかの警備員が乗りつけるのとまったくおなじ車種だった。それに、警官の質問に対するキンケイドの答は、警備員の配置を決める人間が考えそうなことと完璧に一致していた。

それは先入観を自分の都合のいいように解釈して思い込む確証バイアスで、ソーシャルエンジニアリング（相手の心理的な隙やミスにつけ込んでさまざまな行動を成就すること）でそれが有効な道具だということを、キンケイドは知っていた。

だが、キンケイドが今夜あてにしていたのは、それだけではなかった。一八〇メートル上空を飛んでいるISRクアッドコプター一機が、通りを監視し、地上の動きのパターンを追跡していた。ISR活動は丸一日を超える時間つづけられ、警察官の無線交信によって、自宅で会社の警備員が交替するときの手順が判明し、作戦センターからそれがキンケイドに伝えられていた。警官たちは、新手の警備員が到着しても、警備対象の邸内にすでにいるマサチューセッツ・オートメーション・エンデヴァーの警備員にそれを報告していなかった。

キンケイドは、頭上のドローンの働きについては知っていた。グアテマラやメキシコシティで使った。しかし、作戦センター・ガマが州警察の無線交信をどうやって傍受しているかは、見当もつかなかった。

だが、この段取りはキンケイドにとって好都合だった。グレイのシエラがとまって、運転していた男がIDカードを見せると、当直の警官はすぐに手をふって通した。

キンケイドは、通りの北側の連棟住宅（ローハウス）の前の空いた場所にシエラをとめ、おりながらポケットから携帯電話を出した。電源を入れてスクリーンを眺め、キーのボタンを押してトラックのドアをロックし、美しい建物の階段に近づくあいだ、携帯電話に顔をくっつけていた。

作戦センターのフランス女の声が、右耳から聞こえた。「玄関ドアがあきかけてる。会社の警備員がひとりいる。この時刻だから邸内に動きや声はなし。裏の路地は依然として敵影なし」

キンケイドはその送信に応答しなかった。二時間前にウォータータウンで警備員を殺して、そこを出てからずっと、作戦センターから最新情報が届いていた。

ドアまでまだ五、六メートルというところで、おなじ濃紺のブレザーを着た警備員が、身を乗り出した。深夜で、警備員や警官ではない人間は眠っているので、その男はささやき声でいった。

「ドルー？　おまえか？　ここでなにをしている？」

キンケイドは、携帯電話をブレザーのポケットに入れて、ローハウスの前の狭い歩道ではじめて顔をあげた。通りのガス灯は暗かったが、それでもある程度あたりを照らしていたので、行動するのにあまり時間がないと、キンケイドは判断した。

戸口にいた会社の警備員は、なにかがおかしいと気づいたらしく、急に首をかしげた。近くで見たせいか、足どりか、ほかのなにかでばれたのか、キンケイドにはわからなかったが、それはどうでもよかった。

もうじゅうぶんに近づいていたからだ。

男が叫ぶ前に、キンケイドは突進した。右手の袖口の下で握っていたナイフの柄が見えた。柄の側面のボタンを押しながら、キンケイドは腕を突き出した。〈マイクロテック・トゥルードン〉の長さ一五センチの刃が飛び出して、男の肋骨のあいだに突き立てられ、心臓を貫いた。

キンケイドは勢いを弱めずに突き進み、戸口の床から男の体を持ちあげて、なかに押し込んだ。

玄関ホールでキンケイドは警備員の上に倒れ込み、木の床に転がって、片足でドアを閉め、左手で警備員の口を覆った。

三日前に右脇に負ったかすり傷の銃創が灼けるように痛み、キンケイドは顔を歪めたが、警備員と心臓を貫いたナイフに体重をかけつづけ、格闘はすぐに終わった。

コントローラーが、平静な声でいった。「侵入を確認した。法執行機関の反応の気配なし」

狭い通りの端にいる警官たちには、見つかっていなかった。それは好都合だが、この床で男ふたりが倒れた音は家中に響いたにちがいないし、生きている警備員ふたりがどこかにいるから、調べにくるにちがいない。

だれかが表の警官を呼ぶ前に、できるだけ早く奥へ進まなければならないと、キンケイドにはわかっていた。

死体の上から起きあがって、ナイフを抜き、刃をひっこめると、手が血だらけになって滑り、柄を握りづらかった。キンケイドはジャケットにナイフをしまい、拳銃を抜いて、階段に向けて走った。

狭い階段の上に、角をまわって男が現われた。片手に拳銃を握り、反対の手でフラッシュライトを握っていた。男がキンケイドに狙いをつけた。

だが、銃を向けた相手が会社のブレザーを着ていたので、その警備員は躊躇(ちゅうちょ)した。なにが起きているのか、たしかめる必要があった。

だが、キンケイドにはそんな必要はなかった。サプレッサー付きの拳銃から発射された一〇ミリ弾二発が、狭い階段の空気を切り裂いた。

二発とも男の胸の上のほうに命中し、男は拳銃を落として顔から倒れ込み、キンケイドのほうへ転げ落ちてきた。

男と激突して仰向(あおむ)けに倒れ、階段の下まで落ちるのを避けるには、男の死体をやりすごすしかないと、キンケイドは気づいた。キンケイドは宙に跳びあがって、両腕と両脚をのばし、階段の九〇センチ上の吹き抜けで体をつっぱった。死体が下を玄関ホールまで転げ落ち、もうひとりの死体のすぐ手前でとまった。

階段に着地したキンケイドは、血で足を滑らせないように気をつけながら昇りつづけた。

キンケイドが二階に達したとき、右側の部屋からひとりの男が跳び出した。

キンケイドはさっと向きを変えて警備員の最後のひとりに向けて一発放ち、顔の右頬骨の上を撃ち抜いた。その警備員は、キンケイドが突入したときに洗面所を使っていて、うしろ向きにそこへ倒れ込んだ。

キンケイドは、二階の主寝室へ急いで行った。そこにターゲットがいるはずだと、作戦センターに教えられていた。

キンケイドが寝室のドアを蹴りあけると、ボクサーショーツにTシャツという格好の男が、野球のバットを片手に持って、部屋のまんなかに立っていた。

警備員の制服を着ている血まみれの男を見たとたんに、ターゲットはバットをおろした。

だが、キンケイドは、大きな拳銃の長いサプレッサーをターゲットに向けたまま、さらに近づいた。相手が自分を護るために来たのではないことに、ターゲットが気づいた。

ターゲットがバットを落として、ベッドのそばの床に倒れ、身を護ろうとするかのように片手をあげ、体を丸めて横たわった。北欧なまりの英語で、男が叫んだ。「お願いだ。勘弁してくれ！　だれだ？　だれがこんなことを？」

キンケイドは、肩をすくめてから、拳銃を構えた。男の質問に答えることにした。「サイラスだ」

男が一瞬、遠くを見る目つきになった。そのとき、サイラスという言葉には重要な意味があり、なにもかもわかったというような表情になったので、キンケイドは驚いた。男が顔の前の拳銃から視線をそらし、そっとつぶやいた。「サイラスはわたしたち全員を殺す」

そのときキンケイドが男ののばした右手を撃ち抜き、手の甲から射出した弾丸が、男の左目に命中した。

一〇ミリ弾がターゲットの後頭部を突き破り、硬木(ハードウッド)の床に突き刺さった。キンケイドは向きを変えて、拳銃を持ったまま、階段に向けて駆け出した。

階段をおりながら、イヤホンを叩いた。

「ターゲット・ガマ7(セヴン)、抹殺」

「了解。裏の路地は依然として敵影なし(クリア)。法執行機関は静止している。脱出後に連絡して」

「了解」

一階におりると、キンケイドは裏のスライディングドアへ向かった。道路の端にいる警官には銃声は聞こえなかったかもしれないが、近所の人間が聞いていないともかぎらないので、侵入した経路をひきかえすつもりはなかった。裏庭を駆け抜け、フェンスを飛び越え、春の花が咲いている庭を身をかがめて通り抜けた。

もう一軒の庭を通り、フェンスを二度越えてから、キンケイドは白いシボレー・マリブに乗り、エンジンをかけて、夜の闇に向けて走り去った。

キンケイドは、四つの街で五度、暗殺を試みて、ターゲット四人を殺した。リチャード・ワット、ゲンリフ・ボリスコフ、マクシム・アルセーネフ、そしていま、直前までボストンのロボティック企業を経営していたラース・ハルヴァーソンというノルウェー人。

そして、つぎの任務のために、トロントまで行かなければならない。

カルロス・コントレラスは、グアテマラシティに到着したばかりの双発ターボプロップ機を眺めた。旅客機ではなく貨物機のように見える。胴体はブルーに塗装され、〝Mex Cargo〟という文字が、側面に黄色で大きく記されていた。

パイロットがその飛行機を地上走行(タキシング)させ、エンジンを停止した。後部の貨物用傾斜板(カーゴランプ)がゆっくりおろされ、標章のないありふれたベージュ色のフライトスーツを着た男が出てきたが、握手を交わせるほど近くには来なかった。

男がスペイン語でいった。「名前は?」

コントレラスは、確認のために暗号名を使うようにと、サイラスに命じられていた。

「パブロ」

「おれはラウル、搭載管理者(ロードマスター)だ」たしかにロードマスターなのかもしれないが、コントレラスの名前がパブロではないのとおなじように、名前はラウルではないだろう。メキシコ人らしく、コントレラスよりも二十歳年上のようだった。コントレラスがナイフを抜いて襲いかかるとでも思っているような、ものすごく疑り深い目つきだった。

パイロットがうしろからカーゴランプをおりてきた。三十代で髪が赤く、色白だった。パイロットはジョンと名乗った。アイルランドなまりの英語で、目つきから判断して、やはりなにかを心配しているように見えた。

コントレラスはいった。「あんたたち、だいじょうぶだろうね?」

メキシコ人のロードマスターが、英語に切り換えた。「元気だ。どうして?」

アイルランド人がうなずいた。「おれたちは元気だ」

「よし」

ラウルがいった。「あんたの装備を持ってきた。自分の装備を積み込んでから、新しい装備を点検してくれ」

コントレラスは、男ふたりのうしろの貨物室を見あげて、ベージュ色の〈ペリカン〉ケースがふたつ、木のパレット二台にくくりつけてあるのを見た。それよりも小さいパレット三台には、それぞれ大きな箱が一個ずつ積まれ、箱の上には〝グレイハウンドV１２０〟と記されていた。

なんのことか、コントレラスにはわからなかった。

「これはなんだ？」コントレラスはきいた。

ロードマスターが肩をすくめた。「わからない」

「どこで積み込んだ？」

「いえない」

コントレラスは、パイロットのほうを向いた。「どこへ行くんだ？」

「知らない」

コントレラスは、首をかしげた。「だれがあんたをよこした？」

ジョンが答えた。「あんたをよこしたのとおなじ人間だろう。それはしゃべっちゃいけないことになってる」

コントレラスは、肩をすくめた。こんなに奇怪な仕事をやるのは、こういう仕事をやるようになってからはじめてだったが、やりがいのある難題で、大きな満足が得られるし、報酬ももっとも大きい。
これがいつまでもつづけばいいと思った。

# 27

マサチューセッツ・オートメーション・エンデヴァーの最高技術責任者(CTO)ラース・ハルヴァーソンが殺されてから八時間後に、CIA幹部のジム・ペイスと、彼に同行していた軍補助工作員のうちふたりが、犯罪現場の玄関ドアへ行った。

三人はたちまちボストン市警察(BPD)の刑事に出迎えられ、バッジを見せられた。

「ご用は、諸君?」

「ああ」ペイスはいった。「ベイカーだ。国土安全保障省」

「ケイシー刑事だ。バッジはあるか?」

「署長から連絡があったはずだ」

「あった。男三人が来て、国土安全保障省からだというだろうが、たぶん嘘だろうと」

「署長はほかにもなにかいっただろう?」

ケイシーが、すこし肩を落とした。「あんたが必要とするものを渡し、邪魔をするなといった」ケイシーが脇にどき、ペイス、トラヴァーズ、タカハシが、美麗な備品が揃っているローハウスにはいっていった。ドアのすぐ内側のハードウッドにおびただしい血痕があるのを見て、ペイスが刑事の顔を見た。

「ひとり目の被害者はここで発見されたんだな？」

「そうだ」

「ナイフの刺創？」

「どうして知っている？」

ペイスは答えず、血痕のそばでしゃがんで、ドアを見た。

数秒の沈黙後に、ケイシーがいった。「いいか、おれはボストンの国土安全保障省の人間すべてと友だちなんだ」

「そうかね」ペイスはまだ血痕を見つめたままでいった。

「そうかねって、なにが？」

ペイスは、階段の下にあるべつの大きな血痕のほうを向いた。そのそばにしゃがんだ。うわの空でいった。「きみがボストンの国土安全保障省の人間すべてと友だちだったとは知らなかった」

「おれがいいたいのは……あんたたちは、この辺の人間じゃないし、国土安全保障省でもないっていうことだ」

ペイスが立ちあがった。「わたしは政府の人間だ。それでいいだろう」

ケイシーが、馬鹿にするように鼻を鳴らした。「〝わたしは政府の人間で、あなたを手伝いにきた〟。英語のなかでもっとも恐ろしいいいまわしだと、レーガンがいわなかったか？」

ペイスは階段に向かっていた。「だが、きみにとって幸いなことに、わたしは手伝いにきたのではない」立ちどまり、ケイシーのほうを向いた。「きみにあたえるものはなにもない。しかし、ファイル、写真、結論をすべて渡してほしい。見返りに、もう邪魔はしない。それだけだ」

「冗談だろう」

「国家安全保障に関わりのある血の海のまんなかに立っているとき、わたしはユーモアのセンスは表に置き去りにする」

「どうしてあんたに渡すと——」

「どうしてかというと、きみの署長は、わたしが情報を渡せといったことに怒り狂って、きみの電話を待っているからだ。そしてもう一度、よけいなことをいわずに、いうことをきけというにちがいない」

ケイシーが憤慨して、しばし黙っていたが、ペイスが見つめていると、不機嫌な声で答えた。「わかった。さっさとやろう」

ケイシーは、三人のあとから階段をあがり、吹き抜けについた血の跡を眺めた。一分後には二階へ行って、そこの現場をじっくりと見た。ベッドの足の側に、血や脳の切れ端が残っていた。

「ここでハルヴァーソンは殺された」ケイシーがいった。「もうひとりの殺された警備員は、階段の上の客用バスルームにいた」

ペイスはつぎに、ハルヴァーソンのホームオフィスに数分いて、あたりを見たが、関係がありそうなものは見つからなかった。

ようやくケイシーが口をひらいた。「ヴェラ・ライダー博士のこと、知っているか？」

ペイスは目をあげた。「知らない」

「ハルヴァーソンの元妻だ。彼女もある種のＡＩ理論家だ」

「死んだのか？」

「いや、生きてる」

「どこにいる？」

「最近、離婚した。まだ生きてるのは、たぶんそのおかげだろう。そうでなかったら、ここにいたはずだ。けさ、知らせてから真っ先に来たが、家に帰った。おれが許可した。アリバイがあったからだ」

「午前一時にどこにいたというアリバイがあったんだ？」

「台湾の会社とズーム会議をやっていた。向こうは昼間だ。録画されていたし、タイムスタンプが確認された。会議の相手にも確認したが、ごまかしはないようだ」

「調べるまでもない」ペイスは寝室に戻り、ひどい血痕を見た。「元妻がこれをやったのではない」

「ああ……そのとおりだ。警備員の制服を着た男が、事件の直前に現われた。現場の死体にはその人物は含まれていない」

ペイスはすでにそれを知っていて、スコット・キンケイドだとほぼ確信していた。ペイスはいった。「元妻の家にも、パトカーを配置してあったんだな？」

「ああ、三日前から。けさ倍に増やした」

「彼女の住所を教えてほしい、ケイシー刑事」

ケイシーは、明らかに嫌がっていた。「彼女は……ひどいことを経験したばかりだ。上品な女性だ。あんたは後日、もう一度来て——」

「いまは気配りする余裕がない」

ケイシーが殴りかかりそうな顔をしたが、ペイスは黙って待っていた。

ついにケイシーがいった。「ここから歩いて五分だ。方角を教える」


十五分後、ジム・ペイスは、ヴェラ・ライダー博士の家で、キッチンアイランドのスツールに腰かけて、紅茶を飲んでいた。落ち着いてはいるが疲れたようすのライダー博士が、向かいに座っていた。白髪がまじっているブルネットの髪をうしろでまとめ、化粧はしていない。泣いたせいで目のまわりに隈(くま)ができ、まぶたが腫(は)れていた。

ライダー博士は、自分の紅茶は注がなかったが、トラヴァーズとタカハシには勧めた。ふたりとも丁重に断わり、リビングとの境の戸口に整列休めの姿勢で立っていた。

ライダー博士がいった。「またなの……あなたは国土安全保障省のひとなのね？」

「はい、マーム」

「そう……警察にはもう話をしたけど」

「わたしたちは、警察ではありません。なにが起きているのかを理解しようとしているんです。いくつかおききしたいことがあります」

ライダー博士は、不服そうな顔をしたが、やがてうなずいた。「どうぞ」

「あなたは離婚したあとも、ハルヴァーソン博士とは話をしていたんですね」

「彼はわたしが人生でもっとも愛したひとだった。わたしたちはいろいろ問題を抱えていたけど。ええ、話はしていました」

「彼は自分が手がけているなにかについて、なんらかの懸念を示していませんでしたか？そのために敵の照準器に捉えられるかもしれないと？」

ライダー博士が、ゆっくりと首をふった。「彼がやっている仕事は明らかに、国防総省には有益です。だから彼は……ある意味では……ひとつの兵器になる」肩をすくめた。

「とにかく、アメリカの敵にはそう見られる」

「ハルヴァーソン博士は、過去に中国と仕事をしたことがありますか？」

それをきいて、ライダー博士は明らかに気色ばんだ。「ラースがこの二十年間やってきたことは、すべて公に知られている。勤務先、共同経営者、同業者、競争相手。ええ、中国企業ともいくつか仕事をしたけど、ラースはひらかれた本だったし、その本のひらかれていない部分は、わたしだけが知っていた」向かいに座っている男が追い打ちをかけようとする前に、ライダー博士はいった。「ラースは正義の味方のひとりよ、ペイスさん」

「わたしたちは、彼が命を落とした理由を突き止めようとしているだけです。ほかのひとたちが死ぬのを防げるかもしれない。それだけです」

「いいこと、ボストン市警に話したことを、あなたにもいうわ。ラースはこの五日間に起きたことについて、ひどく心配していた。死んだひとたちのなかに、友人が何人もいたから。ラースは眠っていなかった。ずっと働いて、いったいなにが起きているのか、だれの仕業（しわざ）なのかを、探り当てようとしていた。

　これは中国に関係があると、ラースは思っていた。中国が開発しているなんらかの新しい人工汎用超絶知能兵器（AGSI）が関わっているのだと。ラースの推測が正しいのかどうか、わたしにはわからないけど、彼はそう確信していた」

　ペイスは、そういったことはすべて知っていた。それ以外のことを知る必要があった。

「ハルヴァーソン博士は、マインドゲームという国防高等研究計画局（DARPA）のプログラムについて話をしたことがありますか？」

　驚いたことに、ライダー博士はうなずいた。「もちろんあるわ。中止されるまで、マインドゲームは彼が手がけていたのよ」首をかしげた。「その仕事が、このすべてと関係があるの？」

「わかりません。べつの事情聴取のときに浮かびあがったんです。現在、中国がそれをコントロールしている疑いが持たれています」

　ライダー博士が、窓から狭い中庭を見た。「だとしても、意外ではないわ。マインドゲームは、つねに漏れていた。どんなテクノロジーも、それを創造していた国だけが握りつづけることはできない」

ジム・ペイスは、職務としてハイテク兵器の拡散を追跡しているので、その言葉が真実だということを知っていた。

「ほかになにか、彼がいったことを思い出せませんか。手がかりになるようなことを？」

ライダー博士がゆっくり首をふってから、目をあげた。「まだBPDに見せていないものがある。ここにあるラースのメッセンジャーバッグから見つけたばかりだったから。ラースはきのうの晩、ここに食事をしにきて、うっかり忘れていったの。ケイシー刑事に電話しようと思ったとき、あなたがたが来た」

「それはなんですか？」

「手書きのリストを見つけたの」

「なんのリスト？」

「名前。殺されたひとたちが、何人も含まれている。死んだときに、ラースが×印を付けたみたい」ライダー博士がさっと立ちあがり、ホームオフィスへはいっていった。ペイスも立って、ついていった。彼女がいまいったことに、興味をそそられていた。

トラヴァーズとタカハシがつづいた。

散らかっている広いオフィスにはいると、ペイスはいった。「そのリストに載っている何人かは……まだ生きているんですね？」

ライダー博士が、デスクにあった革のメッセンジャーバッグをあけて、リーガルパッドからすばやく手書きの一枚をさっと見た。「わたしが知っている範囲では、何人かいるけど、わたしの同業者たちは一時間ごとに死んでいる。そうでしょう？」

ライダー博士が、リストをペイスに渡した。ペイスはデスクの前の革椅子に座り、仔細（しさい）に眺めはじめた。地上班のふたりは戸口に立ち、それをじっと見ていた。

ラース・ハルヴァーソン本人の名前が、リストのいちばん上に書かれていたので、ペイスは驚いた。期待とはちがって、これはテクノロジーの大家であるハルヴァーソンが特定した容疑者のリストではなかった。ハルヴァーソンが自分を容疑者として載せることはありえないからだ。

つぎはコトネ・イシカワだった。日本で殺された女性研究者。赤ペンで×を付けてあった。ハルヴァーソンが書いたのだろう。

つぎは朴珠雅（パク・チュア）博士。韓国で川に浮かんでいるのを発見された女性だと、ペイスは知っていた。やはり名前を赤い×で消されている。

そのつぎはシアン・ディー。×で消されていない。ペイスがまったく知らない名前だった。

ルネ・デスコーツ。消されておらず、ペイスがまったく知らない名前だった。

アントン・ヒントンがつぎだった。なんの線も引かれていない。ヒントンが先日、イギリスで暗殺をまぬがれて生き延びたことを、ペイスは知っていた。

名前はほかに六つあり、そのうち三人が×で消されていた。三人とも殺されたことを、ペイスは知っていた。残る三人のうちふたりは、ペイスが知らない名前だった。

そして、リストの最後に、ヴェラ・ライダーと書かれていた。

ペイスは、ライダー博士のほうを見あげた。「あなたも載っている。なにを意味すると思いますか？」

「わたしがターゲットなのか、それともこれをやっている何者かの仲間だということでしょうね」

「あなたは、これをやっている何者かの仲間なのですか？」

ライダー博士が悲しみに呑み込まれそうになっているのは明らかだったが、怒りの兆候をペイスは見てとった。ライダー博士は口を引き結び、鋭い目つきになっていた。「いいえ、ペイスさん。ちがう。ラースもそうではなかった」

ペイスは、すばやく話題を変えた。「こういうふうに名前を連ねていることが、それ以外のなにかを表わしているとは考えられませんか？」

ライダー博士がすこし気を取り直して、リストを取り戻し、じっくり眺めた。「ええ、ふたつのことに気づいた。ひとつは、これが人工知能（AI）の世界で影響力があるためにターゲットになる人間のリストだとしたら、情けないくらい不完全だということ。わたしの考えでは、ＡＩの分野であらたな飛躍的発展の先端にいるリーダーは……そうね、百人くらいだと思う。それほど多くはないけど、これまでターゲットにされた人間の数より多いことはまちがいないし、ラースのこのリストよりもずっと多い。ラースが書いたこの集団には、なんらかのつながり、共通の知識というような、特別な特徴がなにかしらある。それがなにか、わたしにはわからないけど、突き止めることができれば、正しい方向に導かれるかもしれない」

「気づいたもうひとつのことは？」

「アントン・ヒントン」

「ヒントンのどこに？」

「場ちがいなのよ。ここに書かれているひとたちはすべて、国防に関わり、兵器を創り、認知機能をつけくわえるか、すくなくとも兵器の試作品かコードに取り組んでいる。でも、ヒントンは……彼は平和主義者よ。たしかに、彼の研究所は世界最高の民間ＡＩ研究施設だけど、わたしの知るかぎりでは、ＡＩの分野で彼が実用化したのはすべて平和目的向けの製品だった」

　ライダー博士は、肩をすくめた。「でも、ヒントンはものすごく変わった人間だし、ラースがほかのひとたちと並べてこれに彼の名前を書いたことは、まちがいなくなにかを表わしている」

「では……これはマインドゲーム開発者のリストではないんですね？」

　ライダー博士が、もう一度ちらりと見てから、リストをペイスに返した。「ちがう。ヒントンはぜったいにマインドゲームには携わっていなかった」急になにかに気づいたようだった。「だけどラースがいったのを憶えている。ヒントンは、ＤＡＲＰＡのそのプロジェクトについてなにかを発見して、自分が開発したコードを横取りしてこの軍用アプリに導入したと国防総省を非難したそうよ。それを聞いて、ラースは真っ蒼になった。ラースとヒントンはそのあとも友好的だったけど、ふたりの関係に影響があった」

　ペイスはきいた。「ヒントンの主張になんらかの正当性があると、ハルヴァーソン博士はいっていましたか？」

　ライダー博士が肩をすくめた。「彼にはわからなかったと思う。かなり区画化されたプロジェクトだったから。ラースはロボット工学の面に取り組んでいた。ヒントンは機械学習アルゴリズムの開発のほうに関わっていた。ＤＡＲＰＡがヒントンの書いたなにかを奪って兵器化したのかどうか、わたしにはわからない」

そこでペイスはきいた。「人工汎用超絶知能(AGSI)はありうると思いますか？　中国が開発したのはそれだとほのめかしている人間もいます」

ライダー博士が、悲しげに小さく鼻を鳴らして笑った。「地球上でもっとも先進的な認知処理装置は、つねに人間の脳だった。わたしの知るかぎりでは、いまもそれは変わらない。ＩＴ産業の人間はほとんどそう思っている。でも……仮にだれかが人工汎用超絶知能を開発したら、それは兵器化される必要がない。自分を兵器化する方法を、それが見つける。超絶知能を封じ込めることはできないし、それは生存のために戦うでしょうね」

「なんということだ」ペイスはつぶやいた。

「そして、人類が地球上でもっとも知性が高い種ではなくなったら」ライダー博士がつづけた。「わたしたちは必然的に奴隷化され、最終的には絶滅する」

「しかし、コンピュータープログラムが、どうやって自分を兵器化できるんですか？　現実の世界に存在していないのに」

どうしようもないほど世間知らずな人間でも見るように、ライダー博士がペイスを見た。

「人間を雇い、脅し、騙(だま)し、強制し、操作し、力をあたえたり奪ったりできるくらい、それは賢くなる……人類を支配できるくらい賢くなる。人類は鎖の弱い環(わ)になる。欲に屈して、ＡＩエージェントのために働く。脅しに屈し、おだてに乗る……人類は負けてしまうのよ」肩をすくめた。「だから、わたしは平和主義者なの」

そういったことすべてを聞くあいだに、ペイスの脈拍は速くなった。立ち去ろうとして、リストを持ったまま立ちあがった。「葬儀が終わったら、街を離れたほうがいいですよ。わたしたちがこれを解決するまで」

ライダー博士は、ペイスの目を見つめてしばし黙っていたが、名前が書いてある紙に視線を落とした。「あなたを見送る前に、コピーしてあげるわ」

# 28

バンに戻ったペイスは、空港へ行くよう運転手に命じた。バンがビーコンヒルを抜けて走りはじめると、ペイスは携帯電話を出して、リストに名前が書かれていたが、まだ×で消されていなかった数人のうちのひとり、シアン・ディーをグーグルで検索した。

検索でかなりの数がヒットしたが、最初のひとつをクリックする前に、着信音が鳴った。ＣＩＡ本部（ラングレー）のアシスタント、ヘリコプター・パイロットから工作員になった三十八歳のリン・ウェルズからだった。

「やあ、リン」

「テレビが近くにあるようなら、ニュースを見るといい。トロントでけさ男ひとりが殺された。ＡＩとつながりがある」

ペイスは、ジャケットのポケットからリストを出した。「名前は？」

「ルネ・デスコーツ。ＭＩＴのイノベーション専門家だった」

ペイスは、その名前を探すまでもなく、リストに書いてあったのを憶えていた。「どんなふうに殺された？」

「トロントの両親の家に近いコーヒーショップで、後頭部を銃で撃たれた」

「事件が続発しているのに、警護はいなかったのか？」

「ふたりだけだった。ふたりとも殺され、そばにいた無関係の人間もひとり殺された」

「ランサーだ」ペイスはそういって電話を切り、検索結果を見た。

シアン・ディーは五十九歳のコンピューター科学者で、中国の上海にいると、検索したデータにあった。シアンは、先進的なＡＩの重要要素であるディープニューラルネットワークを改良する最新のアルゴリズムを開発していた。

それは意外ではないと、ペイスは思った。

だが、さらにスクロールすると、シアンは中国人民解放軍の特殊部門の副部長だという噂があることがわかった。その部門は、民用ＡＩテクノロジーを改造して軍に応用することに取り組んでいる。そのため、シアンは過去二十年のあいだに西側で受けた科学分野の賞の多くを剝奪されていた。

ペイスは一年前からＣＩＡで、軍用化を目的とする中国の知的財産窃盗を追跡しているので、人民解放軍のその部門のことは知っていたが、シアン・ディーという名前を聞いたおぼえはなかった。

ペイスは、溜息をついてトラヴァーズのほうを見た。「本部に戻ろう。中国の専門家と話をしないといけない」

「わかりました。二十五分後に空港に到着します」

ジム・ペイスは、SUVのリアウィンドウの外を流れるボストンの光景を眺めていたが、やがて名前のリストのコピーをまたジャケットのポケットから出した。じっくり眺めてから、アントン・ヒントンの名前に視線を落とした。携帯電話のデータベースをひらき、いくつかの名前と電話番号をスクロールしてから、電話を一本かけた。

つながるまで数秒かかったが、やがてイギリス人のぶっきらぼうな声が聞こえた。

「はい？」

「ガレス・レンか？」

「だれだ？」

「ジム・ペイスだ。憶えていないか？」

すこし間があり、イギリス人の声が明るくなった。

「ペイス？　憶えているさ。元気か？　いまもCIA（エージェンシー）にいるのか？」

「やつらはおれを何度もクビにしようとしたんだが、だめだった」

「それはよかった。もう軍補助工作員(パラミリタリー)の親玉になったんだろうな」

「ドアを蹴破るのは、だいぶ前にやめた。大学に戻って修士号をとった。いまではＣＩＡ(カンパニー)のれっきとしたスーツ組だ」

「うまくやったな、相棒」間を置いて、レンがいった。「電話してきた理由は、だいたい見当がついている」

「だろうな。例の暗殺について調査している。アントン・ヒントン氏のことを調べていたら、あんたが最高執行責任者だとわかった」

「あんたとおなじように、馬鹿でかいハンマーは捨てて、スーツを着るようになった。ＣＩＡ(エージェンシー)がこれを調べていると知ってほっとした。わかったことを教えてもらえるとありがたい。もちろん、秘密扱いじゃないことだが」

「正直いって、まだ事実調査の段階だ。しかし、そのために電話したんだ。あんたはボスを安全なところへ連れていったんだろう？」

「そうだ」

「どこなのか、きいてもいいかな？」

「ハバナ郊外にいる。アントンがそこに住まいと研究所を持っている」

ペイスはいった。「イギリスでの暗殺未遂のとき、あんたはその場にいたんだろう？」

「めちゃくちゃだった」

「それについて、いえることはあるか?」

レンが溜息をついた。「たいしてない。単純そのものだった。あんたがニュースで見るはずのこととおなじだ。殺し屋がふたり。アントンの警護員ひとりが撃たれ、大学の警備員ひとりが負傷した。アントンに怪我はなく、殺し屋ふたりは、罪を贖うために地獄行きの片道切符を手に入れた」

「ああ、聞いた話とだいたいおなじだ。なあ、さっきまでボストンのラース・ハルヴァーソンの自宅にいた。ハルヴァーソンが、死ぬ前にリストを書いていた。ヒントンもそれに載っていた」

「興味深いな。あんたはそれをどう解釈しているんだ?」

「わからない。リストに載っていた人間は、ほとんど死んだ」

「ハルヴァーソンはターゲットになりそうな人間のリストをこしらえたのか、それともこの一件に関係していると疑っている人間のリストだったのか?」

ペイスは、肩をすくめてから電話に向かっていった。「自分を疑っているのならべつだが、それはない。ハルヴァーソンの名前がいちばん上に書いてあった。このリストに載っている人間になんらかの関係があるのか、突き止めようとしているところだ。シアン・ディーという名前におぼえはあるか?」

「まったくわからない。中国人か?」

「ああ」

「アントンは、自動車の研究と製造では、中国と仕事をやったことがあるが、もうやっていない」

ペイスはしばし考えた。「ヒントンと会えないかと思っているんだ。キューバへ行ってもいい。あしただとありがたい。ヒントンがなにか思いついて――」

ガレス・レンがさえぎった。「なあ、相棒。手伝いたいとは思うが、アントンがあんたと会うことはありえない。これの全体の背後にアメリカがいると、アントンは考えている」

ジム・ペイスは、それを聞いて愕然(がくぜん)とした。「アメリカが? 冗談だろう」

「冗談ではない。アントンは本気でそう思っている。アントンにしてみれば、あんたも悪党の仲間だ」

「しかし……あれはどうなんだ――」

「リック・ワットのことか? ああ、当然の疑問だな。疑いをそらすためにアメリカが彼を殺したと、アントンは考えている」

馬鹿げていると、ペイスは確信したが、そうはいわなかった。「彼のいいぶんを聞けるとありがたい。彼が懸念していることを調べると約束する」

「アントンにたしかめてみるが、彼がどういうかわかっている。あんたは会えないだろう、ジム。彼が結論を下したら、それが揺らぐことはない」

ペイスは溜息をついた。「わかった」攻め口を変えた。「そこでじゅうぶんに護られていると、確信しているんだな？」

レンが、電話に向けて笑い声を発した。「確信しているとも。オックスフォードで殺された哀れなエミリオの代わりに、新しい警護班長を雇った。だれだか、ぜったいに推測できないだろうな」

まごついた声で、ペイスはきいた。「おれの知っている人間か？」

「あんたの以前のボス。ハイタワー」

バンの後部で、ペイスはとまどって顔をしかめた。「ヒントンは、CIAに狙われていると思っているのに、警護のために元CIA軍補助工作員を雇うのか？」

「ザックを雇ったのはおれだ。アントンはときどき聞き分けがいいことがある。ハイタワーはちょうど手が空いているし、警護には最適だと、おれはアントンにいった。もういかなる形でもCIA（エージェンシー）の仕事はしていないといって、アントンを安心させた」

「それは事実だ」ペイスは明かした。「もう何年も会っていない。前に聞いたときには、ハンティング・ガイドをやっていた」

「いまザックはこっちに来ている。報酬はずっといいし、条件もずっといい。あいつは安穏にやっているよ」

「殺し屋が警護対象を撃つかもしれないということはべつにして」ペイスはいった。

「そのとおりだ」レンは笑った。「それでも、ザックのやつは仕事をちゃんとやるとわかっている。さて、もう電話を切らないと。会議に遅刻する」

「わかった、レン。時間をとってくれて、ありがとう。いいか、なにか聞いたら、どんなことでもいいから……電話してくれるとありがたい」

「約束する、ジム。幸運を祈る」

ペイスは電話を切り、またウィンドウから外を見た。

トラヴァーズは、やりとりをすべて聞いていた。「アントン・ヒントンのナンバー2(ツー)と知り合いなんですか？」

ペイスがうわの空でいった。「彼は元SASだ。砂場(サンドボックス)で地上班と合同作戦をやった。いいやつだ」

「ハイタワーがいい仕事を見つけてよかった」

「ああ……そうだな。ヒントンが話をしてくれるといいんだが。ハルヴァーソンのリストで生き残っている少数のひとりだし、また暗殺が試みられる前に彼から情報を聞き出したい」

トラヴァーズがいった。「ライダー博士は、ターゲットになる可能性のある人間が、百人いるといいましたね」

ペイスは頑(かたく)なに首をふった。「何者がこれをやっているにせよ、はじめてから数日後にそんなことはわかったはずだ。あとの連中はみんな、閉じこもって護りを固めるだろう。たしかに、ボストンのハルヴァーソンとトロントのデスコーツは殺せたかもしれないが、これからはものすごく難しくなる。ターゲットが百人のはずはない。敵の作戦がどういうものであるにせよ、最初の段階はほとんど終わっている」

「それでも、DCに戻るんですか？」

「ああ。ルネ・デスコーツについて、リンにもっと詳しく調べてもらう。シアン・ディーについては、中国課と調査する。それから、あしたハバナへ行く」

「でも……ヒントンは話をしないだろうと、レンがいったのに」

「ヒントンと話をするために行くのではない。ハイタワーと話をするために行く」

サー・ドナルド・フィッツロイは、水滴のついているレモネードのグラスを片手に持ち、ソリマン湾の海岸に建っている二階屋の狭いバルコニーに、独りで立っていた。そこはメキシコのトゥルムから車で北に二十分の距離にある。フィッツロイは、カリブ海の鮮やかな青い海原を見渡した。眼下では観光客が砂を踏んだり、波に打ち寄せられた茶色の分厚い海藻(かいそう)をよけたりして、歩いていた。

一年前から住みはじめたポルトガルの海岸のほうが美しいと、フィッツロイは確信をこめて心のなかでつぶやいたが、それでもここにいることが、非常にうれしかった。メキシコだからではない。

ジェントリーがいるからだった。

ジェントリーがやってくれたことについて借りを返すのはとうてい不可能だと、フィッツロイにはわかっていたが、それでもなんとか借りを返したいと思っていた。

フィッツロイは、海から目をそむけ、レモネードを持っている手を見おろすと、グラスのなかでレモネードがふるえていた。一瞬その動きを見つめてから、グラスを前の手摺(てすり)に置き、ズボンのポケットに手を入れた。

処方されたオレンジ色の錠剤がはいっている瓶を出し、ちょっと手間取ったがキャップをあけ、二錠出して、口にほうり込んだ。そのときもまだ、手がかすかにふるえていた。

三十代の女がうしろからバルコニーに出てきた。彼女は夫とともに、ボディガードとしてフィッツロイにメキシコまで同行してきた。彼女がいるのに気づくと、フィッツロイは急いで薬瓶をポケットにしまった。

女が英語でいった。「彼らが来ました」

「すばらしい、フランシスカ。わかった」フィッツロイは、手を何度か閉じたりひらいたりしてから、なかにはいった。狭い木の階段をおりるとき、興奮で脈がしだいに速くなった。

フィッツロイが一階に着いたとき、ジェントリーがポルトガル人のボディガードにつづいて、玄関からはいってきた。ジェントリーは、ジーンズ、栗色のTシャツ、黒いテニスシューズという格好だった。黒いバックパックを片方の肩にかけていた。フィッツロイの記憶にあるよりもすこし年取っていたが、明るい茶色の目は激しく生き生きと輝いていた。

ジェントリーのうしろにゾーヤが現われた。黄色いサンドレスを着て、ビーチサンダルをはき、かすかに化粧して、ブロンドの髪が肩よりもすこし下まで垂れていた。やはりフィッツロイの記憶にあるよりも年取り、ちょっと疲れているようだったが、きわだった美しさを発散していた。

フィッツロイの指示で、ボディガードふたりはその場を離れた。フィッツロイは駆け寄ってジェントリーの手を握り、ゾーヤと心のこもったやさしいハグを交わした。

「きみたちふたりに会えてどれほどうれしいか、言葉に尽くせない」

　昼下がりのいちばん暖かい時間だったので、リビングの明かりを消し、窓をあけてあった。涼しい風がいろいろな方向から吹き込むので、部屋の空気はよどんでいなかった。

　ジェントリーは、廊下のほうに顔を向けた。「あのスミス夫妻（映画『Ｍｒ．＆Ｍｒｓ．スミス』の暗殺者夫妻にかけた言葉）は何者かな？」

「ペドロとフランシスカ。わたしのボディガードだ」

「ああ、銃が見えた。なんのための護衛だ？　あんたがまだ引退していなくて、いろいろな人間に付け狙われていたときには、たしか護衛といっしょに移動するのを拒んでいたのに。どうしていま？」

「たぶん、過ちから学んだんだろう」

　ジェントリーは、疑うような目を向けた。「たぶん」

　ゾーヤがきいた。「あのひとたちは優秀なの？」

　フィッツロイは肩をすくめた。「ほんとうのところ、見当もつかない。リスボンの友人に推薦された。ふたりとも、以前はＰＳＰつまりポルトガル公安警察の警察官だった。正直にいうと、ＰＳＰと仕事をしたことは一度もない。あのふたりを連れてきたのは、この旅行で護衛してもらうためというよりは、見かけのためなんだ」

ゾーヤは、すぐさま察した。「わたしたちに似た感じだからなのね。わたしたちは、あなたの護衛という偽装で、チューダーのところへ行くのね？」

「そういう計画だったが、きみの髪のことをまったくちがうように憶えていたので、ブルネットを頼んだ」

それを聞いて、ゾーヤは笑った。「三十分でブルネットになれる」

「一時間ほしい」ジェントリーはいった。「そうしたら、あんたのために代役になれる」

フィッツロイは、ふたりといっしょにいるのがほんとうにうれしく、大きな笑い声をあげた。「この美しい女性がすこしでも変わってしまうのは見たくない。ブロンドのままでいい」

三人は腰をおろした。ボディガードの女性がキッチンから身を乗り出して、飲み物を勧めようとするのを、フィッツロイは丁重に手をふって斥けた。ボディガードの女性は、廊下を玄関に向かった。

ジェントリーは、さっそく本題にはいった。「どういう計画だ？」

フィッツロイが、ネクタイをちょっと直してから、膝のあいだで両手を組み合わせた。

「チューダーしだいだ。けさメールを送った。たまたまメキシコにいるので訪ねたいということしか知らせていない。表向きは友人として会うだけだが、チューダーは、このユカタンにわたしが突然現われた理由はそれだけではないと想定して行動するだろう。わたしもそれを見越して行動する」

「彼は用心するんじゃないか？」

「そんなことはない。たいへんよろこぶと思う」

「説明してくれ」

フィッツロイは、一瞬ためらった。「このことは、電話ではいわなかった。細かいことをいって退屈させたくなかった」

ゾーヤが身を乗り出し、両膝に肘をついた。「それじゃ、いまわたしたちを退屈させて」

「わかった」フィッツロイは、籐椅子に座ったままもじもじした。「ジャックは友だちなんだ」

ジェントリーは両眉をあげた。「友だち？」

「彼がＭＩ５にはいってから五年後にわたしは辞めた。短い期間だったが、馬が合った。そのあいだずっと、頻繁にわたしに会いにきて助言を求め、昔話のたぐいをするためにスコッチを持ってきた。ジャックはＭＩ５にいた八、九年のあいだに出世して、何度も表彰され、四十になる前に辞めた」

「なぜ？」

「辞めさせられた。理由は伏せられた。局内の政治だろうとわたしは思っているが、はっきりとはわからない。政府の仕事をやめてよかったというだけで、ジャックはあまり話してくれなかった」

「それで、彼は独りでやれたのか？」

フィッツロイはうなずいた。「ＭＩ５を辞めるとすぐに、ジャックはロンドンのわたしのオフィスに立ち寄った。ずっと連絡をとっていたので、わたしのセキュリティとリスクのコンサルティング会社が成功しているのを、彼は知っていた」

ジェントリーはそれを訂正した。「あんたは暗殺者を使っていた」

「わたしの名刺には、そんなことは書いてない」

「たしかに」

「ジャックは、民間のセキュリティ・コンサルティングをやりたいといった。助言を求め、その商売がうまくいくように、人脈、手がかり、戦略を教えてほしいといった」

「それを教えたのか？」

「教えるわけがない」フィッツロイは身を乗り出した。「わたしは自分のビジネスを築いている最中だった。友だちかどうかに関係なく、そこまで手助けすることはできない。それでも、彼は自分の組織を築いた。アナリスト、技術者、コンピューターの支援といったようなことだ。おもに企業の公明正大な会計に載っているようなことだ。

しかし、わたしが看板をおろして引退すると、ジャックはすぐさまやってきた。きみとわたしが香港でやった仕事の直後だった」ゾーヤのほうを見た。「わたしたちが会った場所だよ、きみ。

とにかく、ジャックは自分のビジネスモデルを再編したいといい、わたしが扱っていたようなたぐいの契約を模索していた」

「委託殺人（マーダー・フォー・ハイア）」ジェントリーは、にべもなくいった。

「そうだ。わたしはジャックに伝手（つて）を数多く教えた。ことにすばらしい仲介役をすべて。わたしの資産（アセット）と連絡をとる方法も教えた」

「要するに、あんたの会社の鍵を彼に渡したんだな」

「そう、そのとおりだ。わたしの会社、チェルトナム・セキュリティ・サーヴィスは、彼の会社ライトハウス・リスク・コントロールに吸収された。その会社は英領ヴァージン諸島で登記され、彼はしばらくそこにいたが、トゥルムに自分の屋敷を建てた」

「それじゃ、あなたがランサーを彼に教えたの？」

「いや。わたしがチェルトナムを畳(たた)んだときには、ランサーはとうに姿を消していた。そもそも、あいつは使ってはいけない資産だった」ゾーヤのほうを見た。「わかってもらいたいんだが、わたしの勝ち犬(トップ・ドッグ)、わたしたちの愛(いと)しいコートランドは、自分が行動する相手をかなり選(え)り好みするんだ。わたしが彼に送った提案は、十回のうち九回は断わられた。彼の作戦はすべて名誉あるものでなければならないんだ」ジェントリーのほうを向いていった。「もっとも、それはきみの行動規範で、わたしたちはみんな、それに我慢しなければならない」

「あんたがなにかを我慢していたとはいえないだろう」

フィッツロイが、また大声で笑った。「そうだ。ほかにも確固たる資産はいたから、きみに断わられたときには、彼らを使った」ゾーヤのほうを見た。「だが、コートのような世界一の資産はいない」

ジェントリーはいった。「おれがここにいないような感じで話をするのはやめてくれ。気味が悪い」

フィッツロイはいった。「きみは伝説的人物なんだよ。わかっているだろうが、そういう人物はこんな目に遭うんだ」

ジェントリーは、あきれて目を剝(む)いた。

ゾーヤがきいた。「どうしてランサーを雇うようになったの？」

「スコット・キンケイドは、刑務所を出た直後から、べつのセキュリティ会社の仕事をやっていた。小規模な作戦。西アフリカ。キンケイドは使いこなされていなかったし、もっと戦いたかった。わたしは戦いに跳び込むのを望んでいる資産を必要としていた」ジェントリーのほうを見た。「きみに提案したいくつかの仕事からもわかるように、わたしは正邪の感覚を失っていた」

ジェントリーはそれを知っていたが、なにもいわなかった。

「わたしはランサーを雇った。ランサーは一度わたしの仕事をやり、成功した。もう一度仕事をやったときには、あまりうまくいかなかった」

ゾーヤがきいた。「なにが問題だったの？」

「副次的被害。殺しはしなかったが、負傷させた」

「その先をいえ」ジェントリーは命じた。

「そのあと、トルコでの仕事がはいった。ターゲットの即応部隊が近くにいたので、その仕事には資産がふたり必要だった」

それを受けて、ジェントリーはつづけた。「おれはアンカラでランサーと会った。くそ野郎だというのは最初からわかったが、作戦面では鋭敏だった」ゾーヤのほうを見た。

「それに、現場に送り込まれる人間のことでは、おれはフィッツの判断を信頼していた」

フィッツロイがつけくわえた。「それに、この任務は文句なしに高潔だった」

「そうでなければ、おれはやらなかった」ジェントリーはいった。「相手はテロリストだった。エジプト人だが、トルコに住んでいた。常時いっしょにいる近接警護はふたりだけだったが、警護対象が注意を惹(ひ)かないように距離をおいていて、もっと人数が多い集団がつき従っていた。

おれの役目は、ターゲットを抹殺することだった。ランサーの役目は、警護部隊の対応を抑えることだった。そいつらを満載したバンが来たら、ランサーがそのバンに向けて発砲し、護衛を何人か殺し、到着を遅らせるという手はずだった」

ジェントリーの言葉がとぎれたので、フィッツロイがその先をいった。「だが、スコット・キンケイドにはべつの計画があり、だれにもそれをいわなかった。即製爆発装置(IED)をこしらえて、テロリストが乗っていたミニバン二台を吹っ飛ばした。それだけなら、なんの問題もなかったはずだが、クズライ広場のそばの混雑した通りでそれをやった。爆弾の破片で一般市民三人が死に、二十二人が負傷した」

「おれは四ブロック離れたところで、仕事を終えたばかりだった」ジェントリーはいった。

「爆発音、サイレン、悲鳴が聞こえた。さっさと逃げ出した。その夜更けに隠れ家でランサーと会った。やつは、なんの問題もなく万事うまくいったという顔をしていた」

「翌朝、隠れ家を片づける前に、テレビで悲惨な光景を見た。一分後、おれたちは殴り合っていた。すぐにナイフでの戦いになった。家具を傷つけただけで、どっちも怪我をしていなかったときに、警察が来た。ふたりとも逃げたが、おれはあいつを殺すつもりだった」

ジェントリーは溜息をついた。「おれはフィッツに、二度とランサーといっしょにはやらないといい、そのあと、このあいだの晩まで一度も姿を見ていなかった」

フィッツロイがつけくわえた。「ジャックは、二年前にランサーを雇ったときに、わたしに連絡してきた。使わないほうがいいと、わたしは強く反対したが、キンケイドのような技倆の人間が必要だと、ジャックはいった」

ゾーヤがいった。「でも、それから二年もたっている。どうしてチューダーがまだランサーを使っているといえるの？」

「二カ月前に、ジャックと話をした。いまもランサーを雇っていると、ジャックがいった。だいぶ稼いでいるような口ぶりだった」

「いまもチューダーとつながりがあるのね？」

「前にもいったように、事情に通じていたいからだ。いまは仕事をやっていないが、この稼業への熱意は失っていない。ジャックはときどき情報を流してくれる」

「それで、あなたは彼のためになにをやるの？」

フィッツロイは笑みを浮かべた。「わたしがジャックのためになにかをやっているからではない。ジャックがときどき連絡してくるのは、わたしが提供できるものがあると思っているからだ。彼がほんとうにほしがっている、たったひとつのものだ」

「それはなんだ？」ジェントリーはきいた。

フィッツロイがすぐに答えなかったので、ゾーヤはジェントリーのほうを向いて、その質問の答をいった。

「あなたよ」

ジェントリーは、とまどって首をかしげた。

フィッツロイがうなずいた。「わたしがジェントリーという名前の資産を使っていたことを、ジャックは知っていた。ランサーから聞いたのだろう。ＣＩＡ出身のジェントリーがグレイマンだというのを、ジャックは知っていた。ＭＩ５にいたときに気づいたのだ。わたしの知るかぎりでは、ジャックはきみの写真を見ていないが、きみの偉業について語られていることを承知している。

世界で大事件が起きたときには、いつも彼から連絡がある。ボスニアでの暗殺、四、五カ月前にインドとニューヨークで起きたこと。ベルリンでロシア人の殺し屋が殺されたこと。みんなきみがやったと、ジャックは考えている」フィッツロイはジェントリーの目の奥を覗き込み、それらの作戦をやったことを示す気配を探したが、ジェントリーがなにも表わさなかったので、話をつづけた。「ジャックは連絡してくるときに、きみのいどころや、だれに雇われているかを知らないかときくんだ。

ジャック・チューダーがほんとうにほしがっているのはきみだ。きみが稼いでくれる巨額の金だ。もちろん、馬鹿なことをきくなと、わたしは彼にいう。グレイマンとは話をしないし、ランサーを使っているような人間のためにグレイマンが働くわけがないから、そんなことを知っても無意味だと。しかし、ジャックはきみを殺し屋の一団に、なんとかしてくわえたいと思っている」

ジェントリーは困惑していた。「なんの罪もない科学者やエンジニアを何人も殺しているいかれたナチ野郎の殺し屋を雇っているやつのために、おれが仕事をするわけがないだろう」

「いまいった言葉のほとんどに賛成だが、〝なんの罪もない〟とはいえない。その連中がターゲットになっている理由が、まだわかっていない。彼らはわたしたちが解決しようとしている問題の根源かもしれない。とにかく、きみを彼のところへ連れていくのは、いっしょに働くように仕向けたいからではない。スコット・キンケイドのことを探るのが目的だ。きみが働くといえば、ジャックはランサーと手を切るだろう。仕事をやるときみがいえば、ジャックはランサーとその作戦を見捨てるにちがいない。

きみの身許を明かすかどうか、そこで切り札に頼らずにすむかどうかわからないが、奥の手を隠しておくほうが安心できる」

「わかった」ジェントリーはいった。「そいつに会いにいって、本人からいいぶんを聞こう」

フィッツロイは溜息をついた。「しかし、わたしが話をするのがいちばんいい」

「そう。それがいちばんいい」ゾーヤが賛成した。

# 29

ドローン・パイロットのカルロス・コントレラスは、ユカタン半島の海岸線の高度約七〇〇〇フィートの闇で激しく揺れながら飛ぶセスナ408スカイクーリエの貨物室で、ウエビングシートに独り座っていた。頭のそばに丸窓があったが、窓の外の景色には目もくれず、アルミのテーブルに両面テープで固定し、蓋をあけてある、高耐久化されたノートパソコン三台を見ていた。

旅客機仕様のスカイクーリエには十九人分の座席があるが、これは貨物機型だった。メキシコの宅配業者が購入したのだが、納入された直後にその会社が破綻し、オンラインのオークションに出品された。数カ月のあいだ見向きもされなかったが、アンティグアにあるオフショア企業が突然、希望価格で買い取り、書類手続きがリモートでなされて、キプロスの銀行からメキシコシティの売主の銀行口座に送金された。アイルランド人パイロットとメキシコ人の搭載管理者が引き渡しのために雇われてから、四日しかたっていない。

その二日後に、パイロットとロードマスターが、発送者も中身も知らされずに、ヒューストンの運送業者から貨物を受け取った。

もちろん、コントレラスは、パイロットやロードマスターとおなじように、こういった事情はなにも知らなかった。自分の任務のことすらわからなかった。

だが、すこしは見当がついていた。

貨物室のコントレラスの横に、黒いカーゴネットをかけたパレットが数台あった。コントレラスは機内の装備の大半を調べて、特定のターゲットや作戦地域すら知らされていなかったのに、きょうなにが待ち構えているかじゅうぶんに理解していた。

パレット一台には、大きさがさまざまな黒い〈ペリカン〉ケースが積んであった。ケースにはドローンが収まっていて、予備のバッテリーと取扱説明書が添えてあった。

ドローンのいくつかは、コントレラスがグアテマラで使ったものと変わらない大きさで、カメラだけを備えている単純な情報収集・監視および偵察（ISR）型だったが、ひとつだけ変わった特徴があった。折り畳（たた）まれた機体のてっぺんの小さな包みは、小型のパラシュートのようだった。つまり、飛行機の貨物用傾斜板（カーゴランプ）からそのまま発進できる。

ISR型にくわえて、べつの六機がパレットの上でケースに収まっていた。コントレラスがいつも使っているドローンよりもかなり大きかった。ケースの外側に〝ホーネットV

－12″と記されていたので、コントレラスはなかを覗(のぞ)いた。四枚プロペラ型のクアッドコプターではなく六枚プロペラ型のヘキサコプターで、ISR型の倍の直径約七〇センチだった。

当然ながら、このドローンのほうが有効搭載量(ペイロード)が大きい。積載物を調べたコントレラスは、自分の目を疑った。

ヘキサコプター六機は、下側のカメラの後部に爆薬二五〇グラムを積んでいた。

この雀蜂(ホーネット)は、索敵殺戮型(ハンター・キラー)だ。それに、どうやら自分がそれを指揮することになるようだと、コントレラスは気づいた。

ぶったまげた(マドレ・デ・ディオス)と、コントレラスはつぶやいた。

さらに三機のヘキサコプターがあり、折り畳み式のブームの先端にレーザーマイクとおぼしいものが取り付けてあった。それもコントレラスが見たことのないドローン用装備だった。ドローンは飛行中に音をたてるので、空中にあるときにレーザーマイクで会話を聞くことはできない。つまり、聴音による監視を行なうには、着陸してプロペラを停止する必要がある。

ドローンのパレットの向こう側に、一二〇センチ四方の大きな黒いケースが三個あり、小ぶりな木のパレット三台に載っていた。

その大型ケース三個には、ロードマスターが取り付けた特殊なパラシュートが備わっていて、コントレラスはなかを見ることができなかった。それでも、なにかの大きな装置で、投下されると地表まで落ちていく仕組みだということは察しがついた。地上用ロボットかなにかが収まっているのだろうかと、コントレラスは思った。ケースの側面に〝グレイハウンドV120〟と記されていたので、その機械には犬のような肢(あし)があるのかもしれない。

そのケース三個に付随する書類がなかったので、それを使うときにどう制御すればいいのかわからなかったが、扱いかたを知らないドローンを投入するようサイラスが命じるはずはないので、なんらかの指示をあたえられるだろうと、コントレラスは自分にいい聞かせた。

表の夜の光景をちらりと見て、トゥルムの白い砂のビーチ上空を飛んでいるとわかった。やがて、スカイクーリエがシアン・カアン生物圏保護区の鬱蒼(うっそう)としたジャングルの上空、高度六〇〇〇フィートでバンクをかけ、水平飛行に戻ってからまた旋回して、東に針路をとり、海の上に戻った。

ノートパソコンのGPSだけで位置を把握していたコントレラスは、眼下の海と陸地数十平方キロメートルの範囲で楕円を描いて周回しているのだと、すぐに気づいた。その楕円の中心に、海岸線があった。
トゥルムのソナ・オテレラかホテルが集中している地域のすぐ南の岩と砂の海岸線にある広大な邸宅の一軒のなにか、もしくはだれかに、サイラスが関心を抱いているのだろうと、コントレラスは推測した。ホテルの明るい光が闇を貫き、周囲の丸窓から見えていた。

数分後に、サイラスからの直接命令がスクリーンに表われ、聴音ドローン三機、動画撮影ドローン二機を、覆域の南端の特定の位置に向けて投下するよう命じられた。

コントロールの手順がわからなかったので、投下後にどうやってコントロールすればいいのかと、コントレラスは当然の質問をした。

サイラスの応答がすぐさま届いた。「指示どおり展開し、待機しろ」

コントレラスが伝えた座標に向けて、パイロットがスカイクーリエを飛ばし、ロードマスターが後部の貨物用傾斜板（カーゴランプ）を下げた。つづいてコントレラスがドローン五機の電源を入れ、ケースにあった取扱説明書に従って始動した。

コントレラスは、貨物室側面の横棒に安全ハーネスをつなぎ、立ちあがって、ドローン五機をピザの箱のように重ねて持った。

コントレラスは傾斜板の上へ行き、投下地点に達したことをパイロットがヘッドセットを通じて知らせるのを待った。そして、ドローンをたてつづけに一機ずつ、フリスビーのように夜の闇に向けて投げた。

ドローンが見えなくなると、コントレラスは十字を切った。

小さいドローン二機、大きいドローン三機は、何度もひっくりかえりながら空を落下したが、高度八〇〇フィートでパラシュートがひらくと、落ちるのが遅くなり、アームがひらいた。プロペラがまわりはじめ、ドローンの降下速度がさらに減じた。だが、パラシュートがしぼむ前に、ドローンが備えていた小さな二酸化炭素容器からの噴射で、パラシュート・パックが射出された。

クアッドコプター二機は高度を維持したが、大きいほうの三機は、ほとんど無音に近いプロペラを断続的に回転させて、安定した降下をつづけた。

レーザーマイクを備えたその三機は海沿いの広壮な大農園の南、北、西に着陸した。丸窓から農園のもっとも南の部分の敷地が見えたが、つぎの瞬間にはコントレラスはモニターに目を戻していた。海の上でホヴァリングしているＩＳＲドローン二機が送ってくる動画が表示されていた。

やがてドローン二機が陸地の上空に移動し、広大な邸宅の上でゆっくりと周回して、カメラが窓にズームしはじめた。コントレラスはいまのところはなにもコントロールしていないので、座席にもたれて、モニターを見ているだけでよかった。ラウルはカーゴランプを閉じて座席に戻り、パイロットは沖に向けて楕円周回をつづけていた。コントレラスはただじっと座り、自分はいったいなにに巻き込まれたのだろうと考えていた。

ポルトガル人のボディガードふたりは、ソリマン湾の家に残り、フィッツロイ、ジェントリー、ゾーヤは、シルバーのメルセデス4ドアに乗り、ジャック・チューダーの屋敷に向けて出発した。昼間の雨は急に降りはじめて、すぐにやみ、夜の闇は頭上でまたたいている星の光ですこし明るかった。

ジェントリーとゾーヤは、ペドロとフランシスカが用意した服を着ていた。ジェントリーには薄手のベージュ色のスーツ、ゾーヤにはグレイのパンツスーツ。チューダーの屋敷に近づく前にどのみち取りあげられるはずなので、ふたりとも銃は持っていない。熟練した警護のプロフェッショナルの態度だけを身につけていた。

メルセデスはトゥルムのホテルが集中している地域を南に抜け、高級品の店、ハイエンドのレストラン、星が四つか五つのホテルのあいだを通った。やがて、ビル、車の往来、ビーチ、人混みが消えて、鬱蒼としたジャングルに向けて海岸をのびている見晴らしのいい平坦な道路に出た。

チューダーとその事業についてフィッツロイが語ったことから、敷地の正面出入口は厳重に警戒されているにちがいないと、ジェントリーは予想していた。だが、最初に停車を命じられた場所は、GPSによれば私設車道の四〇〇メートル手前だった。ジェントリーはそれをまったく予想していなかった。チューダーの屋敷に通じている砂に覆われた二車線の道路に、地元警察が検問所を設けていた。前回、ジェントリーとゾーヤは警察の検問所でひどい目に遭ったが、ここではふたりとも落ち着いて、書類を渡し、自分たちの警護対象はチューダーと午後十一時に会う約束をしていると、ゾーヤがポルトガルのなまりが強いスペイン語で説明した。

サイドウィンドウのそばに来た警官が、〝ミスター・ジャック〟の来客リストを持っているといい、フィッツロイとボディガードふたりがそれに記載されていることを確認したが、それでもなお、ジェントリーとゾーヤに車をおりてボディチェックを受けるようにと頼んだ。

べつの警官ふたりがメルセデスを調べるあいだ、ジェントリーとゾーヤは武器を持っていないかどうか調べられ、そのあとでようやくフロントシートに戻るのを許された。リアシートのフィッツロイは、質問もされなかった。

まもなく警官が手をふって、メルセデスが検問所を通過した。

ＩＳＲドローン二機が動画を送りはじめてから三十一分後に、４ドアの車一台が大邸宅に通じる道路の端にある警護員詰所に近づくのを、コントレラスは見ていた。

赤外線カメラが停止した車にロックオンした。ドローンの小さなカメラは、車から一五〇メートルほど離れていたが、フロントグリルのメルセデス・ベンツのエンブレムが見分けられるくらい鮮明な画像だった。

運転していた男が警護員と話をしてから、現代的なガラス張りの大邸宅の正面に車を進め、迎えに出てきた武装した警護員四人の前にとめた。

コントレラスは、煙草(たばこ)に火をつけてぼんやり眺め、指示どおりにドローンを飛行機から投下してモニターを眺めるのではない任務につきたいと思った。

メルセデスから三人がおりた。運転手は男で、リアシートに乗っていたのも男だったが、大柄で年配のように見えた。助手席からは女がおりた。

三人とも携帯金属探知器を当てられ、運転手の男がボディチェックされた。女も両腕をあげて、軽く体を叩かれてチェックされたので、コントレラスはすこし驚いた。すぐに三人とも大邸宅の玄関のほうを向いた。

カメラのアングルがよくなり、くっきりとズームして、三人の顔の六十八カ所で幾何学的特徴を吟味した。突然、女と運転手の画像の上に赤いボックスが現われた。

コントレラスは、さっと座り直して、真剣に見つめた。もう一台のノートパソコンに目を向けた。

［ターゲット捕捉、ガマ18（エイティーン）。ターゲット捕捉、ガマ19（ナインティーン）］

ザハロワとコート・ジェントリーだ。

コントレラスは、サイラスに送るメッセージを書こうとしたが、キーに指が触れる前に、スクリーンにウィンドウが現われた。

［こちらはサイラス。ターゲット上空で待機しろ］

コントレラスは、わけがわからなくなって、座り直した。待機ばかりだ。現場にパラシュート降下して、自分でやつらを皆殺しにするのとはまったくちがう。

そのとき、コントレラスは貨物のほうを見て、爆薬を積んだヘキサコプターのことを思い出した。

なんてこった。

一分後、ＡＩを使用するＩＳＲドローン二機が、大邸宅の窓にカメラを向けた。一八〇メートル離れた海の上に移動してホヴァリングしていた二機のうちの一機が、海に面している床から天井まである窓から、照明がついている二階の室内のかなり良好な画像を送っていた。

ドローンに内蔵されている赤外線画像システムは切られ、明るい室内を光学カメラがくっきり捉えていた。

その部屋にはだれもいなかったので、コントレラスは立ちあがり、最初の二機のバッテリー残量がすくなくなって着陸しなければならなくなったときのために、カメラ付きの二機を投下する準備をはじめた。

ジェントリー、ゾーヤ、フィッツロイが、大邸宅の玄関への階段を昇るとすぐに、ドアがあき、武装したヒスパニックの男ひとりが出迎えて、三人を招き入れた。そこにも腰に拳銃を携帯している警護員がふたりいて、三人のうしろで位置についた。アーチがあるだだっぴろい玄関の間を通るときに、先導の警護員がさらに増えた。

フィッツロイは先頭の警護員につづき、ジェントリーはその右肩のすぐうしろを歩いた。ゾーヤはそのうしろで、廊下、階段、自分たちが横を通る部屋すべてに目を配っていた。フィッツロイのボディガードのひとりなので、建物内を移動するときにあちこち見まわすのは当然だったが、ほんとうは警護のためにやっているのではなかった。カメラ、見張り、武器、一般市民に目を光らせていたのだ。脱出経路、護(まも)りが固い場所、隘路(あいろ)も探していた。一歩進むたびに、ゾーヤはその大邸宅についてのデータを記憶していた。ジェントリーもおなじことをやっているはずだと、ゾーヤは確信していた。

暴力を使わなくてもジャック・チューダーから話を聞けると、フィッツロイはふたりに断言していたが、ゾーヤは前にもそういう台詞(せりふ)を聞いたことがあった。それも、たいがい銃撃戦がはじまる直前に。

これまでのところ、ゾーヤは表の警護員詰所、私設車道、屋内の中心のここに、警護員が合計八人いると勘定していた。全員がヒスパニックで、数人が短銃身のライフルを持っているが、あとは腰のホルスターかショルダーホルスターに拳銃を収めているだけだった。さらに、ひとりが一二番径のストックレス・ポンプアクション・ショットガン（銃床の代わりに拳銃式のグリップがある型）を首から吊っているのを、ゾーヤは見ていた。

現代的な建物にはいってから数十秒後に、一行は裏から屋外に出て、美しい熱帯植物に飾られた中庭に面した昔のメキシコ風のベランダを歩いた。庭のまんなかで噴水がゴボゴボ音をたて、植物の上で柔らかな照明が輝いていた。小型自動車ほどの大きさのケージの横にある止まり木に、グリーンの大きなオウムがとまっていた。タイル張りの石のオーブンまで備えているごてごてした装飾のアウトドア・キッチンが、中庭のいっぽうの長いダイニングテーブルの横にあった。

ベランダから屋敷の北側に向けて通路がのびていて、その突き当たりのもう一本の通路は広大なキッチンに通じていた。キッチンの手前に螺旋階段があり、ベランダから二階に昇れるようになっていた。邸内で一行の先頭を歩いていた男が、その階段を昇りはじめた。

全員があとにつづき、二階のグレートルーム（リビング、キッチン、ダイニングがひとつづきになっている部屋）にはいった。キッチンが横のほうにあり、奥のドアを通ったところが書斎だった。グレートルームには、海を臨む床から天井までの窓があり、白い波頭が蛍のように踊っているのが見えた。

ジャック・チューダーが、照明の暗い書斎から強いアンビエント照明（壁や天井などの室内全体を均一に照らすように配置された照明）に照らされたリビングに出てきた。チューダーが温かい笑みを浮かべ、いそいそとした足どりだということに、ゾーヤは目を留めた。五十五歳前後のように見えて、ほとんど銀色に近い灰色の髪は、きちんと櫛を通してなでつけてあった。デザイナー・ブランドの眼鏡をかけ、カジュアルなシャツとチノパンを身につけていた。痩せていて、よく日焼けし、健康そうで、手を差し出してフィッツロイに近づいた。

チューダーの警護員ふたりが残り、奥のほうの書斎の戸口近くで位置についた。

自分とジェントリーがただの〝手伝い〟だということを、ゾーヤは知っていた。チューダーは目も向けないだろう。ふたりとも腹の前で手を組み、螺旋階段の上に立っていた。ジェントリーは大きな窓から海のほうを見ていた。ゾーヤは、部屋にいる男たちと、いま昇ってきた階段を交互に見ていた。

大邸宅の主はウェールズのなまりが強く、声がすこし甲高(かんだか)かった。「わたしの家にあなたを迎えることができるとは光栄です、旧(ふる)い友よ。前に会ってから、ほんとうに長い月日が流れました」

フィッツロイは、年下の男の手を握り、空いたほうの手でその握手をくるみ込んで、笑みを返した。「いや、まったくだ。急なことだったのに、会ってくれて感謝している」

「ぜんぜんかまいませんよ」ジョークをいおうとするような感じで、チューダーの目が輝いた。「伝説のひとサー・ドナルド・フィッツロイが、たまたま近くに来たとは、なんともうれしいかぎりです。どれほど驚いたか、わからないでしょう」

フィッツロイは、それが皮肉だというのを察して笑みで応じてから答えた。「いや……じつは」

チューダーが手を離し、部屋の向こう側の窓と海に面しているソファのほうを手で示してフィッツロイに勧めてから、ふかふかの白い革椅子に腰をおろした。

チューダーが、ジェントリーとゾーヤのほうをちらりと見た。「ときどきちょっとした手助けを連れていたほうがいいと、あなたが気づきはじめたことに賛成です。護衛のことですよ。あなたは以前、護衛をまったく使わなかった」

フィッツロイが答えた。「引退したから、他人がそばにいても安心できるようになったんだ。民間セクターで仕事をしていたときにそばに警護の人間を置きたくなかったのは、自分の言葉や行動が、あとで自分に不利なように使われるおそれがあったからだ」

チューダーが、片手を宙でふった。「それは考えてもいません。うまく雇っているので。彼らはわたしがいうこと、やることなど、まったく気にしていない」

ショットグラス、ライム、塩、〈クラセアスール・ウルトラ・エキストラ・アニェホ・テキーラ〉の大きな黒い瓶を載せた銀のトレイを、給仕が運んできた。

チューダーが、社交辞令を交わしながら、ふたりのグラスにテキーラを注いだ。おなじ情報機関にいた老練な情報部員のふたりは、以前の同僚や仲間の消息を教え合った。

ゾーヤはそれを観察し、チューダーが心底からフィッツロイに好意を抱いているのを見てとり、これから数分のあいだにその好意が消滅しないことを願った。

# 30

セスナ・スカイクーリエの機内にいたカルロス・コントレラスは、ノートパソコンのスクリーンでその会合を見守っていた。スカイクーリエはいま、数キロメートル沖でゆっくり〝レイジー8〟（一八〇度方向変換を二度行ないながら対称的な上昇と降下をくりかえして飛ぶこと）を描いていた。屋内で話をしているのが聞こえるように、聴音機能を確立しておけばよかったと思ったが、その数秒後に、コントレラスが投下した聴音監視ドローンのうちの一機が音声を拾っていることを、ノートパソコンが知らせた。

スクリーンのデータから、音声を送ってくるのは大邸宅の南東のビーチに着陸した一機だとわかった。レーザーは二階の大きな窓に当たっているにちがいない。ガラス窓の奥のリビングにいる人間の動画も見ることができた。

コントレラスがヘッドセットをかけて、ボタンをいくつか押すと、英語で話をしているのが聞こえた。窓が振動しているせいで声がひずんでいたが、すこし苦労したものの、だれが話をしていて、なにを話しているか、聞き分けることができた。

サー・ドナルド・フィッツロイは、テキーラを飲み干し、サービングトレイにグラスを置いて、瓶を持ちあげ、二杯目を注ごうとしていたチューダーを手で制した。

「ジャック、すまないが、今夜は一杯だけにする」

チューダーが自分のグラスに注ぎ、瓶を置いた。「いいですよ。ただ、あなたが休みをとって旅行中なら——」

フィッツロイはさえぎった。「ああ、たしかに。謝るが、旅行中というのは、ちょっとしたごまかしだった。きみと率直な話をする必要があったので、そのためにちょっとした嘘をついた」

チューダーは、睫毛すら動かさなかった。「こっちに来たのには、ほかの動機があるんでしょう？　ドン、わたしがそれに気づいていたことを察してもらいたかったですね」

「わかった」フィッツロイは、数秒のあいだ言葉を探してからいった。「わたしたちはずっと友好的な関係だった、ジャック。それがこれからもつづくことを、心から願っている」

ソファに座っているフィッツロイに目を向けたとき、チューダーの額の皺が深くなった。

「どうしてつづかなくなるというんですか？」

「なぜなら、今夜わたしは、きみのクライアントのひとり、資産(アセット)のひとり、きみが巻き込まれた暗く危険な物事について話をするために来たからだ」

チューダーは、フィッツロイを見つめたままでテキーラを飲み干した。グラスを置くと、チューダーはいった。「わたしは資産が殺(コントラクト)しをやりやすいようにする。彼らの作戦範囲を制限するようなことは——」

「仕組みはよくわかっている、きみ」フィッツロイは冷たくいった。

チューダーは、友人の口調が不意に変わったことに驚いているようだった。「もちろん、ご存じでしょう。だったら、どうしてそういう疑念を——」

「この一件はまったくちがうんだ。きみの資産、すくなくともひとりの資産が、テクノロジー関連の殺人を世界中で行なっている。それにはもっと大がかりな地政学的な利害関係が働いていると、わたしはじゅうぶんな根拠をもっていえる。きみがそれに気づいているかどうか、わたしにはわからない」

チューダーがいった。「いったいわたしになにが聞きたいんですか？」

「これ全体の背後にいるのがだれなのか知りたい」

チューダーが笑った。「わたしにそれがわかると思っているんですか？」

「なにかしら重要なことを知っているはずだ。ランサーがからんでいるのは知っているし、ランサーがからんでいるのなら、きみもからんでいる」

「どうしてランサーがからんでいると思うんですか？」

フィッツロイは答えた。「四日前に、ランサーはアメリカ政府の官僚をカリフォルニアで殺した。それから、グアテマラでふたりの人間を攻撃した。その翌日、メキシコシティでロシア人ビジネスマンとロシア人コンピューター・エンジニアを殺した」フィッツロイは間を置いた。「ほかにも副次的被害があった。ボストンとトロントの殺人も、ランサーがやったと疑われている」

「どうしてこういったことを知っているんですか？」

「わたしは現役を離れたかもしれないが、いろいろと耳にはいる」

チューダーは首をかしげた。「あなたはMI5にいたが、これは国内問題ではないから、MI5の領域ではない。つまり、〝レゴランド〟の仕事をしているんですか？」

〝レゴランド〟は、イギリスの海外情報部門MI6の綽名だった。ロンドンの本部ビルの形からそう呼ばれている。

「わたしはだれかのために働いているのではない。きみにいったように、引退した。大きな懸念を抱いているただの市民で、いま起きていることの真相を突き止めたいと思っている。なぜなら、それがこれから起きようとしているきわめて邪悪な出来事の前兆であるからだ」

「ランサーの作戦について、詳細はまったく知らないんです」チューダーが片手をふった。

「あいだに安全器（カットアウト）がいくつもあるので。わたしに害は及ばない」

フィッツロイは、ジェントリーのほうをちらりと見た。フィッツロイがなにかをいう前に、ジェントリーがかすかにうなずいた。

フィッツロイは、視線をそらしたのに気づいていなかったチューダーに向かっていった。

「ジャック……きみは自分の会社をはじめてからずっと、わたしからひとつのものをもらいたがっていた。きみにあたえることができないものを」

チューダーは、話題が変わったことに困惑しているようだった。話を聞かれたくないと思っているように、フィッツロイのボディガードふたりのほうを見た。フィッツロイに向かっていった。「たしかに……それがどう関係があるんですか？」

「きみが求めている人間を紹介するといったら、どうする？　いま起きていることについて、きみが知っていることをわたしに教える見返りに」

チューダーが、驚いて首をかしげた。「これはなんの駆け引き（ゲーム）ですか？」

「駆け引き（ゲーム）なんかじゃない。約束だ。わたしが約束する。クライアントと現在進行中の作戦に関する情報のことで、手助けしてくれれば、きみが何年も追い求めていた男と連絡がとれるようにする」

「あなたがバリバリの現役だったとき」チューダーがいった。「だれかにきかれたらクライアントや資産を教えましたか？」

　フィッツロイがもう一度ジェントリーのほうを一瞬ちらりと見た。ジェントリーが見返して、小さくウィンクをした。「わたしはもう現役ではないよ。きみの友だちだし、きみがほしがっているものを手に入れるのに、力を貸すことができる。それに、きみは強面（こわもて）のように見えるが、兵器化されたＡＩの分野に関して、どんな形でも中国の片棒をかつぎたくはないと、わたしは信じている」

「中国？」チューダーはびっくりしたような声を出したが、あまりほんとうらしくなかった。

「冗談じゃないぞ」フィッツロイはつけくわえた。「人類のために役に立つことをやってくれ」

　チューダーが、一瞬考えた。ずる賢そうな笑みを浮かべていった。「人類なんか知ったことか。グレイマンのこと、本気だといってほしい」

　フィッツロイは、思わず笑みを浮かべた。「とことん本気だ」

チューダーがちょっとまわりを見てから、フィッツロイに視線を戻した。低い声でいった。「ターゲットは知りません。ランサーがどういう仕事を命じられているか知らない。ランサーは、わたしのクライアントの作戦センターとじかに通信しているんです」

「そのクライアントと接触するようになった経緯を教えてくれ」

「さっきもいったように、安全器（カットアウト）ですよ。わたしがこれまでやってきたこととは、まったくちがっていた。三カ所教えられました。二カ所はアメリカ、一カ所はメキシコで、七十二時間以内に、最低でもターゲット五つを抹殺できる人手があるかときかれました」

「どうして三日以内でなければならなかったのだろう？」

「殺人が開始されたら、ターゲットになっている人間が、照準器に捉えられているのに気づくからでしょうね。それに対応して警護手段が変更される前に、抹殺しなければならなかった」

「しかし……」フィッツロイはいった。「わたしの知るかぎりでは、関係のある殺人は十二件近い」

「あとの人間を殺（や）るのに、クライアントはべつの資産を雇ったんでしょう」

フィッツロイはいった。「つづけてくれ」

「わたしはランサーを提供し、仲介手数料が支払われました。ふつうはそこで取引が終わるが、先日、ランサーが連絡してきて、もっと金がほしいといったんです。それで、わたしは安全器（カットアウト）と連絡して、その金が得られるようにしました」

フィッツロイには、その程度の情報では不足だった。「もっと詳しく知りたい」

チューダーは迷って間を置いたが、ようやくいった。「まだあります、ドン。しかし、ジェントリーをなんとか提供してほしい」

「つづけてくれ」

「べつの資産を雇いました。表向きは、べつの当事者用で、ランサーとは無関係に。女です。先頭に立って危険を冒すような人間ではなく、情報アナリストですよ。彼女を使うのははじめてでした」

「その女が、どう関わりがある？」

「わたしに連絡してきたんです。ある組織の作戦センターが設置されて、そこで働くために、シンガポールへ派遣されたと、彼女はいいました。それで……やるように命じられたことに、疑いを持ちはじめたんです」

「なにをやるようにいわれたんだ？」

チューダーが、一瞬、床に視線を落とした。「彼女が働いている作戦センターは、複数のターゲット抹殺をコントロールしているんです。彼女はなにに巻き込まれたか知らなかった。わたしも知らなかったと正直にいいました。知っていたら雇わなかった。いまもいったように、危険な状況を自力で切り抜けられるような人間ではないんです。そこから脱出するのを手伝ってくれと、彼女はいったんですが、救出に利用できる即動可能情報（アクショナブル・インテリジェンス）がないと無事に連れ出すことはできないと諭（さと）しました。なにが行なわれているのか、一定の情報を彼女が手に入れて、わたしがそれをＭＩ６の知り合いに伝えることに望みをつなぐしかない」

「どうして自力で逃げ出すようにといわなかったんだ？」

チューダーは、謝るような感じで肩をすくめた。「当然ながら、その情報をわたしが利用できるからですよ。イギリスの情報機関の好意を取り戻すのに使う」チューダーは、ズボンの皺（しわ）をのばした。「わたしがやっている仕事……わたしの資産。イギリス政府（ザ・クラウン）のために、わたしは役立つことができる。それがわかっています。ＭＩ６（レゴランド）にそれを知ってもらえれば」

「その女の正確ないどころを知っているか？」

「シンガポールのどこなのか、彼女にはわからない。そこの人間は、外が見えない車で連れてこられて、そこで生活しているんです。彼女はワークステーションと暗号化メッセージ・サービスを使ってメールしてきたが、見つからないようにものすごく用心しなければならないといっていた。オフィスに警備員がうようよいて、いたるところに監視カメラがあるそうだ」

「どういう警備員だ？」

「地元の人間だと思うが、よくわからないと、彼女はいっていました」

「こんどはいつ連絡してくる？」

「今夜だ。もうすぐかもしれない」

「それなら」フィッツロイはいった。「いっしょに待つというのはどうだ？」

カルロス・コントレラスは、その会話をずっと聞いていて、邸内の男がいうのは作戦センター・ガマのことだろうかと思った。それがシンガポールにあるかどうかは知らなかったが、自分がやっているのはもっと大きな作戦の一部のようだし、そのとおりにちがいないと、心のなかでつぶやいた。

男が話していたガマでの明白な情報漏洩(ろうえい)が、作戦センターのコントローラーではなくサイラスとじかにやりとりするように命じられた理由だろうかと、コントレラスは思った。その可能性が高い。

つまり、この大邸宅の男をスパイするためにここへ自分を派遣した時点では、ザハロワとジェントリーが現われることを、サイラスは予想していなかったかもしれないとも推理できる。

邸内の男が作戦にとって脅威で、やってきたふたりがすでにサイラスのターゲットだとしたら、投下後にどう活動するかもわかっていない殺傷力のあるホーネット・ドローンをまもなく展開するよう命じられるにちがいない。

そのとき、スクリーンにウィンドウが現われた。「グレイハウンド・ユニット11（ワン・ワン）と12（ワン・ツー）を展開しろ」

大きなパレット三台のうちの二台。つづいて、精確な座標が伝えられた。

さらに二本目のメッセージが届いた。「ホーネット・ユニット97（ナイン・セヴン）、98（ナイン・エイト）、99（ナイン・ナイン）を展開しろ」

索敵殺戮（ハンター・キラー）ヘキサコプター三機。

コントレラスは、ラウルを呼んだ。小型貨物機の暗く狭い貨物室で、ラウルがそばに来た。コントレラスはデスクの前から立ちあがり、ラウルといっしょに、急いで命じられた装置を展開する準備をした。セスナが西にバンクをかけたので、ふたりは機体の壁に寄りかかった。

ロードマスターのラウルが、ひとつひとつの吊索とパラシュートを確認してから、カーゴランプをおろし、投下に支障がないことをパイロットが伝えるのを待った。

パレットに積んだ大きなケース二個が傾斜板を滑って夜の闇に落ちていくと、つぎに折り畳まれたヘキサコプター三機を一機ずつ持ちあげて、そのあとから投下した。コントレラスは、十字を切ってから急いでモニターの前に戻り、ＩＳＲドローンが送ってくる動画で大邸宅の窓の奥を眺めつづけた。たったいまセスナの後部から投下された巨大な二個のケースの中身はなんだろうと、好奇心をかきたてられていた。

# 31

大邸宅の二階のグレートルームでの話し合いは、なおもつづいていた。フィッツロイはチューダーに、シンガポールの資産（アセット）と連絡しているあいだいてもいいかとたずね、チューダーはイギリスの当局には自分が情報を渡すし、ジェントリーと接触できるようにするという約束を守ってほしいと強調したうえで同意した。

つづいてフィッツロイは、安全器（カットアウト）との通信はどうやるのかと、チューダーにきいた。

「〈シグナル〉でじかにメッセージをやりとりする」チューダーが答えた。「毎回」

「だれとも会ったことがないのか？　電話で話をしたことはないのか？」

「ない。どういうふうに活動しているかも知りません」チューダーはつけくわえた。「シンガポールの作戦センターにいるわたしの資産は、そのビルにいるディレクターから命令を受けているといっていた。スカンジナヴィア人の男で、サイラスという人間と話をしているそうです。最初はターゲット十五人を殺す予定だったが、毎日人数が増えていたらしい。中国のために働いているのが明らかになったときに、彼女は怖気(おじけ)づいた」チューダーはいった。「彼女は中国が好きではないらしい」

フィッツロイは、重々しくうなずいた。「われわれが疑っていたことがすべて進んでいる」フィッツロイはきいた。「憶測しなければならないとしたら、このサイラスは何者だと思う?」

「憶測するなら、サイラスはひとりの人間ではないでしょう。上海か北京に設置され、人民解放軍の情報将校数十人が詰めている。数百人かもしれない。全員がこのゲームを、地球が盤面のチェスのようにやっている。ひとりの人間にしては大規模すぎるし、大国が当事者にちがいないと思います」

フィッツロイは、それについてちょっと考えたが、口をひらく前にチューダーが言葉を継いだ。「前にも中国の仕事をやったことがあった。しかし、小さな仕事だった。外国にいる反体制派の追跡、レポーターやスパイの抹殺」灰色の髪をかきむしった。「しかし、作戦センターのわたしの資産がいったことと、あなたがいま話していることからして、これは力の均衡を変えるとんでもない事件だし、そんなことで中国を手伝いたくはない」

「それが賢明だ」フィッツロイはいった。

チューダーの大邸宅から西に一キロメートル以上離れたところに、フェンスに囲まれたゴミ置き場があり、その横がゲートに囲まれた駐車場になっていた。がらんとした駐車場の端で、アロエユッカの尖(とが)った葉が風で揺れ、その横の地面に重さが約八〇キログラムの黒い長方形の物体があった。着地すると同時に、その装置の容器がぱっとあいて、てっぺんに取り付けてあったパラシュートが射出され、きわめて薄いカンバスの布地が数十メートル吹き飛ばされて、藪(やぶ)にからまった。

大邸宅から離れているそこの四方数百メートルの範囲には、人っ子ひとりいなかったので、その装置のてっぺんでグリーンのLED三つがつくのをだれも見ていなかったし、内蔵の先進的なコンピューターが起動し、冷却ファンが大きな音をたててまわりはじめるのを聞きつけたものもいなかった。

ずんぐりしたライフルの黒い銃身が、装置の上の固定銃塔から突き出し、冷却ファンよりも大きな音を一瞬発して、銃弾一発が薬室に送り込まれた。このSPUR——特殊目的(スペシャル・パーパス)無人ライフル(アンマンド・ライフル)——は、内蔵の五十発入り弾倉から、強力な六・五ミリ・クリードモア弾を発射する。半自動で、一分間に十八発を撃ち出し、有効射程は一二〇〇メートルに近い。

高さが二五センチしかなく、ゴムに覆(おお)われた薄いアンテナ二本が、低いうなりを発して後部で直立し、その一秒後に装置は保護ケースから起きあがりはじめた。角張ったボディの横に球状軸受け（ボールジョイント）で接続された四本の肢（あし）で地面に立ち、肢のなかごろにさらにもうひとつの人工関節があった。

足の部分の金属は、ゴムの被覆（ひふく）に覆われていた。油圧アクチュエーター三十個が、このロボットの筋肉の役を果たしている。大型犬の体の機構とほぼおなじで、長方形の装置の上のほうに、前方を向いているカメラ二台が目のように取り付けられている。ほかにも側面と後部にカメラがあり、三六〇度の視界が得られる。

立ちあがると、ロボットは全システムチェックを行ない、銃塔のうしろの上面にあるブームアームが上にのびて、可動範囲を動き、グリッパーを開閉して最終点検した。

駐車場にいたこの装置は、第五世代の四足歩行無人地上移動体――Q-UGVだった。防水の全地形用装置で、世界でもっとも先進的で戦闘能力の高い兵器化された地上ロボットのひとつだった。最大速度は時速二五キロメートル以上で、一度の充電で一五キロメートル以上移動できる。

その外骨格はケヴラーの装甲に護（まも）られ、小口径の火器に耐えることができる。

この特定の型の地上移動体グレイハウンド１１（ワン・ワン）が戦闘準備を行なっているあいだに、わずか六〇メートル南で、グレイハウンド１２（ワン・ツー）が、悪臭の漂う浅い沼の泥と緑色のヘドロのなか、四本の肢で起きあがっていた。

Q－UGV二台は、ほぼ同時に前進を開始した。一台はゴミ捨て場の横のがらくたが散らばっている駐車場の柔らかい砂利のかけらの上を通り、もう一台は音と動きで蛇を追い散らしながら勢いよく水飛沫(みずしぶき)をあげ、沼を通ってようやく乾いた地面にあがった。

Q－UGV二台は、幹線道路を避けておなじ場所を目指し、ジャングルの踏み分け道にほぼ同時に到着した。そして、11(ワン・ワン)が12(ワン・ツー)の先に立って縦隊を組んだ。地面がなめらかになると、速度があがり、すぐに時速二〇キロメートルで走りはじめ、一キロメートルと離れていないところで木立の上から見えている、巨大なガラス張りの大邸宅の明かりを目指した。

大邸宅の二階でジェントリーは、作戦センターで働いている現場資産の経歴について、ジャック・チューダーがフィッツロイに説明するのを聞いていた。彼女はドイツ人で、飲酒癖のためにドイツの連邦警察から解雇され、夫が大手銀行の地位を失ったあとで、やけっぱちになってその仕事を引き受けていた。

その女性と、彼女がテクノロジー関連の殺人についてなにを明かすことができるかについて、ジェントリーにも質問したいことがあったが、高齢の元スパイのメキシコ旅行に付き添っている非武装のボディガードという見せかけでここに来ているので、口を閉ざしていた。

しかし、まもなく沈黙を破ることになりそうだと、すぐにはっきり悟りはじめた。

いまにも連絡してくるかもしれないドイツ女に関する情報を伝え終えると、チューダーはいった。「では……グレイマンについて話をしましょう。あなたはどうやって連絡をとるんですか？」

フィッツロイがボディガードふたりのほうを見ると、チューダーがその視線をたどった。

「これからその話をしよう」フィッツロイはいった。「だが、その前に、割りふられた作戦をこれ以上やらないように、ランサーに指示する方法はあるか？」

「ランサーの仕事は終わりました。トロントでの作戦が最後でした」

そこでジェントリーが口をひらいた。「そうとはかぎらない」

チューダーは、階段の近くにいたジェントリーのほうを見た。「いま、なんていった？」

フィッツロイがいった。「ここにいるわたしの仲間は、きみに話したいことがあるんだよ」

ジェントリーは、窓に面した椅子に座っていたチューダーのほうを向いた。ジェントリーはいった。「四日前に、ランサーはおれと相棒をグアテマラで殺そうとした。緊急の暗殺任務だったのだと思う。やつはだれかを追っていて、そのだれかと接触したせいで、おれたちはほかの人間といっしょにリストに載せられた。ランサーは任務を終えたとあんたは思っているかもしれないが、さっきもあんたがいったように、サイラスがターゲットを追加していると作戦センターのあんたの資産がいっている。サイラスはまだ現場で活動している可能性が高い」

チューダーは、事情が呑み込めなかったので、フィッツロイのほうを向いて説明を求めた。「ランサーがあなたのボディガードを殺そうとしたんですか？　いったいなんのために？」

フィッツロイはいった。「あの若者の話を、最後まで聞いてくれ、ジャック」

ジェントリーは話をつづけた。「ランサーだとわかったのは、おれがランサーを知っているからだ。ランサーは失敗したが、逃げ切った」

チューダーが、ジェントリーを見返していった。「ほう、それはかなり奇妙だな。きみたちはふたりともぴんぴんしているし、ランサーがしくじることはめったにない。ボディガードふたりが相手だったらなおさら」ちょっと笑みを浮かべた。「悪く思わないでくれ」

今度はゾーヤが口をひらいた。「平気よ。でも、わたしたちはじつはボディガードじゃないの」

チューダーが、肩ごしにふりかえって、部屋にいた自分の警護員ふたりを見た。ふたりはフィッツロイのボディガードふたりの真向かいで、書斎の入口近くにいて、両手は脇に垂らしていたが、いつでもショルダーホルスターの拳銃を抜ける態勢だった。力を誇示するために、警戒する目つきでふたりが半歩進んだ。

フィッツロイが、そっといった。「みんな、落ち着け」

フィッツロイに向かって、チューダーがいった。「このふたりがあなたのボディガードでないとしたら、何者なんですか？」

フィッツロイがジェントリーを見て、ジェントリーがまたうなずいた。

フィッツロイはいった。「かつて、この若者を雇っていた。長年の仕事を通じて、彼は文句なしにわたしの最高の資産だったといっても、過言ではないだろう」

チューダーが、椅子からゆっくり立ちあがった。前に立っている自分よりも若い男に、視線を釘付けにした。

ゾーヤが、ジェントリーのそばでそっといった。「そうよ。彼、わかったみたい」

「きみがジェントリーか？」チューダーが、確信がなさそうな声でいった。「元ＣＩＡ資産、暗号名ヴァイオレイター？」

ジェントリーは、ひと目を気にするように、あたりを見まわした。「おおげさないいかたはやめよう」

「証明しろ」

ジェントリーは、あきれて目を剝いた。「手品はやらない」

「本人だ、ジャック」フィッツロイがいった。「生身の」

チューダーが小さくあえいでからいった。「こういってはなんだが、きみはわたしが予想していた人間とはまったくちがう」

「いいたいことはよくわかる」

チューダーは、すぐに気を取り直した。「きみと話がしたい。今夜。わたしの会社で働くことについて」

「あんたがイギリスの情報機関との友好関係を再建するつもりなら、それは無理だ」

チューダーが、それを聞いて目を輝かせた。「わかった。そう……すこしくらい秘密があってもかまわないだろう。きみのことを彼らにいう必要はない」そこでチューダーは、フィッツロイに目を戻した。「あなたも口を閉じていてくれるんでしょうね」

「ぜったいにいわない。中国の件でわたしたちに手を貸してくれれば、わたしは立ち去る」

チューダーがいった。「よかった」ゾーヤのほうを見た。「それに……きみもただの美人じゃないだろう。どういう仕事をやっているのかな？」

ジェントリーはいった。「彼女は仕事を探していない」

ゾーヤが、ジェントリーをちらりと見てから、チューダーに視線を戻した。話題を自分からそらしたいのは明らかで、こういった。「その組織内のあなたの資産の女性、正体がばれた可能性はないの？」

「わたしの知るかぎりではない。連絡してこなかったら、そうとわかるだろう」チューダーがスペイン語で大声で呼ぶと、おおぜいいる警護員のひとりが階段の上に現われた。「なにか食べるものを、持ってきてくれないか？　それに、新しい友人ふたりのためにショットグラスも」

階段のそばのジェントリーとゾーヤに向けて、チューダーはいった。「一杯やろうじゃないか」

ライフルを搭載した四本肢のロボット二台は、南西からほとんど音をたてないで小走りに大邸宅に向かっていた。それとはべつの脅威が、ひそかに東から接近していた。索敵殺戮（ハンター・キラー）ヘキサコプター三機が、三〇〇メートル離れた海の上でホヴァリングしているＩＳＲドローンの三〇メートル下をくぐり、ゆっくり移動しはじめていた。海岸沿いの大邸宅に近づくと、ホーネット三機が散開し、一機目は南へ、二機目は北へ針路を変え、三機目はそのまま西へ飛びつづけた。

　ホーネット三機はそれぞれ、搭載のセンサーのデータ、他のハンター・キラー二機のデータ、上空のＩＳＲドローンのデータを、処理装置で受信していた。三機は一個の群飛（スウォーム）として統合され、プロペラのうなりはビーチで砕ける波の音にかき消されていた。三機は波打ちぎわの一五メートルほど上で前進をやめ、そこで夜の大気のなかでホヴァリングして、攻撃命令を待った。

## 32

ジェントリーとゾーヤは、タイル張りのだだっぴろいリビングでソファに座ってテキーラを飲むようにと勧められたのを断わった。ふたりとも、監視しなければならない範囲があったし、さらに重要なのは、武器を持っていないので、リビングの警護員ふたりから拳銃を奪うためにすばやく接近する必要があることだった。

これまでの勇敢な行動や、これから契約を精査して現場に送り込みはじめてから分かち合う儲けのことを話し合うのに、ジェントリーが応じなかったので、チューダーはすこし狼狽していた。

ウェールズ人のチューダーは、十四歳の少年のような動作でエネルギーを発散しながらいった。「わたしのところへ来て、仕事をやるといってくれ」

「考えてみる」ジェントリーはいった。「もっと自由な時間ができたらすぐに。いまは、あんたの雇った人間に殺されないようにすることで手いっぱいだ」

「彼がまだきみたちを追っているようなら、すぐにやめさせる。彼が受け取れない報酬をわたしが払う」

フィッツロイが、手彫りのコーヒーテーブルにショットグラスを置いてから、腕時計を見た。「数分以内になにも連絡がないようなら、シンガポールのきみの資産(アセット)は正体がばれたか、あるいは連絡をとるために逃げ出すことができなかったと判断するしかない。いずれにせよ、ランサーと話をしなければならないから、きみはいま連絡して、できれば——」

低い大きな爆発音が、広大な屋敷の正面から聞こえた。リビングにいた全員が、ライフルの鋭い銃声の轟(とどろ)きだと聞き分けていた。

「いったいだれが撃っているんだ?」テキーラをめいっぱい注いだショットグラスを前のサービングトレイに戻しながら、チューダーがいった。

二発目が表の闇で鳴り響き、つづいて三発目が聞こえた。チューダーが警護員のほうを見ると、警護員ふたりが携帯無線機を持って、情報を得ようとした。

ジェントリーは、スライド式のガラス戸を急いで通って、屋敷の裏を見おろすバルコニーに出た。一階下の大きな長方形のプールが、エメラルドグリーンの輝きを発し、その先に簡単なフェンスがあって、上げ潮で打ち寄せられた濃い茶色の海藻(かいそう)がその向こうのビーチに散らばっていた。暗い水面にボートは見えなかったが、フェンスのあたりを護(まも)っているとおぼしいチューダーの配下ふたりが見えた。ひとりがショットガンを肩付けして屋敷のほうに向け、もうひとりはショットガンを構えて、銃身の下の強力なフラッシュライトで、ビーチのあちこちを照らし、屋敷の正面で発砲している敵の仲間がその闇にいないかどうかたしかめていた。

屋敷の裏が適切な脱出経路になりそうだと判断したジェントリーがグレートルームに駆け戻ったとき、屋敷の正面から銃声がまた二度響いた。

ジェントリーはガラス戸を閉めてロックしたが、そのときにあらたな音が聞こえた。屋敷の裏手からブーンという音がどんどん近づいてくる。海面の上を高速で飛んできたような感じだった。ジェントリーは即座にドローンだと聞き分けた。大型のドローンで、かなりの速度で接近している。

トゥルムからずっと追跡されていたとは思えなかったので、敵にどうしてまた発見されたのだろうと理解に苦しんだ。

ジェントリーは、海に面している大きな窓に沿って走り、外から見えないように厚いカーテンを閉めたが、左右のカーテンのあいだに一二〇センチの隙間(すきま)が残り、書斎の側にも隙間があった。

ジェントリーがふりむくと、グレートルームの中央に一同がかたまっていて、ゾーヤが警護員に武器を渡してくれといっているのが見えた。警護員ふたりはチューダーを囲み、拳銃を抜いていた。ひとりが階段を見張り、もうひとりが携帯無線機に向かって早口でしゃべり、正面ゲートの警護員詰所から情報を得ようとしていた。

それをやっているあいだ、ふたりはゾーヤを無視していた。詰所から応答は得られなかった。

また銃声が轟いた。

ジェントリーは、ゾーヤとフィッツロイの体をつかみ、窓から離れた部屋の脇の階段近くへ連れていった。

チューダーがそれを見て、フィッツロイのうしろに走ってきた。警護員ふたりもつづいた。

「どういうことだ？」フィッツロイが、ジェントリーにきいた。

敵と味方の銃撃が激しくなっていた。いまのところまだ下のほうで、屋敷の正面の側だった。混戦のなかでジェントリーはサブマシンガンの連射を聞き分けたが、もっと低くて大きく響く銃声がそれより前に湧き起こったのを聞いていた。

銃器を熟知しているジェントリーの耳には、襲ってくる銃撃がスナイパーライフルから放たれているように聞こえた。三〇八ウィンチェスター、六・五ミリ・クリードモア、あるいは二六〇レミントンかもしれない。口径はともかく、拳銃、ショットガン、サブマシンガンで武装した何人もの警護員に対して、ふたりかそれ以上の射手が発砲しているとわかった。それに、攻撃側は接近している。大邸宅の正面ドアに達しているかもしれない。

ゾーヤが、ジェントリーのほうを見た。「道路の検問所に警官が三人いた。その三人は来るかもしれないけど、警察が大規模に対応するには、時間がかかる」

「いったいだれがこれをやっているんだ？」部下がなにも答えられなかったので、チューダーはジェントリーにきいた。

ジェントリーはいった。「おそらくあんたのクライアントだろう」

チューダーは、つぎにフィッツロイのほうを向いてどなった。「あなたがやつらをここに導いたんだな！」

フィッツロイは首をふった。「それはありえない」ジェントリーのほうを向いた。「そうだろう？」

チューダーに向かって、ジェントリーはいった。「やつらはあんたの資産(アセット)、作戦センターの女を捕らえて、あんたが作戦について情報をつかもうとしているのを知ったのかもしれない。だからおれたちを狙っているとしか考えられない」

「わたしたちはどうする？」

「くそ」ジェントリーの言葉の重大さを察したチューダーがいった。「おれたちに武器をくれ」

ジェントリーはすかさずいった。「ふたりに予備を渡せ」

チューダーが、警護員ふたりのほうを見た。

足首のホルスターからひとりが抜いたグロック26をゾーヤが受け取り、ジェントリーはもうひとりがポケットから出したグロック43を受け取った。つぎに、警護員のひとりがチューダーの腕に手をかけた。「セニョール・チューダー、これに対処する警護員が下に九人います。当面、書斎へ行ってもらい、中庭側のブラインドを閉めます。これが終わるまで、セニョール・チューダーが安全なように、わたしたちが護ります」

チューダーが、フィッツロイを手招きした。「いっしょに来てください」

フィッツロイは迷って、ジェントリーの顔を見た。「どう思う？」

「ISRドローンがいるとしたら、バルコニーは使えない。チューダーといっしょにいって身を縮めていてくれ。脅威にはおれたちが対処する」

チューダーと警護員ふたりが、広い居間を走りはじめ、移動するときにカーテンを閉めた高い窓の前を通った。

フィッツロイが、ジェントリーとゾーヤに向かっていった。「気をつけるんだぞ」そして向きを変え、グレートルームの奥にある書斎に向けて一行のあとをよろよろと進んでいった。

ゾーヤは片膝（かたひざ）をついて、激しい戦闘がくりひろげられている階下に銃を向けた。襲撃者が何者であるにせよ、そこからも突入される可能性があるとわかっていた。

ジェントリーはゾーヤのうしろに立ち、肩ごしにバルコニーのほうを見た。

すでにグレートルームを半分進んでいた若くて壮健な男三人に、フィッツロイが必死で追いつこうとしているのを、ジェントリーは見た。カーテンの隙間が目に留まり、走るのをやめろとジェントリーが叫ぼうとしたとき、銃弾一発が命中したような感じで窓ガラスが内側に砕けた。その〇・五秒後に、大きな物体が高速でグレートルームに飛び込み、チューダーの警護員ふたりのうちのひとりに激突した。

着弾の場所から、フィッツロイは五、六メートルしか離れていなかったが、ジェントリーは反対側を向いていて、ゾーヤにうしろから体当たりし、ふたりいっしょに階段を転げ落ちた。二階の踊り場の縁を越えたときに、上のグレートルームを爆発が引き裂いた。爆風に押されて、落ちるのを制御できなくなり、脚や腕を硬い階段にぶつけたが、ジェントリーは垂直の手摺（てすり）をなんとか片手でつかみ、反対の手でゾーヤをつかんで、螺旋（らせん）階段のてっぺんと一階の中間で落下をとめた。

ゾーヤの体が下になっていたので、ジェントリーは転がって離れ、方向感覚を取り戻すために首をふった。下を見ると、ゾーヤのグロック26が手の届くところにあったので、つかみ、東西にのびているベランダの一階に向けた。

濃い煙が空気中を屋根のない広い中庭に漂ってきたが、味方の応射の閃光が視界をさえぎる黒い煙を通して見えていた。ほどなく、巨大な石のプランターの陰でしゃがんでいる警護員ひとりが、ジェントリーのところから見えた。その男はピストルグリップのポンプアクション・ショットガンを構え、自分の前方の噴水の横から、中庭の向こう側で屋敷の正面寄りにいる見えない敵に向けて撃っていた。

ゾーヤがあえぎながら起きあがり、両腕、両脚、胸、体の一部を失っていないか、出血していないかをたしかめるために、すぐさま自分の体を見おろした。無傷だと納得したとき、ジェントリーが持っていたグロック43が、自分が座っている場所の一段下にあるのを見つけた。ゾーヤはそれを拾いあげ、銃声のなかでも聞こえるように大声でいった。「いったいなにが起きたの？」

「無事か」ジェントリーがいったとき、一二メートルほど離れた一階にいた警護員が、立ちあがってショットガンで撃とうとした。だが、引き金を引く前に、うしろに激しくよろめいた。大口径の銃で撃たれて、後頭部から血が噴き出し。ベランダのタイルに仰向けに倒れて死んだ。

ジェントリーとゾーヤには、攻撃してきた相手が見えなかったが、それが見えるまでじっとしてはいなかった。ふたりは立ちあがって向きを変え、上の爆発につづいて流れ出した濃い黒煙に向けて、階段を駆け昇った。

仰向けに倒れていたサー・ドナルド・フィッツロイは起きあがって、周囲でなにが起きたのか見ようとした。まさに異様な出来事に変わっていた。フィッツロイは眼鏡(めがね)をなくしていたが、どのみちおなじことだった。濃い煙が立ち込めていて、窓のカーテンのそばで小さな炎があがっているのが見えるだけだった。

さっきまで座っていたソファが炎に包まれ、べつの火が右前方でくすぶっていた。負傷したのかどうか、フィッツロイにはわからなかった。手探りすると、腕も脚もあったが、両手で顔をぬぐうと、まちがいなく血だとわかるものでべとついていた。額と両手に鋭い痛みがあり、顔にいくつかガラスが刺さっているとわかったので、顔に触れるのをやめた。

肩ごしにうしろを見ると、階段のほうの煙がすこし晴れていた。ジェントリーとゾーヤが立ちあがって、よろけながら近づいてくるのを見て、フィッツロイは心の底からほっとして、また前方に目を凝らし、チューダーがいる気配を探した。

カーテンがまた燃えあがって、左前方で炎が大きくなった。

ジェントリーが、拳銃をウェストバンドに突っ込みながら、フィッツロイのそばでしゃがんだ。「立てるか？」

「め……眼鏡が」

「ほら」ゾーヤが眼鏡を渡した。レンズは両方ともひびがはいっていたが、かけるとちゃんと見えた。

「手を貸してくれ」

ジェントリーとゾーヤが、ふたりがかりで立たせなければならなかった。右脇に痛みが走り、フィッツロイは息を呑んだ。

フィッツロイが回復してまっすぐに立ったときには、爆発の煙が薄くなって、目の前の惨状が見えた。

部屋の中央でひっくりかえった椅子数脚が積み重なっているそばに、かなり損傷した死体がふたつ横たわっていた。ジャック・チューダーの警護員ふたりの頭部と上半身がずたずたに切り裂かれ、いたるところに血が飛び散っていた。ふたりの上で起爆したのがどういう爆発物だったにせよ、機関銃六挺分の威力があった。

ていた。

チューダーはその右で、ウィングバックチェアの背もたれの向こうから両脚が突き出していた。

「ジャックのようすを見てくれ！」フィッツロイがどなった。

ゾーヤがチューダーのところに駆け寄り、生きているが瀕死の状態だとわかった。顔、首、両肩からかなり出血し、ドレスシャツは右腕まで燃えて、左手の指はすべて粉砕されているようだった。

チューダーがまばたきをして、ショック状態に陥っていることにゾーヤは気づいた。うしろでフィッツロイが苦痛のためにうめき、両手で右脇を押さえた。顔をしかめながら、フィッツロイはいった。「肋骨が折れた。一本かそれ以上。わたしをここに残して、下の問題に対処してくれ」

「その前に、あなたとチューダーをあっちの書斎に入れる」ゾーヤが起きあがり、フィッツロイの片方の腋の下に体を入れて支え、燃えるカーテンと殺人ドローンの脅威を避けるために窓に近づかないようにして、死体をよけながら進んでいった。

ジェントリーは、床の上でチューダーをひっぱっていった。チューダーは声をあげず、まだ息をしていたが、長くは生きていられないだろうとジェントリーは確信していた。

また下のほうで銃撃があり、自分たち三人も長く生きていられるかどうかわからないと思った。

移動するあいだ、フィッツロイがまた苦痛のあまり叫んだが、すぐに全員が書斎にはいった。そこの窓から大農園の中心の中庭を見おろすことができるのはありがたかったが、ドローンが襲ってきた方角が見えるような窓はなかった。

ゾーヤは、壁を覆（おお）っている本棚の前の大きなパートナーズデスクの陰で、フィッツロイが伏せるのに手を貸してから、窓のブラインドを閉めた。ジェントリーはフィッツロイの横にチューダーをひきずっていった。

ハンマーの打音のような銃声が屋敷のまわりでなおもつづいていて、一秒ごとに彼らの位置に近づいてくるような感じだった。

燃えているカーテンとソファの煙が書斎に充満しはじめたので、煙を締め出すためにゾーヤがリビングとの境のドアを閉めたが、攻撃者が二階にやってきた場合に監視できるように、細い隙間（すきま）を残していた。それをやりながら、ゾーヤはジェントリーにいった。

「なにが起きたの？」

「どうやら、敵にはカミカゼ・ドローンがあるようだ」

「もう、ありえない」ゾーヤがつぶやいた。激しさを増す銃撃のなかでも聞こえるように、つづいて叫んだ。「スナイパーライフル二挺の音が聞こえるけど、近接戦闘（CQB）で、どうしてスナイパーライフルを使うのよ?」

近接戦闘は部屋をひとつずつ掃討するような銃撃戦のことで、ジェントリーもおなじことを考えていたが、自分が抱いていた疑問を口にした。「それに、防御側が十数人いるとわかっているのに、スナイパーライフルを持ったやつがふたりで建物を襲撃しているのはなぜだ?」

ゾーヤがいった。「わたしたちの敵がなにか、知る必要がある」

ジェントリーは、中庭を見おろすガラス窓に駆け戻り、しゃがんで拳銃の銃身でカーテンを横にずらした。

窓の左のほうを見ると、だれかが発煙弾を炸裂させたのがわかった。渦巻く黒煙を透かして、白い大理石の噴水が中心にある濃い茂みを見分けることができた。モザイクのタイルが敷かれ、アーチがあるベランダが、その北側をのびている。警護員が何人か死んでいるのが見えた。噴水にもたれて叢にくずおれているひとりの前で、サブマシンガンが水から突き出していた。さきほどジェントリーが見たもうひとりは、階段から八メートル離れたベランダで、頭を撃たれていた。仰向けになり、ストックレス・ポンプアクション・ショットガンが胸に横向きに載っていて、うしろのモザイクタイルで条状の血痕が光っていた。

またドローンがいるのではないかと思い、ジェントリーはプロペラの音を聞こうとして、精いっぱい耳を澄ましたが、聞こえたのは、それとはまったく異なる音だった。下で渦巻いている煙のどこかで、足音がタイルの上で響いていた。

ジェントリーはさらに身を低くして、窓の隅から中庭の向こうが見えるように顔を押し当てた。そのとたんに、手をふってゾーヤを招き寄せた。

ゾーヤがドアを閉めてロックし、駆け寄ってジェントリーの隣でひざまずき、窓から外を覗(のぞ)いた。ふたりのところから見えるベランダの遠い部分の煙のなかから、ふたつの黒い物体がゆっくりと姿を現わした。ひとつがもうひとつのすぐ右うしろにつづいていた。

ゾーヤがいった。「あれはいったいなに？　犬？」

ジェントリーが暗い声でいった。「犬ならいいんだが」ふたつの物体が、ベランダの上で煙から出てきて、噴水の近くで草の茂った中庭に踏み出し、全体が見えるようになった。

# 33

目を凝らして濃くなる煙を透かし見ていたゾーヤが、不意に目を丸くした。そっとささやいた。「し……静かに」

ふたりは、ロボット二台を観察した。二台とも馬鹿でかい犬のような大きさで、ボディのてっぺんの覆い(おお)からライフルの銃身が突き出していた。ぎくしゃくしているが、それでいてよどみない動きで、着実に前進していた。

だが、二番目のロボットの動きは、先頭のロボットとおなじではなかった。右後肢(あとあし)をひきずっているように見えた。それでも、ターゲットを捜しながら、腰の向きを左右に変えて、ライフルとカメラを左右に旋回させ、じゅうぶん戦える状態のようだった。

「あれを殺せるの?」ゾーヤが小声できいた。

「なんだろうと殺せる」ジェントリーは答えたが、自信はなかった。

ロボット二台が、二階に通じる階段の下に近づいた。肢をひきずっているロボットがそこで分かれて、左へ進んでいった。先頭のボットが階段に達し、すこし昇ってから、てっぺんのハッチがあいた。ジェントリーとゾーヤが見ていると、ロボットは小さな筒を階段の上に向けて発射した。カタンという音をたてて、それがふたりには見えないところに落ち、大きなシューッという音をたて、ものすごく濃い黒煙を吐きつづけながら、階段を転げ落ちて戻ってきた。

先頭のボットが、巧みに階段を昇りはじめ、さらに一個の筒を発射した。

「ちくしょう」ジェントリーはつぶやき、フィッツロイのほうへ駆け戻った。

フィッツロイの顔は血まみれで、体力を消耗し、ストレスを味わっているために、呼吸が粗(あら)かった。フィッツロイがきいた。「なにが見える？」

「ライフルをふりまわすロボット犬だ」

「なんてことだ」フィッツロイはつぶやいた。「煙にまぎれて逃げられるかもしれない」

ジェントリーは首をふった。「だめだろう。そいつは赤外線画像装置を使っている。さもなかったら、あんな煙を起こすはずがない。ロボットを破壊するか、動けないようにするか、弾薬かバッテリーが切れるか作動時間がなくなるまで食い止めるしかない」

ゾーヤが、ジェントリーのそばでしゃがんだ。「バッテリーの寿命はどれくらい？」

ジェントリーは溜息をついた。「おれが知っているはずがないだろう。トースターも持っていないのに」

「トースターにバッテリーはないわよ」ゾーヤが、あきれて目を剝いた。

ジェントリーは、フィッツロイのほうをふりかえった。「この窓から一階におりるしかない。できるか？」

「チューダーはどうする？」

ジェントリーは、チューダーを見た。目の焦点が合っていない。無数の傷から大量に出血しているので、攻撃兵器に対処する前に手当てするのは無理だった。

フィッツロイに向かって、ジェントリーはいった。「助からないだろう」

フィッツロイがうなずいた。「せめてシンガポールの女の名前を知りたい。わたしがここにいてやってみる」

それがいいと、ジェントリーは思った。「わかった。脅威はゾーヤとおれが片づける」

声が聞こえるところに、ゾーヤがいた。「どうやって？」

ジェントリーにはその答がわからなかったが、それを認める前に、あらたな物音に首をかしげた。ゾーヤもそれを聞いた。大型ドローンの大きなブーンという音を。

だが、その音は外ではなく、ドアの向こうのグレートルームから聞こえていた。

ゾーヤがささやいた。「無人機(UAV)が家のなかを飛んでる」

こんどは中庭からべつのプロペラ音が聞こえた。そのドローンは、大邸宅のだいぶ上を飛んでいたが、それが殺人ボットだとしたら、ターゲットを攻撃できる位置に移動できる高度だった。

ゾーヤがいった。「ドローン二機と自爆した一機を、だれかがコントロールしてるにちがいない。パイロットがおおぜいいる」

「そうだな」ジェントリーはいった。複雑になるいっぽうの難題に直面して、頭の回転が速くなっていた。フィッツロイのほうを向いた。「チューダーから名前を聞き出してくれ」

フィッツロイがうなずき、自分もひどい苦痛を味わっているはずなのに、死にかけている友人の上にかがみ込んだ。

その一分前、カルロス・コントレラスは目の前のノートパソコンに送られてくるISRドローンの動画を見ていて、なにもいわず、無表情だったが、これは自分にはほとんど理解できないテクノロジーだという認識が、頭のなかで固まりはじめていた。

上空のISRカメラの画像で、残った二機の索敵殺戮空中ボット（ハンター・キラー）と、中庭を移動している武装した地上移動体二台が見えていた。その二台は、二十分ほど前に投下したケースから出てきたにちがいないと、コントレラスにはわかっていた。

投下したケースの表面に記されていた〝グレイハウンドV120〟は機種と型番だろうとコントレラスは思い、前にＹｏｕＴｕｂｅで見た四足歩行無人地上移動体を思い出した。

背面にライフルを装備している型の試作品も、インターネットで見たことがあったが、このボット二台のような戦闘能力を備えたものが現場で運用されているというのは、一度も聞いたことがなかった。

まもなく、ＩＳＲドローン二機のうちの一機が高度を落として、屋敷の屋根を越え、バルコニーまで降下して、さきほどホーネット・ボットが打ち砕いた窓の内側で燃え盛っている炎のなかを飛び抜けて、邸内の画像を送ってきた。グレートルーム、四方に黒煙をひろげている発煙弾、ひっくりかえった椅子のそばの死体ふたつ。

カメラが右に向きを変え、階段から敏捷に出てきた地上ロボット一台がさっきよりずっと近くに見えた。

コントレラスは、ＩＳＲドローンと、それが駆使しているにちがいないテクノロジーのことを考えた。屋内を高速で活発に飛行し、障害物を検知して避け、前方の空気中の煙の量に応じて、光学装置から赤外線画像装置に自動的に切り換えている。

空中と陸上の残った四つの機械が、個々に動くのではなく、ひとつの物体として駆使されているような感じで、完全に調和して動いていることに、コントレラスは魅了されていた。

コントレラスは、大邸宅に投入されているハードウェアの専門家なので、それらをすべて観察しているあいだに、ひとつのきわめて明白な事実に気づいた。

これらの機械がひとつの主体として協働しているとしたら、人間によってコントロールされることはありえない。

これらの機械は、ひとつの群れ（スウォーム）として活動している。地上ロボットは、ターゲットを選択し、前進し、発煙弾を発射しながら、狙いすまして発砲している。

それに、窓を破って起爆した索敵殺戮（ハンター・キラー）ヘキサコプターは、二秒以下で動いているターゲットを識別してロックオンした。まず、窓を打ち破るためになんらかの物体を発射してから、最終急降下で自爆攻撃を行なった。

人間にはとうてい不可能なことだった。

これは人工知能（ＡＩ）だ。

コントレラスは確信した。展開するよう命じられた装備はすべて、なんらかの統合ＡＩの命令を受けている。それは、ドローンとロボット工学を学んだコントレラスでも、かすかに噂で聞いているだけの新テクノロジーだった。

コントレラスは二海里以上も沖で高度一万フィートを超えるところにいて、海岸線で起きていることからはまったく安全だが、みぞおちと背中と心臓で恐怖がうずくのを感じていた。

自分は巨大なＡＩ兵器の使用を可能にする後方業務用の人間にすぎないと気づき、心底怯(おび)えた。

これが終わったら、この任務がどういうものなのか、多少なりとも理解するために、サイラスというアメリカ人と話をしなければならないと、コントレラスは自分にいい聞かせた。

だが、いまは興奮と驚嘆と恐怖を同時に感じながら、ただ見つづけていた。

ジェントリーとゾーヤは、拳銃を構え、書斎の閉じたドアに向けていっしょに移動したが、ドアはあけなかった。ほどなくドアの向こう側のドローンの音が小さくなった。二階のべつの場所にすばやく自信たっぷりに飛んでいったようだった。チューダーの警護員を殺したドローンのように索敵殺戮(ハンター・キラー)任務を行なっていることはまちがいない。

ゾーヤがいった。「地上ロボットは、いまごろ階段の上に来ているんじゃないの」

ジェントリーは両膝(りょうひざ)をつき、ドアのロックに手をのばした。

「なにをやっているの?」ゾーヤがきいた。

「あれを撃つ」ジェントリーはつけくわえた。「防弾じゃないだろう」

ジェントリーは、ドアを細目にあけて、リビングを見渡した。燃えているカーテンとすくなくとも四発の発煙弾からの煙を透かして、階段の上にいるロボットが見えた。ジェントリーが観察していると、ロボットがまた前方に発煙弾を発射した。数分前にフィッツロイが座っていたソファが、いまは燃えていて、発煙弾はその上に落ちた。

さきほど飛んでいたドローンは見えなかったし、音も聞こえなかった。それに、煙で数秒は地上ロボットの視界に捉えられないはずだとわかっていたので、ジェントリーはグロック26を構えた。ロボットの前部に狙いをつけて、そこに目のように並んでいるカメラのレンズふたつの中間に完璧な一発を撃ち込んだ。

ロボットが数センチ揺れてから、姿勢を回復し、うしろの腰の関節を動かし、ライフルの銃身をジェントリーのほうに向けた。

くそ。ジェントリーが床に伏せたとき、上でドアが砕けて飛び散った。ジェントリーは、やはり床にぴったり伏せていたゾーヤとは反対側の左に転がった。階段の上から、さらに二発の銃声が轟(とどろ)いた。本棚の本が引き裂かれ、デスクが直撃を一発くらった。ゾーヤが脚をのばし、ドアを蹴って閉めた。

ジェントリーとゾーヤは、三メートルほど離れたところから見つめ合った。ジェントリーは肩をすくめた。「前言を撤回。防弾かもしれない」

「計画が必要よ、コート！」

ヘキサコプターのプロペラのうなりが戻ってきた。だが、今回は中庭のほうの窓から聞こえていた。

ふたりが耳を澄ましていると、外の銃撃が熄(や)み、やがてまた発煙弾が発射される音が聞こえた。二発以上の発煙弾がグレートルームで弾み、その煙と燃えているカーテンとソファの煙のせいで、敵を肉眼で捉えるのがまったく不可能になったことを、ジェントリーは悟った。

そのときふと気づいた。「ロボットは必死で隠れようとしている。撃たれるのを心配していなかったら、そんなことはやらないはずだ」

「ということは？」フィッツロイが、部屋の向こうからきいた。

ゾーヤが、ジェントリーの代わりに答えた。「主要部分のカバーには拳銃弾に耐える装甲がほどこされてるかもしれないけど、重い装甲に覆われてたら動きがとれないはずだし、肩と腰の接合部は覆いがないみたいに見えた」

ジェントリーがつけくわえた。「やつらを斃(たお)すには、それなりの威力がある武器で撃つべき場所を撃つ必要がある」

ゾーヤが首をふった。「でも、それには狙いすまさなければならないし、その前に相手に見つかる――」

ジェントリーはいった。「狙いすます時間がないときには、ショットガンを使う」

ゾーヤが首をかしげた。「あなた、ショットガンをズボンの下に隠してるの？」

「一挺がこの部屋の窓の下、ベランダを北に行ったところにある。もう一挺を、プールのそばの警護員が持っているのを見た。そいつはもう死んでいるだろう」ジェントリーは、グレートルームとの境のドアを手で示した。「大邸宅の横へ行くには、そこを通るしかない。「おれたちが一二番径のショットガンを手に入れて、ロボットを撃てば、ここから生きて逃げ出せるかもしれない」

ゾーヤは首をふった。「念のためにいうけど、ドローン二機が飛んでるのを忘れないで。わかってるかぎりでも、敵は四ついる。わたしは書斎の窓から中庭に跳びおりて、ベランダへ行き、ショットガンを手に入れて、なかに戻ることはできる。でも、あなたがグレートルームを通って、燃えているカーテンをくぐり抜けてバルコニーに出るのは無理よ。下にショットガンを取りにいく前に、機械のどれかに狙い撃たれる」

ジェントリーはすこし考えた。「いいことをいってくれた。カーテンは燃えている。煙のせいで機械が赤外線画像でしか見られないとしたら、炎の熱でおれの動きをごまかすことができるかもしれない」

ゾーヤは中庭をもう一度見た。いまでは完全に煙に覆われている。ゾーヤはいった。

「わたしには炎がない」

「そうだな」ジェントリーは認めた。「炎はない。行けるか？」

確信はなかったが、ゾーヤはうなずいた。

こんどはジェントリーが首をふった。「だめだ。やめよう。中庭の一挺は、おれが取りにいく」

すると、ゾーヤが身を起こした。「できる。地上ボットは二台いる。わたしたちは、ふた手に分かれないといけない」

ジェントリーは、フィッツロイのほうへ這っていった。うしろのグレートルームで、発煙弾がシューッという音をたてていた。

「どんなぐあいだ？」ジェントリーはきいた。

フィッツロイの血の気のない顔が、さらに血だらけになり、ドレスシャツの首と肩のところが赤く染まっていた。あたりにあった封筒と鉛筆を持って、チューダーの右手に持たせようとしていた。

「好調だよ、若いの。どうしてきく？」

ジェントリーは、グロック26をフィッツロイに渡した。「こういうことだ。おれはもっといい武器を取りにいかないといけない。バルコニーに出て、跳びおりる」

「バルコニーから跳びおりるのか？」

「あっちにプールがある。たぶんうまくいくだろう」

「わたしはどうすればいい？」

「できれば、止血しろ」ジェントリーはいった。「それに、チューダーからなにか聞き出してくれ」

「わかった」

ジェントリーは向きを変えて、ゾーヤにキスをした。ゾーヤが窓のほうへ行って、表を見てから、夜空を見あげた。「敵影なし」

ゾーヤは窓をあけて外を見てから、両脚で窓枠を越え、煙のなかにおりていった。ジェントリーはドアを細目にあけて、前方の光景をじっくりと見た。

グレートルームの火災が激しくなり、戸口から流れ込む黒煙のなかに炎が進んでいた。

地上移動体の足音は聞こえなかったので、部屋全体でターゲットを捜しながら、まだ階段の上にいる可能性が高いと、ジェントリーは判断した。

それでも、グレートルームに踏み込めば、猛烈な熱さの炎と見通しが効かない煙に包まれ、ロボット兵器の視界にはいるおそれがあるので、進むのを体が嫌がっていた。

それをこらえてドアから出たジェントリーは、這(は)うのをやめてすばやく右に進み、炎の方角を目指した。熱のために進めなくなるところまで近づいたとき、部屋の東の床から天井まである窓を覆うカーテンの燃え盛る炎から、三メートルしか離れていないと感じた。

ジェントリーは炎と平行に移動し、さきほど発砲したロボットがいるとおぼしい方角を目指した。炎の壁の前を通れば赤外線カメラには見えないはずだという想定が正しいことを、切実に願っていた。

階段までまだ一〇メートル近くあると思われるところで、右側の熱気が耐えられないほど強くなったせいで進むのをやめた。火が消えるか散らばっていて、バルコニーまで走っていける場所を見つけなければならない。

ジェントリーは身を起こして、もうすこし前進した。割れたガラスを踏む音を、炎のはぜる音が消した。ここのガラスもドローンによって割られたのだとわかった。そばで炎が激しく燃えていたが、この付近からバルコニーに向けて突破できるはずだと思った。

炎のなかを抜けて走りつづけ、横手のバルコニーの手摺(てすり)に跳び乗り、三メートル以上離れているプールの周囲のコンクリートではなく水に落ちることを願うつもりだった。

ジェントリーが炎のほうを向いて、はぜながら激しく燃えている炎を全力疾走で駆け抜けるために身を低くしたとき、バルコニーの上のどこかから大型ドローンのブーンといううなりが聞こえた。

くそ。ジェントリーは心のなかで毒づいた。またカミカゼだ。数秒後に、ドローンの音が遠ざかった。屋敷の屋根の上でホヴァリングしているのかと思ったが、ただそこでホヴァリングしているのか、ターゲットを待っているのか、あるいはゾーヤを急降下爆撃するために中庭に向かっているのか、判断がつかなかった。

そのとき、一階から大きな銃声が轟(とどろ)き、ゾーヤが攻撃されたか、交戦しているのだとわかった。下におりてショットガンを手に入れ、ゾーヤを支援しなければならない。

ジェントリーは、煙が混じっている空気を胸いっぱいに吸い込み、激しく燃えている炎のなかにまっすぐ突進した。

# 34

ゾーヤ・ザハロワは、四十五秒前に黒い煙のなかに跳びおりて、書斎の窓の下のタイルに着地した。たちまち痛みを感じて、グレートルームを爆発が引き裂いたときに階段で両膝をぶつけたことを思い出した。

時間がないとわかっていたので、痛みのことを考えないようにして、移動しはじめた。中庭で渦巻いている煙は、グレートルームのなかほどひどくはなかったが、それでもかなり濃かったので、足もとに注意して進まなければならなかった。

前がほとんど見えなかったし、拳銃弾が敵に重大な損害をあたえられるとは思えなかったが、拳銃を突き出して構え、東西にのびているベランダの手前まで行ったところで伏せた。死んだ警護員はわずか三メートル先で仰向けに倒れていた。両脚をひろげ、うしろのタイルに血が飛び散っていた。通路は警護員の足のところで右に折れていた。肢をひきずっていたロボットがさきほどその通路をまっすぐ進んでいったので、ゾーヤは用心深く死体に近づいた。

ゾーヤは血の海に横たわって、死体の上に手をのばし、首から吊ってあるポンプアクション・ショットガンのピストルグリップをつかみ、頭の上から引き寄せようとした。砕けた頭蓋骨（ずがいこつ）とぐったりした肩をタイルから持ちあげ、男の体の下から負い紐（ひも）を抜こうとしたが、そのために死体の腰のあたりが動いた。

なんの前触れもなく、耐えがたいくらい大きな銃声が通路に鳴り響き、大口径のライフル弾で死体の右足と足首が吹っ飛んだ。

左脚も被弾して、骨が折れ、粉々（こなごな）に砕けた。肉片が四方に飛び散った。

照準線からは逃れているが、その差は六〇センチほどだとわかっていたので、ゾーヤは急いで後退した。

四足で接近する重い音が通路の先から戻ってくるのが聞こえたので、まもなく照準線に捉えられると悟った。

ゾーヤは必死でショットガンのほうへ身を躍らせた。

屋敷の急傾斜の屋根の十数メートル真上で哨戒していた索敵殺戮（ハンター・キラー）ドローン、ホーネット98（ナイン・エイト）に内蔵されている頭脳は、位置についている群れ（スウォーム）のすべてから、人間の脳が一秒間に処理できるデータの六百倍のデータを受信していた。ホーネット98（ナイン・エイト）自体のカメラのデータも処理装置にインプットされ、下のバルコニーを監視して、湧きあがる黒煙のなかにターゲットはいないかと捜していた。

屋内のISRドローンは、二階の侵入が可能だった場所でターゲットを発見することができなかったので、横の階段に向かいはじめ、一階のベランダで人影が動いているというグレイハウンド12（ワン・ツー）のインプットに応じて、もう一機のホーネット・ボットが降下を開始していた。

炎がバルコニーまで移動しているようだったので、割れた窓から出ている大きな炎に、ホーネット98（ナイン・エイト）はロックオンした。暗視装置を切って、赤外線カメラに切り換えたが、激しい炎の強弱の差が大きかったせいで、赤外線カメラがハレーションを起こしたので、カメラを切った。

ようやく通常の光学カメラに戻し、バルコニーに焦点を合わせると、炎のなかに不規則な動きがあるのを捉えた。煙のなかから、燃えているなにかがすばやく出てきた。幽霊のような未詳の物体にカメラとコンピューターがロックオンし、ドローンの頭脳が分類して、炎に包まれた人間が走っているのだと、その動きを識別した。

その動いている人間は、まだターゲットに指定されていなかった。炎と煙のせいで画像が歪(ゆが)んでいるために、顔を認証して処理することができなかった。その人間は、ホーネットにとって明らかな脅威ではなかったので、動きを追跡して、未詳の対象についてもっとデータを得ようとしていただけだった。

だが、そのとき、バルコニーの手摺(てすり)から三メートルも離れていないところで、人影が金属製のデッキチェアに激突したとき、その人影の上半身の炎が消散して、たちまちドローンのAIの頭脳が識別し、決定を下した。

「ターゲット・ガマ19(ナインティーン)を捕捉。攻撃実行」

ホーネットは、一瞬にして哨戒のホヴァリングから最終攻撃の急降下に切り替え、下の人影に向けて高速で突き進んだ。

走っているあいだ、ジェントリーの皮膚は焼かれていた。重い家具にぶつかったが、とまらずに移動しつづけた。焼け死ぬか、爆薬を積んだ殺人機械が頭に激突する前に、プールに跳び込まなければならない。

ガラステーブルに跳び乗り、二度目の跳躍を行ない、うしろの脚でできるだけ強く踏み切ることで、手摺の上に前の脚で着地した。

頭上の空からプロペラの甲高(かんだか)い音が聞こえ、爆薬を積んだ殺人ボットに狙われるだろうという不安が裏付けられた。火傷を負いながら屋敷の外側に向けて跳び、岩のようにまっすぐ落下する前に距離を稼ごうとして、両腕と両脚をふりまわした。

ジェントリーは膝を折り曲げ、頭と耳を両腕で覆って、目をぎゅっと閉じた。

プールの深い側の水に頭から跳び込み、まっすぐ潜って、コンクリートの底に背中がぶつかったとき、索敵殺戮ドローンが、三メートル上で水面に激突した。

それと同時にその殺人ボットは爆発した。

爆発そのものは水に勢いを削がれてジェントリーには届かなかったが、耳を覆っていたにもかかわらず、すさまじい衝撃を感じた。破片が降り注ぐのがわかった。ドローンの残骸と爆発物の弾子にちがいない。

全身を覆っていた焼かれている感覚が、瞬時に冷めて消え去った。

おおむね怪我はないとわかると、ジェントリーはプールの底を押して、東側で水面から出て、起きあがりながらプールの縁をつかんだ。

体を引きあげ、精いっぱい力をこめてプールから跳び出した。プールの縁に足から着地し、ショットガンを持った見張りを最後に見た場所に向けて駆け出した。砂の上で死んでいるその男がすぐに見つかり、ショットガンがその脇にあった。

その直前、ゾーヤは死体の首からショットガンの負い紐を抜き取るのをあきらめ、クイックリリース・バックルを押して、負い紐からショットガンをはずした。一二番径ショットガンのピストルグリップを握り、急いで立ちあがって、南北にのびている通路を離れ、数分前にジェントリーとともに転げ落ちた螺旋階段に向けて、ベランダを東へ走った。

階段のそばを通ったとき、うしろの中庭から大型ドローンが降下してくる音が聞こえた。つづいて、大邸宅の北東にあるプールのほうから大きな爆発音が聞こえた。

ジェントリーがそっちへ行こうとしていたのを知っていたので、ゾーヤは暗い気持ちになったが、自分の任務をつづけた。ショットガンの尾筒部にシェル一発が収まっているのを確認し、中庭の煙が流れ込んでいない広いキッチンへはいって、腰を落とし、大きな戸棚の脇にまわって隠れた。

背中の下のほうが痛かった。螺旋階段を何段も転げ落ちたときにぶつけたのだ。

ゾーヤの位置は、キッチンに通じるベランダから五、六メートルしか離れていなかったので、中庭上空のドローンの音が聞こえていた。

だが、その音のなかでも、ゴムで覆われた金属製の肢の、すこし同調が狂っている足音が近づいてくるのが聞こえていた。

傷ついたロボットが、ベランダを近づいてくる。ロボットは警護員の死体のそばを通り、ゾーヤのほうを目指していた。

　ゾーヤはショットガンの側面のサイドサドル（予備のシェルをはめ込んでおく部品）からシェルを引き抜いて、一二番径シェルを筒型弾倉にフルに装弾した。そのピストルグリップのショットガンには銃床がなく、先台（フォアエンド）に垂直のグリップがあったが、自分が考えていることをするには反動への対処という問題があるのを、ゾーヤは知っていた。接近するロボットの視界にはいらないように、ショットガンを両手で前に構え、体を丸めて膝立ちし、身を乗り出してショットガンで撃ちまくる態勢をとるつもりだった。人間ではない敵が応射するまで、わずか一秒の間合いしかないはずだし、できるだけ速く正確に撃って、最善の結果が出るのを願うしかない。

　行動しようとしたとき、べつのショットガンの荒々しい銃声が、背後のプールのほうから聞こえた。つまり、ジェントリーは生きていて、敵と交戦している。

　元気になったゾーヤは、キッチンのベランダ側の出入口に伏せ、左肩を床につけて、前方の動きに狙いをつけ、発砲した。

　一個が直径八・三八ミリの鋼鉄の散弾九個が、秒速三六六メートルの初速でゾーヤが持っているショットガンの銃身から発射された。散弾は九〇センチごとに約二・五センチずつひろがりながら飛んでQ‐UGVに激突した。ロボットの右前面、一五センチの範囲に命中していた。

それによってロボットがバランスを崩し、左後肢の上でよろめいて倒れたが、すばやく姿勢を立て直して、腰の接合部を動かすことで、ライフルの向きを変え、ゾーヤに狙いをつけようとした。

扱いにくいショットガンの反動は予想どおり激しかったが、ゾーヤは腕と肩の強い力でそれを制御し、ショットガンのフォアエンドを前後にスライドして、煙をあげている真鍮とプラスティックの空シェルを右肩のほうへ排出し、つぎの一発を尾筒部に送り込んだ。

ふたたび発砲し、バックショットが今回は右前肩に命中して、ロボットが完全に横倒しになった。ゾーヤは反動にあらがって、ロボットが立とうともがいているのを見守った。三発目を発射しようとして引き金を引きかけたとき、銃声がこんどは二階から聞こえ、つづいて、これまでの二度とおなじくらい大きな爆発音が聞こえた。

負傷して独りで書斎にいるフィッツロイのことを思ったが、かなり損壊しているがいまも強力な脅威のロボットの右肩にショットガンの狙いをつけることに、注意を集中した。

ジェントリーは、死んだ警護員のそばの砂地に転がっていたショットガンをさっと拾いあげ、ふりむいてシェルを尾筒部に送り込みながら、接近するドローンの音のほうへ狙いをつけた。一発放ち、一〇メートルほど離れたところでプールの上を飛んでいたドローンにそれが命中した。爆発を予期してジェントリーは身を縮めたが、ドローンはひどいきりもみを起こして、右のほうの砂地に墜落しただけだった。

撃ち落としたのは兵器化されたドローンではなく、ＩＳＲプラットフォームだったのだと、ジェントリーはすぐに気づいた。

それに、位置を知られてしまったことにも気づいた。二階の地上ロボットは、フィッツロイのところへ行くか、こちらにやってくる可能性がある。ゾーヤがショットガンを手に入れて、どこかでもう一台の地上ロボットと交戦し、シェルを何発も発射していることが、音でわかっていた。

ゾーヤの射撃の音と重なって、二階で拳銃の発射音が響くのが聞こえた。それとほとんど同時に、すさまじい爆発音が響いた。

ジェントリーは、ショットガンのグリップを握り締めて左右に銃口をふりながら、脚を精いっぱい速く動かし、屋敷を目指した。

ゾーヤは、最後の五発目のシェルを発射した。ひどい耳鳴りを起こしていて、数時間は治らないだろうとわかっていた。騒音とストレスで、頭が痛かったが、方向感覚が狂いそうになるのを抑えて、起きあがり、さっきまでいた戸棚の陰の位置にひきかえした。腰のうしろに差してあった拳銃を抜き、熱して煙をあげているがもう使い物にならないショットガンを捨てて、戸棚の列の奥をまわってキッチンの中央まで走っていった。

そこで大きな石のアーチを抜け、ダイニングルームへはいって、数秒後にはほぼ南北にのびて、ゾーヤがショットガンを手に入れた死体の近くでベランダにつながっている屋根付きの通路に出た。そこを通れば、傷ついたロボットのまうしろに出られる。

ゾーヤは拳銃を構えて慎重に進んでいった。ロボットはショットガンの五度の直撃——00（ダブルオー）散弾四十五発——によって、右の前後の肢をもぎ取られ、機動性激殺（モビリティ・キル）の状態だったが、バッテリーが切れていなくて、戦える状態なのかどうかは、定かでなかった。

全長一メートル、幅五〇センチのロボットの上面に並んでいるライトが点滅していたので、その答がわかった。ロボットは照準をつけるために起きあがろうとして、残った肢二本を動かしていたが、無駄なあがきだった。それに、ゾーヤが背後からすばやく接近していたとき、ロボットの大口径のライフルはキッチンのほうを向いていた。

ゾーヤは、最初は自信たっぷりに移動していたが、耳鳴りのせいで、攻撃型ドローンがいたとしても、音を聞きつけることができない。もっとすばやく前進し、ロボットのうしろでしゃがむと、外板が引きちぎられた箇所から太いコードの束が露出しているのに気づいた。コードをひっぱると、壊れたプラスティックの基盤とともに内部から抜けた。

上面のライトが消えた。ゾーヤは膝をついて、まわりを見た。

不意に、キッチンから明るいライトに照らされ、ゾーヤは拳銃を構えて、まぶしい光のほうに目を凝らした。

ライトが消えたので、ゾーヤは目をこすった。数秒後に闇に動きが見えたが、撃つ前に、それは人間だとわかった。

コート・ジェントリーが、ゾーヤの前に現われて、手を貸して立たせた。

ゾーヤは、ジェントリーに向かってどなった。「耳が聞こえないのよ！」

ジェントリーはうなずき、ゾーヤの片手をつかんで、自分のウェストバンドの背中のところに差し込んだ。ジェントリーはゾーヤに背中を向けて、ショットガンの銃身下のフラッシュライトでときどき照らして、ゾーヤを誘導しながら、濃い煙のなかで螺旋階段を目指した。

# 35

四足歩行無人地上移動体、グレイハウンド１１（ワン・ワン）は、発煙弾を使い尽くしていた。グレートルームで燃え盛っていたがいまは弱まっている炎の煙がまだ残っていて、赤外線カメラが使えなかった。グレイハウンド１１（ワン・ワン）は、光学カメラを使って、そのドアへ近づいていた。さきほどそこからの銃撃を一度受けているし、中庭を飛んでいたホーネット索敵殺戮（ハンター・キラー）ドローンが、データを送ってこなくなる前に、何度か銃撃があったことを記録していたので、グレイハウンド１１（ワン・ワン）の頭脳は、ドアの向こうにターゲットがいると計算していた。しかしながら、グレイハウンド１１（ワン・ワン）の頭脳も、他の装置の頭脳も、二機目のホーネットの爆発でターゲットが殺されたかどうかを判断することはできなかった。

グレイハウンド１１（ワン・ワン）は、腰を右に下げて、六・五ミリ・クリードモア弾を使用するライフルで、ドアの上のほうの蝶番（ちょうつがい）に狙いをつけ、一発放って、蝶番を吹っ飛ばした。銃塔の右側の排莢口（はいきょうぐち）から空薬莢（からやっきょう）を射出し、あらたな一発を薬室に送り込むと、狙いを左下の蝶番に向けて、また発砲した。

ドアが書斎のなかに倒れ込んだ。

グレイハウンド１１（ワン・ワン）は、ふたたび弾薬を薬室に送り込んで、書斎に向けて前進しはじめた。


ジェントリーとゾーヤが階段の上に着いたとき、煙が充満するグレートルームの奥、書斎のドア近くで、二度目の銃声が鳴り響いた。ふたりはいっしょに数メートル進んだ。カーテンとソファの炎はほとんど消えていて、赤外線カメラを使う機械は熱源を人間だと識別できる可能性が高いと、ジェントリーは気づいた。

ジェントリーは、ゾーヤの手をすばやくウェストバンドから抜き、そこにゾーヤを残して、闇のなかを全力疾走した。ドン・フィッツロイのところへ到達する前に、生き残りの四足歩行ロボットに撃たれる可能性が高いと思ったので、ゾーヤを巻き添えにしたくなかった。

ＩＳＲドローンのＲＣ83は、一階の捜索を終えて、ターゲットがひとつ二階に残っているというグレイハウンド１１（ワン・ワン）からのデータに従い、螺旋（らせん）階段へひきかえした。

煙のなかから飛び出すと、部屋のまんなかに人間の熱シグネチュアがひとつあるのを見つけたが、第二の人影が南のグレイハウンド１１(ワン・ワン)の位置に向けて全力疾走しているのを見て、ＲＣ83はそのままそのシグネチュアの横を通過した。

人影が不意に停止し、両腕を顔の前に持ちあげるのを赤外線カメラで捉えたＲＣ83が、速度を落とし、停止した。

赤外線カメラが、ショットガンの銃撃を輝く赤い閃光(せんこう)として捉えた。二発目と三発目がたてつづけに発射され、人影がショットガンを捨てて、書斎へはいっていった。

グレイハウンド１１(ワン・ワン)からのデータ送信が不意に終わり、地上ロボットが破壊されたためにデータリンクがとぎれた。

ＲＣ83は、いまではゆっくり前進していた。兵器はなく、あるのはカメラだけで、ターゲットを抹殺するホーネット・ドローンとグレイハウンド・ボットは、残っていなかった。それでも、生きているターゲットを識別するのが自分の仕事だと、ＲＣ83は考えていた。内蔵の頭脳が、地上ボットが破壊された部屋を調べるよう命じたので、さきほどそばを通過した人影を識別するために、ＲＣ83はグレートルームへひきかえした。

直径三五センチのドローンは、書斎の沓摺り(くつずり)に達し、タイルの一五〇センチ上をホヴァリングした。そこは煙があまり濃くなかったので、光学カメラに設定して周囲を見た。

ＲＣ83はその場の映像を仔細（しさい）に捉え、一海里離れていたコントレラスの機内モニターとそのほかの場所に衛星通信で送信し、ターゲット・ガマ19（ナインティーン）、コートランド・ジェントリーと、顔認識でサー・ドナルド・フィッツロイだとすでに識別されている人物に焦点を合わせた。

ジェントリーは立っていて、フィッツロイは窓のそばの床で、身動きせずに横たわっていた。

ジェントリーが視線をこちらに向けたので、ＲＣ83は戸口を出てグレートルームに戻るために旋回した。

カルロス・コントレラスは、大邸宅に一台だけ残っているドローンからの動画を見た。窓のそばの床に年配の男が倒れていて、身動きしていない。ジェントリーがそれを見おろすように立ち、拳銃を持ったままふりむいた。ジェントリーがカメラのレンズをまっすぐ見つめると、画像が急に変化した。ＲＣ83を動かしているＡＩが、ジェントリーを脅威と見なして、逃げようとしているにちがいない。

向きを変えたドローンが、グレートルームに戻ったが、そのとたんにコントレラスは叫び、不意に立ちあがった。

向きを変えたカメラから一メートルも離れていないところで、ターゲット18（エイティーン）、ザハロワが拳銃をハンマーのように逆向きに持って、頭の上にふりあげていた。

ザハロワが拳銃をカメラに叩きつけ、閃光（せんこう）が走るのをコントレラスは見た。そして、ドローンからの通信が途絶えた。

コントレラスは、ゆっくり腰をおろし、ショックのあまり両手で頭を抱えた。

わずか数秒後にスカイクーリエのエンジンの回転があがり、右に向けて上昇旋回し、沖を目指した。

大邸宅で最後のプラットフォームが破壊されてから二、三秒以内に、撤退するようパイロットが命じられたような感じだった。命令があまりにも迅速だったので、コントレラスは驚いた。

コントレラスは、のろのろとノートパソコンの電源を切り、バッグにしまった。ここで起きたすべての出来事、自分が見たことすべて、身をもって学んだことすべてのせいで、動悸（どうき）がまだ収まらなかった。

コート・ジェントリーは、ゾーヤが床に叩き落として踏み潰したドローンから顔をそむけ、あいた窓のそばの壁ぎわにぐったりして倒れているフィッツロイと、三メートルほど離れたデスクのそばに倒れて身動きしていないジャック・チューダーのほうを見た。

ジェントリーは、フィッツロイのそばにしゃがみ、脈をとろうとして手をのばしたが、大柄なフィッツロイが身動きし、顔から血を流しながらいった。「やつらをすべて倒したんだな、きみ？」

ジェントリーは笑みを浮かべた。「驚いたな、フィッツ！　生きていたのか？」

フィッツロイが、かなり苦労して、うつぶせの姿勢から上半身を起こして壁に寄りかかった。「精いっぱい努力したんだが、栄光の輝きに包まれて逝きそうになった」

「その代わり、血まみれになった」

フィッツロイが、鼻を鳴らした。

ゾーヤがジェントリーのそばに来て、フィッツロイが元気なのでおなじようにほっとしていた。ゾーヤはいった。「爆発が聞こえたけど」

フィッツロイが片手を窓のほうへさっとふり、ゾーヤとジェントリーはちょっと身をかがめた。フィッツロイがまだグロックを持っていて、手を動かしたときに、それがふたりのほうを向いたからだ。「おっと……すまない」フィッツロイはそういって、グロックをジェントリーに渡した。「ドローンの音が聞こえたので、この窓から外を見た。噴水の上をドローンが飛んでいて、ベランダのほうへ向かっていた」

ゾーヤはいった。「そのとき、わたしはキッチンにいた。たぶんわたしを狙っていたのよ」

「そうか、それじゃ、わたしはそいつを空から撃ち落としたわけだな？」フィッツロイは顔に触れて、五、六カ所の切り傷から血が出ているのをたしかめた。「ちょっと爆発のあおりを食ったが、殺られはしなかった」

ジェントリーはチューダーの脈を診(み)たが、目があいたままで、焦点が合っていなかった」

「必要ない、きみ。ジャックはこの世の苦しみから解放された」

「彼はなにかいったか？」満足できるような答は得られないだろうと思いながら、ジェントリーはきいた。

「彼は言葉をふたつ書いた」フィッツロイは、ジェントリーを見てから、ゾーヤに視線を向け、抜け目なさそうな笑みを浮かべた。「マルティナ・ゾマー」

「すごい」ゾーヤはいった。「シンガポールのドイツ人資産(アセット)ね」

「そうだ。さて、だれか、立つ手助けをしてくれないか」

ジェントリーとゾーヤが手を貸した。フィッツロイはかなりひどい痛みを味わっているようだった。

ゾーヤが、フィッツロイをハグした。「あなたが生きていてよかった」

フィッツロイが肩をすくめた。生きていたことにいらだっているようだった。「勇敢な死をずっと夢見ていた。いつまたそういう好機がめぐってくるだろうか？」

ジェントリーがまた窓の外を見ながら、それに答えた。「二分以内にここから逃げ出さなかったら、そうなる。だから、自分が生き残ったのを哀れむのはやめて、出発しよう」

ジェントリーとゾーヤはフィッツロイに手を貸した。肋骨が折れているせいでフィッツロイは動きがかなり鈍く、やがてこういった。「いいかね、わたしが今夜死んだとしても、あまり責めないでほしい」

ジェントリーはいった。「祖父がいるあいだは必要としている女の子がふたりいる」

フィッツロイは笑みで応じた。「そのとおりだ、きみ」ズボンの下に手を入れかけたが、ジェントリーが向きを変えてゾーヤのほうへ行ったので、そのままついていった。

ジェントリーがいった。「車でここを離れることはできない。ホテルが集中している地区まで、ビーチを北へ歩くしかない」

ゾーヤが賛成し、ふたりは拳銃を構えて、階段に向かった。

二十分後、三人は大邸宅の八〇〇メートル北にいて、十数台のサイレンの音を尻目に海藻が散らばる砂浜を歩いていた。フィッツロイがポルトガル人ボディガードふたりに電話をかけて、必要な手段を講じて車を手に入れ、ソリマン湾から迎えにくるよう命じた。北に街の明るい輝きが見えはじめ、まもなくトゥルム・ソナ・オテレラの外国人観光客にまぎれ込むことができるとわかった。

ゾーヤとジェントリーは、足をひきずりながら歩いていた。アドレナリンの分泌がとまり、階段を落ち、よじ登り、転げ、命懸けで戦ったときに負った無数の傷がうずき、痛んだ。ジェントリーは、手と顔に第一度熱傷も負っていたが、月明かりのビーチは暗く、火傷がどれほどひどいのか、見極めることができなかった。

フィッツロイは、右脇腹の肋骨数本が折れるかひびがはいっているおそれがあり、頭、顔、首の数十カ所に切り傷があったが、左や右に曲がらずにまっすぐ歩いている分には、三人のなかでいちばん状態がいいように見えた。咳が出そうになったら、我慢するようにと、ジェントリーはフィッツロイに注意していた。咳をすると肋骨に激痛が走り、地べたに倒れるおそれがある。

三人はほとんど無言で歩いていたが、ついにジェントリーがいった。「ほんとうにいい働きだった、フィッツ。チューダーから資産の名前を聞き出したのは」

「難しくなかった。わたしだったからでもあるがね。もうすぐ死ぬとわかったから、女の名前を教えてくれれば、それを使って復讐すると約束したのだ」

「そのつもりだ。とにかく、今夜、重要なことがわかった」

フィッツロイは、ズボンのポケットに手を入れて、プラスティックの薬瓶を出し、オレンジ色の錠剤をふたつ飲み込んだ。

「なんの薬だ？」ジェントリーはきいた。

フィッツロイは、薬瓶をズボンのポケットに戻した。

ゾーヤが、闇のなかで口をひらいた。「なにをいっているのよ、コート。答えなくていいのよ、ドン。ごめんなさい。コートはＣＩＡで礼儀を教わらなかったのよ」

ジェントリーはまごついた。ゾーヤの顔を見た。「おれがなにかいったか？」

フィッツロイが答えた。「パーキンソン病だ。きみにはわかったんだね、お嬢さん。レボドパがしばらくは効く。いまのところは。あいにく、来年のいまごろは、そういえないかもしれない」

三人は、しばし黙って歩いた。ゾーヤはフィッツロイの体に片手をまわしていった。

「かわいそう」

「そんなことはない。わたしは好きなように暮らす。それができるあいだは。ジャックは気の毒だったが、友人ふたりに手を貸すためにここに来てよかった」

一分ほどたってから、ゾーヤが尻ポケットに手を入れて、地上ロボットから抜いた割れた基盤を出した。「一階でロボットを殺したときに抜いたの。だれかに部品を追跡してもらえるかもしれない」

ジェントリーはいった。「おれが得たのは火傷だけだった」基盤を受け取り、歩きながら月光にかざした。「連絡する相手を知っている」

ゾーヤが、ジェントリーのほうをちらりと見て、小さな溜息をついた。「CIAのレイシーね？」

「ああ」

「そのあとは？　グレイマンが電話してきて、テクノロジー関連の殺人について情報を教えたという事実を、レイシーがそのまま明かすわけにはいかない。レイシーは説明を求められる」

ジェントリーは、すでにそのことを考えていた。「マシュー・ハンリー」

「ハンリー？　彼がどうしたの？」

「レイシーが、おれがハンリーと接触できるように手配してくれれば、ハンリーに基盤と情報を渡す。ハンリーがそれをこっそりだれかに伝える。質問はされない。ハンリーはそういうことを、何度もやってきた」

「ハンリーは、南太平洋のどこかにいると、あなたはいったわね」

「最後に聞いたときには。レイシーが知っているだろう」

フィッツロイは、ジェントリーとゾーヤを交互に見ていた。ふたりのやりとりに意見を差し挟まないでいった。「わたしの飛行機がコスメルにある。ここでわたしが泊まっているところから、ヘリで行ける。その飛行機を使って、行く必要があるところへ行けばいい」歩きながら痛みで顔をしかめた。「わたしはあしたコスメルの病院へ行って、この体を診てもらう。マルガリータをしこたま飲んだあとで、プールサイドで足を滑らせてガラスのコーヒーテーブルにぶつかったという」

「そうだな」ジェントリーはいった。「じっさいに起きたことを話しても、信じてもらえないだろう」

「自分でも信じられないよ、きみ」

## 36

まもなく訪れる夜明けのほんのかすかな輝きが、東のカリビアマツの上に現われ、淋(さび)しく暗い道路にいたランナーが、腕時計をちらりと見た。

午前六時二十三分。一〇キロメートル走のベストタイムには二分遅れているが、ここ数週間、五キロメートル以上走ったことがなかったので、気落ちしなかった。

ザック・ハイタワーは、松林のあいだで一定した大股で走りつづけた、林を出て、起伏のあるカンバスのような耕作地に出た。左も右も水田で、ハバナの早朝の街明かりをさえぎっている北の低山にはプランテン（バショウ属の植物の通称。果実は料理に用いられ、見た目がバナナに似ている）農場がある。

数分後にザックは見通しのいい場所をあとにして、鬱蒼(うっそう)としたジャングルに戻った。

ザックはそれまで朝を独り占めしていたが、六時三十分を過ぎると、バイクや徒歩で仕事に向かう農民たちの姿をぽつぽつ見かけるようになった。

ザックは、農場(ラ・フィンカ)の武器庫から持ち出した三八〇口径の小さなルガーＬＣＰ・ＭＡＸセミオートマティック・ピストルを、腹帯(ベリーバンド)ホルスターに収めて携帯していたが、ここの地元住民はまったく脅威ではないように見えたので、必要にはならないだろうと思っていた。

どの男も女も子供も、手をふり、笑みを浮かべ、スペイン語で挨拶(あいさつ)をした。

ひとびとはヒントンが大好きで、それと関連して、尖(とが)った顎鬚(あごひげ)を生やしている筋肉隆々の大柄なブロンドの白人も大好きなようだった。

ザックは、ヒントンのアシスタントのキミー・リンとすれちがい、夜明け前のランニングに出てきたキミーに手をふった。

六時四十分にザックは、キャンパスの研究所の南西にあるヒントンの広大な地所ラ・フィンカの出入口にある石のトーチカ二棟のそばを通った。きのうキューバに到着したときには無人だったが、いまは兵士がすくなくとも四人いる。ヒントンがラ・フィンカに滞在しているからだろう。

兵士たちがザックに手をふった。ザックは手をふり返してから、また腕時計を見て、一〇キロ走の復路ですこし遅れを取り戻したとわかったので、うれしくなった。

すぐにザックはペースをさらにあげて、防爆扉の前のよく手入れされている芝生と庭園を走り抜け、車のシートやファイヤーピットの前のキャンプチェアに座っているキューバ軍特殊部隊の兵士たちのそばを通った。施設の正面のブラック・ワスプは、周辺防御の正規軍歩兵とはちがって、ザックにほとんど注意を払わなかった。彼らはザックが四十五分前に出ていくのを見ていたし、セニョール・レンに敷地内のどこへでも行くことを許可されているのを知っていたが、打ち解けるつもりはないようだった。

ザックも海軍にいたころは、こういうろくでもない歩哨任務を押しつけられたことがあったので、この強兵(つわもの)どもが金持ちのアメリカ人の集団(グリンゴ)を護(まも)るために昼も夜もだらだら過ごしているのをうらやむ気にはならなかった。

七時十分前に部屋に戻ったザックは、シャワーを浴びて着替え、七時十分にはカフェテリアにいて、ソーセージ、フライド・プランテン、クリームチーズやグアバペーストが詰め込まれたペストリーという大量の朝食を用意された。フレッシュ・オレンジジュースとブラックコーヒーがつぎにトレイに置かれ、そのあとでザックは、広いコンクリートの部屋のあちこちで六人掛けのテーブルに着いて食事をしているコンピューター・エンジニア、後方業務要員、警備員数十人と入り混じっている自分のチームを眺めた。

ザックの部下として近接警護を担当する元ブラック・ワスプ将校が四人いて、きょうの計画を話し合っていた。まもなく、七台の車列でキャンパスに移動することになっていた。

元特殊部隊員のその四人がいずれも英語で話ができるのは便利だった。ザックのスペイン語の知識は、ビール(セルベサ)と若い女(セニョリタ)に関係することに限られていて、前の中南米訪問の際にカラカスで叩きのめされてベネズエラの刑務所にほうり込まれたときには、まるで役に立たなかった。

　ザックは、キューバにいるあいだは英語でゆっくりと明確に話をしようと心がけることにした。それで割に合わない面倒を避けられることを願っていた。

　朝食のために腰をおろしてから四十五分後の午前八時に、ザック・ハイタワーは自分の部屋で、カーゴパンツに上半身裸という格好で立ち、九ミリ弾を使用する馬鹿でかいスタカートXCを虫垂（アペンディックス）ホルスターから抜き、二十発入り弾倉を一度出してから戻し、二十一発目が薬室に送り込まれているのを確認した。拳銃をホルスターに戻すと、装弾されている弾倉三本入りパウチをベルトの左側に取り付けた。威力のあるフェデラルHSTハイパワー一二四グレイン（八・〇四グラム）弾八十一発を身につけ、ただちに使用できる態勢になった。

　小さなルガーは、右足の〈オリジン・コロナード〉ブーツのすぐ上のアンクル・ホルスターに収められ、カーキ色のカーゴパンツの裾（すそ）で隠された。

　折り畳（たた）みナイフ二本は、一本ずつ左右のポケットに入れた。

　ザックは、椅子の背もたれにかけてあったグアジャベーラ・シャツをつかんで着ると、拳銃と予備弾倉を裾で覆（おお）った。鏡で確認してから、髪をすこし直し、顎鬚の先を細く尖らして、〈オークリー〉のサングラスを胸ポケットに入れた。

七時の位置でベルトにつけた無線機とコードでつながっているイヤホンを右耳にはめ、携帯電話を尻ポケットに入れた。

ザックは最後に、部屋の隅に立てかけてあったポリマー製銃床のAK－47アサルトライフルを取り、負い紐(ひも)に首を通して、背中にまわした。アサルトライフルを携帯するのは車列を組むときだけで、一日ずっと携帯する必要はないが、道路で襲撃されたときには、七・六二ミリ弾の威力が遠くまで届いて敵に危害をくわえられるような武器が必要になるとわかっていた。

バナナのように湾曲した三十発入り予備弾倉二本を、カーゴパンツのサイドポケットに入れると、ザックは部屋を出て、ドアに鍵をかけた。

表の明るい陽光のもとに出ると、ザックとその部下は、車両四台の列のそばで待った。現役のブラック・ワスプ六人から成る第二の警護班が、農地や森を通ってキャンパスまで行く、三キロメートルを超える幹線道路と田舎道(いなかみち)を走る車列に同行する。ザックと部下四人は、車列のきょうの予定について、ブラック・ワスプの警護班と話し合った。

午前八時十五分、ガレス・レンが、ジーンズときつめのブルーのポロシャツという服装で、HKセミオートマティック・ピストルを右腰に携帯して、大きな鋼鉄の防爆扉から出てきた。そのうしろから、ライトブルーのパンツスーツ姿のキミーが、馬鹿でかいハンドバッグを片方の肩にかけて出てきた。キミーはキャスター付きのバッグを引いて扉を通り、庭園の歩道を進んだ。ザックに挨拶をして、朝のランニングは楽しかったかときいた。そのあとから、世界中から来た研究所の男女スタッフ数人が、すぐにつづいて出てきた。全員がバックパックかメッセンジャーバッグを持っていた。

最後にアントン・ヒントン本人が現われた。赤いストライプがはいった白いトラックスーツを着て、真っ赤なヘッドホンを耳の上にかけ、巨大な腕時計が陽射しのなかでギラギラ光っていた。

ヒントンは、胸と背中を護る多色の迷彩模様の大きな抗弾ベストも着ていて、ザックのところからは見分けられなかったが、厚い本を片手に持っていた。

ヒントンはけさ上機嫌な笑みを浮かべていたが、ザックはすばやくそちらから視線をそらした。ザックの仕事は、保護対象のヒントンがメルセデス・スプリンターのバンまで地上を歩くあいだ見守ることではなかった。ザックは警護員たちを見つづけていた。同行する移動警護班だけではなく、定位置で敷地を護っている警備員にも目を光らせていた。こいつらのことはなにも知らないし、もしかすると警護対象に対する脅威になる可能性もある。

ヒントンが、ザックにおはようといい、スプリンターに向かった。そばを通ったときに、ヒントンが持っている本は『聖クルアーン』だと、ザックは見分けた。

車列は八時三十分ちょうどに出発した。空は晴れ渡り、気温はすでに三〇度前後に達していた。ザックは鋭敏になり、前方の畑、森、道路に視線を配り、英語が話せる部下四人と、たえず無線で連絡をとっていた。四人は分散して、英語がわからない現役の特殊部隊員のそばにいた。

移動時間は、びっくりするくらい短かった。ラ・フィンカの西ゲートを出て、敷地の南をまわり、畑と濃い森を迂回して北に折れ、てっぺんにレザーワイヤが取り付けられている高さ三メートルのコンクリートの塀の右側を進んだ。塀は長さが四〇〇メートルほどで、やがて車列は西に曲がって、情報科学大学に北から近づいた。

キューバ軍の車両が何台か、フロント・ゲートのところにとまっていたので、ザックはそばを通過するときに、兵士たちの軍服、年齢、装備を観察した。彼らはすべてブラック・ワスプではなくキューバ革命軍の歩兵だと判断した。それでも、胸に吊るしたAKと、トラックに取り付けられたロシア製機関銃は、この施設への脅威をすべてとはいわないまでも、ほとんど抑止するはずだった。

ザックとヒントン一行は、錆(さ)びた金属製ゲートの出入口を通り、レザーワイヤを幾重にも巻いて取り付けてあるフェンスを通過した。なにかのまちがいではないかと、ザックはまず思った。〝ウニベルシダド・デ・ラス・シエンシアス・インフォルマティカス〟という表示があり、キューバ国旗が数旒、建物の屋根から垂れていたが、きわめて裕福な著名AIクリエーターのヒントンがここに施設を設けていることを示すものはなにひとつなかった。これまで見てきた建物数棟は、旧ソ連時代の醜く頑丈な建築物だった。コンクリートブロックと赤い煉瓦で爆発に耐えるように造られ、窓が小さく、三階建てより高いものはなかった。

やがて車列は発電所の脇を通った。フェンスの内側にある発電所自体にもフェンスがあり、警備部隊が護っていた。塔と送電線と建物は、すべて新しいように見えた。車列は小さな病院や、外周にある建物よりもずっと先進的に見える建物数棟のそばを通った。広大なキャンパスの建物すべてから、やたらと数が多いキューバ国旗が垂れさがっていた。

南に向けて進むあいだに、ザックの右側を巨大な建築物がさっと流れ過ぎた。核攻撃にも耐えられそうな建物だった。その建物には現場打ちコンクリートの翼廊が五本あり、半分に切られた車輪のスポークのように東側の中心から突き出していた。

だが、最大の特徴は、屋根にあった。衛星通信用の巨大なディッシュアンテナが、列をなしていた。すべて壊れて使われていないのは明らかだったが、空のさまざまな方向を向いていた。二十年以上前に使用を停止するまで、ロシアの衛星のほうを向いていたにちがいない。

　ザックは、だいぶ前に見た画像を思い出して、この施設がなんであったかを見分けた。ここは、キューバとロシアの対アメリカ地上諜報活動の中枢、ロウルデスSIGINT(シギント)(信号情報)基地の本部ビルだ。

　車列がこれまで通ってきたキャンパス内のすべての建物とおなじように、その旧SIGINT基地本部にもフェンスがあり、放置されているように見える旧(ふる)いビルの周囲には雑草が生い茂っていた。

　車列は、そこから一ブロックしか離れていない施設群の中心の広い緑地に駐車した。ザックは真っ先におりて、AK－47を前にまわし、民間人よりも先に降車するよう部下たちに無線で命じた。

　緑地の広場はほぼ静かだったが、あちこちを歩いていた数十人が立ちどまって、一行を眺めた。授業に行き来している学生のように見えたが、それでもザックは仔細(しさい)に彼らを観察した。

　ヒントンとレンが、スプリンターからすぐにおりてきて、現代的な三階建ての青いビルに向けて歩きはじめた。おんぼろの建物を見てきたので、ガラス窓が多いそのビルは、いっそう真新しく見えた。ザックはヒントンとレンの横へ行き、警護班の四人が周囲で菱形をこしらえ、レンが先頭に立った。

ザックは、屋上、窓、ビルのあいだの路地に視線を配った。

ザックが並んで歩いていると、ヒントンがヘッドホンをはずした。「ああ、たしかにキャンパスは表から見るとたいしたことはない。しかし、ここにはすごい連中がひしめいている世界でも一流の研究施設があるんだ」青いビルのエントランス近くに立っていた、眼鏡をかけて半袖シャツを着ている四十代のアジア系の男ふたりに、ヒントンは手をふった。エンジニアかコンピューター科学者だろうと、ザックは見なした。

ヒントンがいった。「われわれはキャンパスそのものを現代化している。南のほうの施設はまとまりはじめているが、キャンパス全体はいまも外部から見ればゴミ捨て場だ。六〇年代の初期に建設されたものだし、ソ連もキューバも美的特質にはあまり興味がなかった」

ヒントンが立ちどまり、休憩して煙草を吸うために外に出ていた従業員たちと握手を交わした。ザックはヒントンを見守りながら、そのあいだにレンに向かっていった。

「発電所のそばを通ったな」

「六カ月前に稼働しはじめた。五キロメートル離れたところの予備発電所からも、地下電線で電力を供給できる。それは発電船に接続している」

「発電船とは？」

「ハバナ港の水上発電所だ。トルコから輸入した。政府と取引してそこに停泊し、キューバ国内の電力供給の安定にも役立っている」

「見返りは？」

レンは肩をすくめた。「正直いって、知らない。アントンは、ここの電気料金を支払っているが、キューバは船の代金を払ってわれわれにうれしい驚きを味わわせるようなことはしていない。二〇キロメートルほど東の水力発電所から送電線を引く費用も、われわれが支払った。

しかも」レンはつけくわえた。「キャンパスの南側には、ディーゼル燃料を使う発電機が三十五台ある。施設内には燃料庫もあるから、それ以外の電源がすべて失われても、施設を九十日間、動かしつづける電力が得られる」

「研究施設一カ所に、ずいぶん手間をかけてるんだな」レンが話を終えると、ザックはいった。

レンが、声をひそめていった。「一〇〇パーセント同感だ。ほかにもコンピューター研究所があるようなスイスかソウルかサンノゼかボストンにこの施設があれば、電力のことなど心配する必要はない。しかし、アントンは西側の意図について被害妄想を抱いているし、中国との関係で揉めたばかりだから、キューバを避難所にしたんだ」

## 37

元特殊部隊員とおぼしいキューバ人警護員ふたりがあけて押さえているドアを一行が通って、なかにはいったとたんに、大学のキャンパスのほかの部分とまったく異なっていることに、ザックは啞然(あぜん)とした。ロビーはビルの高さとおなじ三階までの吹き抜けで、オープンスペースに巨大な天窓から自然光を取り込んでいた。

広々としたロビーの床には美しい大理石が敷かれ、室温が涼しく、落ち着いた照明で、安らかな雰囲気だった。ヒントンの豪華なバンの車内とおなじように、穏やかな快い音波が空中を漂っていた。

ザックは、キューバにソ連が建設した六十年前のスパイ施設群ではなく、シリコンバレーのフォーチュン500の一社のオフィスに来ているような気がした。

ヒントンがザックのそばに近づいて、ヘッドホンをはずした。「さあ、わかっただろう？」

「わかりました、ボス」ザックはいったが、ちっともわかっていなかった。この施設は、レンがいったようにカリフォルニアかボストンかスイスにあるべきだが、小切手にサインする人間がこれを望んでいるのだから、反論するつもりはなかった。

ヒントンがここのスタッフとロビーで握手を交わしているあいだに、ザックはAK-47をおろして、受付デスクの奥のロッカーにしまい、シャツをめくって、腰の拳銃を警備員たちに見せた。カーゴパンツの裾をめくって足首の拳銃を見せはしなかったが、レンの命令で警備員たちはザックを通し、ほどなく全員がエレベーターに乗って、上の階へ向かった。

快適な感じのオフィスで、ヒントンがメッセンジャーバッグをおろし、キャンパスの管理スタッフが差し出した抹茶を受け取った。世界のあちこちで恐ろしい事件が起きているので、無事にキューバに帰れるようにずっと祈っていましたと女性のスタッフがいうと、ヒントンは彼女をハグした。

ガレス・レンは荷物を置くために自分のオフィスへ行っていたが、ヒントンのオフィスの狭いロビーに戻ってきて、ザックの横に立った。ヒントンはデスクに向かって腰をおろした。

「五分くらいくれ」ヒントンがいった。「そうしたら、研究室へおりていって、みんなと話をする」ヘッドホンをかけて、キーボードに注意を向けた。

ザックの部下の警護員ひとりが、ヒントンのオフィスの戸口に立ち、オフィスのほうを向いて前で手を組んだ。

レンがいった。「ここはフレデリコが護(まも)る。コーヒーを飲みにいこう」

レンが先に立って、自分のオフィスの外の廊下でテーブルに置いてあるコーヒーのトレイのほうへザックを連れていった。ふたりともカフェシト（キューバのエスプレッソ）の小さなカップにコーヒーを注ぎ、三階のオフィスをひとまわりした。

ヒントンが、約束どおりオフィスで腰をおろしてから五分後にオフィスから出てきて、レン、ザック、元ブラック・ワスプのふたりとともに、エレベーターに乗って、二階へおりていった。

二階には部屋がいくつもあって、すべてガラス張りで照明が明るいことに、ザックは目を留めた。たいがいふたりか三人、あるいは四人の男女エンジニアの小チームが、コンピューター・ステーションで仕事をしていた。

ヒントン一行は、二階の研究室を何時間もかけてまわり、どこでもおなじ光景が見られた。ヒントンがスタッフとともに座って、心配事について話し、殺されたひとびとのうちのだれかについて話し、これはいったいどういうことなのだろうと推測した。

トメール・バッシュを知っている人間が何人かいた。ほとんどがラース・ハルヴァーソンを知っていて、マクシム・アルセーネフのことは全員が知っていたが、ザックはその名前を知らなかった。

日本と韓国でそれぞれ殺された女性ふたりと、ルネ・デスコーツの話も出た。聞いたことがなかった名前もいくつか挙げられたので、ザックは、殺人はまだ終わっていないのだという印象を受けた。

ヒントンがみんなにかなり好かれているのがわかったが、きょうここで仕事をやっているようには見えなかった。むしろ、殺人がつづいたあとで、チームを元気づけるのが自分の仕事だと見なしているようだった。

じっさいの仕事について話し合われるときは、ザックには難解でついていけなかった。数人の研究者がヒントンに、前に見たことがないコードをクラウドで発見したと説明し、そのコードは兵器を動かすコードの一部ではないかという推論を述べていた。そのコードは、マインドゲームという世界に知られているDARPAの機密プロジェクトの残滓かもしれないと、ヒントンが自分の推理を口にした。

DARPAが国防高等研究計画局の略語だということを、ザックは知っていた。国防総省の一部門で、新テクノロジーを開発している。

そのコードはアメリカ製で、だれもが恐れている新AI兵器を創るために中国がそれを盗んだかもしれないという推論を、ヒントンは研究者たちに熱心に説いた。だが、ニューラルネットワーク、訓練、分類アルゴリズムについてヒントンが説明しはじめたとき、ザックには最初の単語すら理解できなかった。

しばらくして、ザックはそれをすべて頭から締め出した。

午後三時ごろにランチのために休憩し、ヒントンがザックに、レンといっしょにカフェテリアで腰をおろそうと持ちかけた。

「どう思う、ザック?」

ザックが、すこし笑みを浮かべていった。「屋内でも抗弾ベストをつけるべきだと、おれは思っているんですよ。だから、おれがどう思うか、きかないほうがいいと思いますね」

ヒントンがいった。「ここのひとびとは、わたしの友人、信頼できる同僚だ。わたしに危害をくわえるわけがない。わたしはこの謎のコードをひきつづき調べるよう指示するつもりだ。なにか指紋のようなものが見つかって、正しい方向に導いてくれるかもしれない。どういう方向かわからないが」

ザックはいった。「きょう、だれも兵器の話をしていませんでしたね。ソフトウェアのことばかりで。このソフトウェアが兵器化されることが、大きな懸念じゃないんですか？」

「それは大きな懸念だ」

「しかし、なにによって兵器化するんですか？」

「わたしたちが抱えている問題は」ヒントンが打ち明けた。「わたしたちは軍事ロボットを開発しているわけではないということだ。わたしたちは人工知能(ＡＩ)が専門だ。腕力(ブローン)ではなく知力(ブレイン)だ。トメール・バッシュ、ラース・ハルヴァーソン、ルネ・デスコーツ、リック・ワットですら、軍事の全体的状況になにが存在しているかを知っていた」

ヒントンは肩をすくめた。「わたしたちはコンピューターおたくだ。コードを開発するだけで、自律型致死兵器システム(ＬＡＷＳ)には関わらない。キルチェーン（前出のＯＯＤＡループとほぼおなじ流れによるもの。ターゲット識別・武力の指向・攻撃の決定と命令・ターゲット破壊の四段階）を、数千万のデータを数ミリ秒で処理できる機械に任せたら、そのループに人間がはいり込む場所はなくなる。動きがあまりにも速いからだ」

ザックはいった。「ＡＩが邪悪なことに使われるのがそんなに心配なら……どうしてあんたや研究者たちは、ＡＩ開発をつづけてるんですか？」

ヒントンが笑みを浮かべて、サラダをすこし食べた。「こんなふうに説明しよう、ザック。火だ」

「火？」

「そう、火だ。火はいいものか、それとも悪いものか？」

ザックは謎々が嫌いだったが、すこし考えた。「寒いときや、森のなかにいるとき、火はすばらしいものでしょうね」

ヒントンがいった。「しかし、きみの家が火に包まれたら、ものすごく恐ろしいだろう？」

「たしかに」

「そういうことだよ。わたしたちは正しいAIを創っている。平和使用を模索し、よりよい未来をこしらえようとしている。わたしたちは、夜にきみを温め、食べ物を料理し、道を照らす火だ。あとのものは……あとのものは、森をきみの家のほうへ進む火だ。動物はその火から必死で逃げようとする。

わたしたちがいますべてを中止したら、ここにいる科学者やエンジニアは、べつの方向の仕事をやるだろう。そうしたら、AIは希望の道標ではなく、燃える森になる」

ザックはうなずき、食事をつづけた。ヒントンはかなり風変わりだと思ったが、それでいて魅力的だとも思った。

ついにザックはきいた。「その男、アルセーネフ。きょうみんなが話題にしていた。何者ですか？」

「先日、メキシコシティで殺された。わたしのところで働いていた」

「エンジニアですか？」

ヒントンがうなずいた。「きわめて頭がいい男だった。わたしもかなり好きだった。この常軌を逸したことがはじまった日、彼は休暇中だった。翌日に死んだ」

「中国が兵器を創るのを阻止するために、アメリカが殺さなければならなかった人間のひとりだったんですか？」

アントン・ヒントンが、それを聞いて口ごもった。遠くを見ながら、指の爪を噛んだ。

「実は違う。彼は優秀なエンジニアだったが、画期的な開発をやるような人間ではなかった。唯一考えられるのは、殺されたのはわたしのところで働いていたからだということだ。わたしのために働いているそのほかの人間は、すべてキューバに立てこもっている」

ザックはいった。「ええと、これをやっているのが何者にせよ……われわれは、そいつらがまたやるだろうと想定して働きつづけるしかない。ラ・フィンカと研究所のあいだの移動を制限したほうがいいと思います」

ヒントンが答えかけたが、そのときポケットで携帯電話が鳴った。ヒントンは携帯電話を見て、前に置き、目を閉じた。

「どうしたんですか？」レンがきいた。

「アミール・クマールが、けさ殺された」

レンが、フォークを置いて手をのばし、ヒントンの前腕を握った。「なんてこった、相棒」

ザックは無言で座っていた。数秒たってから、ヒントンがザックのほうを見た。「世界でもっとも傑出した電磁気学者だ。大量のデータを移動するテクノロジーの開発に携わっていた。ものすごく聡明で、友人だった」

「お気の毒です」としかザックはいえなかったが、ヒントンの首をつかんで、防空壕へひきずっていき、万事が終わるまで閉じ込めておきたい気持ちだった。

レンがいった。「それで……ええと……十三人が殺されたことになるのか？　四日のあいだに？」

ヒントンがうなずいた。がっくりしているように見えたが、落胆よりも激しい打撃を受けたように見えた。

ザックはいった。「きょうの仕事はこれで終わりにしたいんじゃないですか、アントン？　ラ・フィンカに戻りますか？」

ヒントンの頭ははっきりしているようだった。ややあって目をあげた。「いや。仕事に戻りたい」

ヒントンがテーブルを離れて、エレベーターに向かった。ザックはそこに残り、レンのほうを向いた。「おれたちは何時くらいまでここにいるんだ？」

レンは気が散っているようだった。ヒントンとおなじくらい動揺していたが、やがて首をふった。肩をすくめていった。「五時かもしれないし、十時かもしれない」

「十時？」ザックは大声を出した。

「ああ、彼はふつうの時間どおりには働かない」

「意外じゃないが」ザックはつぶやき、ふたりはヒントンに追いつこうとして、エレベーターに向かった。

シンガポールのサイエンス・パークの作戦センター・ガマでは、グレイのスーツに赤いネクタイを締め、髭（ひげ）をきれいに剃（そ）ったディレクターが、大講堂にはいっていった。この一週間、一日に四時間しか睡眠をとっていなかったが、部屋でシャワーを浴び、階下に届けられた食事を警備員が運んできたのを食べたので、だいぶ元気になっていた。

そしていま、ディレクターが仕事に戻る時間になった。つぎの作戦は、最終段階にはいっていた。現地の資産(アセット)による殺傷兵器を用いる行動(キネティック・アクション)が、一時間以内に開始される。

デスクのインターコムの呼び出し音が鳴った。まだイヤホンをつけていなかったので、ボタンを押して受信した。「はい？」

「ディレクター？　15(フィフティーン)です。ちょっとお話ができますか？」南北アメリカの資産を担当しているフランス人コントローラーだった。

ディレクターは、いま15(フィフティーン)と話をしたくはなかった。つぎの暗殺(ヒット)に注意を集中したかったが、そっちへ行くと答えた。受話器を置き、大講堂の奥のほうにある彼女のキュービクルへ登っていった。

インド人コントローラーのそばを通り、フランス人コントローラーのほうへ行くときに、ドイツ人コントローラーのデスクにだれもいないことに気づいた。

「14(フォーティーン)はどこだ？」ディレクターは、フランス人女性にきいた。

「それで昨夜電話したんです。彼女の部屋に、貸してくれたヘッドホンを返しにいったけど、いなかった。そのときは、なんとも思いませんでした。彼女は朝食にもランチにも来ませんでした。中南米の彼女のドローン・パイロットが使用されていないのは知ってますが、それでもデスクにいるはずだと思ったんです」

ディレクターは答えなかった。向きを変えて、もっとも近くにいた警備員のほうへ行った。その無表情な五十代のアジア人は、大講堂の奥の両開きのドアの前に立っていた。

その男に近づくと、目を合わせようとはしないで、あちこちを見まわしていることがわかった。

「おはよう」ディレクターはそういって注意を惹こうとした。警備員はふりむかず、あちこちに視線を配っているだけだった。「わたしのスタッフのひとりが、ここに来ていない。昨夜から行方不明だった可能性はあるか？」

警備員が首をふった。「行方不明ではないです」

「なんだって……どういうことだ？」

警備員が、ディレクターのほうを向いた。「サイラスと話をしてください」

ふたりはしばらく見つめ合っていたが、ディレクターは目をそらして、自分のワークステーションへおりていった。

かなり悪い予感がしていたが、不安をできるだけ意識から追い出して、メッセージ・ウィンドウに打ち込み、その部下のいどころをサイラスが知っているかどうか質問した。

すこし間を置いてから応答があった。「14(フォーティーン)は昨夜、自宅で個人的な問題があるので帰った」

ディレクターは、午前三時まで作戦センターにいた。14(フォーティーン)が持ち場を離れなければならなくなったのなら、どうしてそれをいいに来なかったのか、警備員とサイラスはどうしてそれを伝えなかったのか。ディレクターは、それらの疑問を書かずに、べつの質問をした。

［交替は来るか？］

［必要ない。ドローン・パイロット０１（ゼロ・ワン）は報酬を支払われ、もう活動していない］

［了解した］ディレクターの指は、キーボードの上に浮かんでいた。いまでは疑問が数多くあった。スタッフのうち十人くらいは、任務のそれぞれの分担を終えていたが、あらたなターゲットが現われた場合に備えて、デスクに残っている。14（フォーティーン）だけ、どうしてそうではないのか？

名前すら知らないが、ディレクターはスタッフを護りたいと思っていた。14（フォーティーン）のことは、自分の責任だ。

しかし、結局、ディレクターはそれ以上、追及しなかった。14（フォーティーン）はいない。それだけのことだ。

ディレクターは立ちあがり、全員に向かっていった。「14（フォーティーン）は、家族の緊急事態に対処するために帰宅した」

ディレクターは、まもなく自分のデスクに戻った。それが真実ではないとほぼ確信していたが、サイラスにいわれたことをやるのが自分の仕事だということも確信していた。

〔下巻につづく〕

# 寒い国から帰ってきたスパイ

The Spy Who Came in from the Cold

ジョン・ル・カレ
宇野利泰訳

〔アメリカ探偵作家クラブ賞、英国推理作家協会賞受賞作〕任務に失敗し、英国情報部を追われた男は、東西に引き裂かれたベルリンを訪れた。東側に多額の報酬を保証され、情報提供を承諾したのだった。だがそれは東ドイツの高官の失脚を図る、英国の陰謀だった……。英国と東ドイツの熾烈な暗闘を描く不朽の名作

ハヤカワ文庫

# ティンカー、テイラー、ソルジャー、スパイ〔新訳版〕

Tinker, Tailor, Soldier, Spy

ジョン・ル・カレ
村上博基訳

英国情報部の中枢に潜むソ連のスパイを探せ。引退生活から呼び戻された元情報部員スマイリーは、かつての仇敵、ソ連情報部のカーラが操る裏切者を暴くべく調査を始める。二人の宿命の対決を描き、スパイ小説の頂点を極めた三部作の第一弾。著者の序文を新たに付す。映画化名『裏切りのサーカス』解説／池上冬樹

ハヤカワ文庫

# スマイリーと仲間たち

Smiley's People
ジョン・ル・カレ
村上博基訳

将軍と呼ばれる老亡命者が殺された。将軍は英国情報部の工作員だった。醜聞を恐れる情報部は、彼の工作指揮官だったスマイリーを引退生活から呼び戻して後始末を依頼、やがて彼は事件の背後に潜むカーラの驚くべき秘密を知る！　英ソ情報部の両雄がついに決着をつける。三部作の掉尾を飾る傑作。解説／池澤夏樹

ハヤカワ文庫

# 繊細な真実

A Delicate Truth

ジョン・ル・カレ

加賀山卓朗訳

極秘の対テロ作戦に参加することになった外務省職員。新任大臣の命令だが不審な点は尽きない。一方、大臣の秘書官は上司の行動を監視していた。作戦の背後に怪しい民間防衛企業の影がちらついていたのだ。だが、秘書官の調査には官僚の厚い壁が立ちはだかる！　恐るべきはテロか、それとも国家か。解説／真山　仁

# ターミナル・リスト（上・下）

The Terminal List

ジャック・カー
熊谷千寿訳

テロリスト掃討作戦でSEALの部隊が壊滅。多くの部下を失ったリース少佐は責を問われて帰国する。病身の彼に追いうちをかけるように、作戦を生き延びた唯一の隊員が自殺し、さらには妻と娘までもが……。連続する悲劇の裏には何が？　元特殊部隊員の著者が迫真の描写をもってして作り上げた凄絶なる復讐劇訳者略歴　1951年生，早稲田大学商学部卒，英米文学翻訳家　訳書『暗殺者グレイマン〔新版〕』グリーニー，『レッド・プラトーン』ロメシャ，『無人の兵団』シャーレ（以上早川書房刊）他多数

HM=Hayakawa Mystery
SF=Science Fiction
JA=Japanese Author
NV=Novel
NF=Nonfiction
FT=Fantasy

# 暗殺者の矜持〔上〕

〈NV1535〉

二〇二四年十二月二十日　印刷
二〇二四年十二月二十五日　発行

（定価はカバーに表示してあります）

著者　マーク・グリーニー
訳者　伏見威蕃
発行者　早川浩
発行所　株式会社早川書房

郵便番号　一〇一 - 〇〇四六
東京都千代田区神田多町二ノ二
電話　〇三 - 三二五二 - 三一一一
振替　〇〇一六〇 - 三 - 四七七九九
https://www.hayakawa-online.co.jp

乱丁・落丁本は小社制作部宛お送り下さい。
送料小社負担にてお取りかえいたします。

印刷・中央精版印刷株式会社　製本・株式会社フォーネット社
Printed and bound in Japan
ISBN978-4-15-041535-8 C0197



本書は活字が大きく読みやすい〈トールサイズ〉です。